叢書・ウニベルシタス　1127

プルーストとシーニュ

〈新訳〉

ジル・ドゥルーズ
宇野邦一 訳

法政大学出版局

Gilles DELEUZE
PROUST ET LES SIGNES

目次

引用略号

AD　*Albertine disparue.*　消え去ったアルベルチーヌ
CG1　*Le côté de Guermantes*, 1.　ゲルマントのほうⅠ
CG2　*Le côté de Guermantes*, 2.　ゲルマントのほうⅡ
CG3　*Le côté de Guermantes*, 3.　ゲルマントのほうⅢ
CS1　*Du côte de chez Swan*, 1.　スワン家のほうへⅠ
CS2　*Du côte de chez Swan*, 2.　スワン家のほうへⅡ
JF1　*A l'ombre des jeunes filles en fleurs*, 1.　花咲く乙女たちのかげにⅠ
JF2　*A l'ombre des jeunes filles en fleurs*, 2.　花咲く乙女たちのかげにⅡ
JF3　*A l'ombre des jeunes filles en fleurs*, 3.　花咲く乙女たちのかげにⅢ
P1　*La prisonnière*, 1.　囚われの女Ⅰ
P2　*La prisonnière*, 2.　囚われの女Ⅱ
SG1　*Sodome et Gomorrhe*, 1.　ソドムとゴモラⅠ
SG2　*Sodome et Gomorrhe*, 2.　ソドムとゴモラⅡ
TR1　*Le temps retrouvé*, 1.　見出された時Ⅰ
TR2　*Le temps retrouvé*, 2.　見出された時Ⅱ

＊本文中のプルースト『失われた時を求めて』からの引用注において、冒頭の大文字は十五冊からなるＮＲＦ版のタイトルを、続く文字はプレイヤッド叢書〔一九五四年版〕の巻数とページ数を示す。

〔訳注〕この訳書には、さらに一九八七―一九八九年に新たに編集されたプレイヤッド叢書版と、吉川一義訳・岩波文庫版（二〇一一―二〇一九）の巻数・ページ数をかかげる。『消えたアルベルティーヌ』の巻名は、プレイヤッド叢書一九五四年版では『逃げ去る女』（*La Fugitive*）となっていた。上の巻名の邦訳は吉川訳版によるが、巻数はＮＲＦ版の巻数であり、吉川訳版とは異同がある。なお本原書の初版（Gilles Deleuze, *Marcel Proust et les signes*, Presses Universitaires de France, 1964）では、『失われた時を求めて』からの引用注は、ＮＲＦ版の引用略号とページ番号を先に記し、それに（　）を付け、プレイヤッド叢書（一九五四年版）の巻数とページ番号が付記されていた。第二版以降は本書と同じくプレイヤッド叢書版の巻数とページ番号だけになる。

プルーストとシーニュ

凡例

一、本書は Gilles Deleuze, *Proust et les signes*, Presses Universitaires de France, 1976（原書第三版）の全訳である。原書の改訂の経緯については「訳者あとがき」を参照されたい。

二、原文のイタリックは傍点で強調し、書名は『　』で示した。大文字は〈　〉で示す。

三、原文の « » は「　」とするが、文脈によっては傍点などで強調する。［　］は訳文でも［　］とする。

四、原注は番号を（　）で囲み、本文の傍注として章ごとに番号を振り直す。

五、訳文中や原注内の〔　〕は訳者が読者の便宜を考慮して補った部分である。訳注も〔　〕で記す。

六、本文中で『失われた時を求めて』の題名が言及される際に、ドゥルーズの原文中では La Recherche（『探求』）と省略されているが、この訳書では『失われた時』を略称としている。

七、引用箇所を示す略号は、引用略号を参照されたい。また、プレイヤッド叢書版のページ番号も含めて原書の明らかな誤りは特に断りなく修正した。プルーストの作品をはじめとする諸文献からの引用文は、原則として私訳によっているが、把握しえたかぎりで対応する邦訳のページ番号もあわせて示す。

八、宇波彰による本書の旧訳（法政大学出版局、初版一九七四年／増補版一九七七年）は、その訳注も含めて参考にした。

第三版への前書き

この本の第一部は、『失われた時を求めて』の中に現われるかぎりでのシーニュの放出と解釈に関するものである。他のパートは、第二版で一続きの文章〔アンチロゴスまたは文学機械〕として付け加えたところで、異なる問題を扱っている。それは『失われた時』の構成という観点から見たシーニュそれ自体の生産と増殖という問題である。この第二部は今度いっそう明確にすることを目ざして、章分けしてある。最後のテクストはイタリアで、論集（Saggi e ricer*che di Letteratura Francese*, XII, Bulzoni édit., 1973）の中に発表したもので、このたび改稿している。

G・D

〔訳注〕 この他の変更として、第二版では全体の結論として配置されていた「思考のイメージ」の章は、七章からなる第一部の末尾に移されている。

第二版への前書き

この本の中では、プルーストの作品全体が、無意志的なものと無意識的なものを結集するシーニュの体験によって導かれていると私たちには感じられていた。それゆえに『失われた時』とは解釈としての作品なのだ。しかし解釈とはシーニュそのものの生産の裏面である。芸術作品は、解釈するだけではなく、解釈すべきシーニュを放つだけでもない。それは規定可能な手続きによって、シーニュを産出するのである。プルースト自身が自分の作品を、実際に機能しうる一つの装置、あるいは機械と見なしていて、それは読者に対する効果をもつべき異なる秩序のシーニュを生み出すものなのである。この版で付け加えた第八章〔この訳書の第二部第一～五章に相当する部分〕において、まさにそのような観点を私たちは分析しようと試みた。

G・D

第一部　もろもろのシーニュ

第一章　シーニュのタイプ

『失われた時を求めて』の一貫性はどういうものだろうか。私たちは少なくともそれがどういうものではないか、わかっている。一貫性は記憶の中にあるのではなく、たとえ無意志的な追憶であるとしても、追憶の中にあるのではない。『失われた時を求めて』の本質はマドレーヌや舗石の中にはないのである。一方で『失われた時』〔訳注1〕は、単に追憶の試みや記憶の探検ではない。つまり「求めて」とは、「真理の探究」という表現に見られるように強い意味で受けとられるべきである。他方「失われた時」とは、単に過ぎた時のことではない。それはまた「時間を失う」という表現に見られるように、人が無駄に過ごす時間のことでもある。当然ながら、記憶は探求の手段として介入

〔訳注1〕『失われた時』：原文では『失われた時を求めて』(*A la recherche du temps perdu*) は『探求』(La Recherche) と省略されているが、この訳書では『失われた時』を略称とする。

するのだが、それが最も根本的な手段というわけではない。そして過ぎた時間は時間の構造として介入するのだが、これも最も根本的な構造ではないのだ。プルーストにおいて、マルタンヴィルの鐘楼とヴァントゥイユの小楽節は、いかなる追憶、いかなる過去の復活ももたらすことはなく、マドレーヌやヴェネツィアの舗石につねに打ち勝つのであり、マドレーヌや舗石のほうは記憶に依存しており、そのかぎりでまだ「物質的な説明」[1]に基づいている。

重要なことは無意志的記憶の表出ではなく、学習の物語なのだ。もっと正確に言うならば、一文学者の学習である[2]。メゼグリーズの方面とゲルマントの方面とは、追憶の源泉というよりは第一の素材であり、学習の軌道なのだ。これらは、ある「教育」の二つの方角なのである。プルーストは常に次のことを強調している。しかじかの時に主人公は、しかじかのことをまだ知らなかったが、後にそのことを学ぶであろう。彼はしかじかの幻想に支配されていたが、やがてそれから解放されるであろう。それゆえの幻滅や啓示の動きがあり、それが『失われた時』の全体にリズムを与えている。プルーストのプラトン主義を引き合いに出してもよかろう。学習することは、新たに想起することである。しかしその役割がいかに重要であろうとも、記憶は単に学習の手段として介入するだけで、学習とはその目的と原理の両方を通じて記憶を超えてゆくのである。『失われた時』は未来に向けられるのであって、過去に向けられるのではない。

学習することは本質的にシーニュにかかわる。シーニュとは、ある時間的な学習の対象であり、抽象的な知識の対象ではない。学習すること、それは何よりもまず一つの物質、一つの対象、一つの存在を、あたかもそれらが解読し解釈すべきシーニュを放っているかのように考慮することである。およそあらゆる学習者は、「エジプト学者」のように何かを扱う。指物師になるには木材のシーニュに敏感にならねばならないし、医者になるには病気のシーニュに敏感にならなければならない。天職とはいつもシーニュにかかわる宿命なのである。私たちに何か教えるものはすべてシーニュを放つのであり、あらゆる学習行為はシーニュの、または象形文字の解釈である。プルーストの作品は記憶の表出に基づくのではなく、シーニュの学習に基づくのである。

その作品は、このような学習から一貫性を、そしてまたその驚異的な多元性を引き出している。「シーニュ」という語は、『失われた時』の中で最も頻繁に現れる語の一つであるが、とりわけ『見出された時』を構成する最終的な体系化において現れるのだ。『失われた時』は様々なシーニュの世界の探検として提示され、この世界はもろもろの円環において組織され、何らかの点において交差する。というのもシーニュは特異的なものであって、何らかの世界の素材を構成するからである。そのことはすでに脇役の人物たちに見て取れる。ノルポワと外交にかかわる暗号、サン＝ルーと戦

（1）P2, III, 375.〔III, 877. 十一巻・四二〇頁〕
（2）TR2, III, 907.〔IV, 486. 十三巻・五一四頁〕

略的シーニュ、そしてコタールと医学的兆候。一人の人間はある領域のシーニュを解読することには有能であっても、まったく別の場合には無能であり続ける。偉大な臨床医であるコタールがそうであるように。そのうえ通常の領域においては、もろもろの世界が仕切り分けされている。ヴェルデュラン家のシーニュはゲルマント家では通用しないが、逆にスワンのスタイルやシャルリュスの象形文字は、ヴェルデュラン家では通用しない。あらゆる世界の一貫性とは、それらが人物、対象、物質によって放たれるシーニュの諸体系を形成することにほかならない。解読すること、そして解釈することによるのでなければ、いかなる真実も発見されず、何も学習されることはない。しかし世界の多元性とは、すなわち、これらのシーニュが同じ種類のものではなく、同じように出現するのではなく、同じやり方で解読されるのではなく、それらの意味に対して同一の関係を持つのではないということなのだ。もろもろのシーニュが同時に『失われた時』の一貫性と複数性を形作るということ、私たちはこの仮説を、主人公がじかに参入するもろもろの世界を考察しながら確かめなければならない(3)。

『失われた時』の第一の世界は、社交界という世界である。これほど狭い空間において、これほど高速で、これほど多くのシーニュを放ち結集する環境はない。確かにこれらのシーニュそのものは等質的ではない。同じ瞬間に、単に階級によるのではなく、もっと深い「精神的家系」にしたがってこれらは差異化される。時につれてこれらのシーニュは進化し、固定され、あるいは別のシーニュに場所を譲る。したがって、学習者の課題とは、なぜ誰かがしかじかの世界に「受け入れ」られ、なぜ誰かが受け入れられなくなるか、もろもろの世界はどのようなシーニュに従属するのか。それを決定するものたち、偉大な祭司たちとは誰なのかを理解することなのである。プルーストの作品においてシャルリュスが最も驚異的なシーニュの発信者であるのは、彼の社交的な能力、彼の傲慢、彼の演劇的センス、彼の顔、彼の声のせいである。しかしシャルリュスは恋愛に突き動かされる人であって、ヴェルデュラン家では何者でもない。それに彼自身の世界にあってさえ、暗黙の法則が変化したときには、彼はもはや何者でもなくなってしまうだろう。それならば、社交的シーニュの一貫性とは何なのか。ゲルマント公爵の挨拶は解釈すべきものであり、これに関する過ちの危険は病の診断と同じくらい大きい。ヴェルデュラン夫人の身振りに関しても同じことが言える。

社交的シーニュは、一つの行動あるいは思考にとって代わったものとして出現する。それは行動や思考の代わりをするのだ。したがってそれは他の何か、超越的意味作用や理念的な内容にかかわるのではなく、その意味の前提された価値を横領したのである。だからこそ行動の観点から判断すると、社交生活は失望させるもの、かつ残酷なものとして現れる。そして思考の観点からは愚か

(3) CG3, II, 547-552.〔II, 835-41. 七巻・四四六―五九頁〕

なものとして現れる。人は思考するのではなく、行動するのではなく、シーニュを形作るのである。ヴェルデュラン夫人宅では何も滑稽なことは言われず、ヴェルデュラン夫人は笑わない。しかしコタールは何か滑稽なことを語るというシーニュを送り、ヴェルデュラン夫人は彼女が笑っているというシーニュを送り、そのシーニュはいかにも完璧に放たれるので、ヴェルデュラン氏は負けまいとして、自分にふさわしい身振りを探す。ゲルマント夫人はしばしば気難しく、しばしば考えが浅はかだが、いつも彼女は魅力的なシーニュを身につけている。彼女は友人たちのために行動するのではなく、彼らと一緒に考えるわけではなく、彼らにシーニュを送るのだ。社交的シーニュは何かを指示するのではなく、何かに「取って代わる」のであり、その意味にふさわしくあろうとする。このシーニュは思考と同じく行動を先取りし、行動と同じく思考を無化し、それ自体で十分ということにしてしまう。だからそれは紋切り型という一面をもち、虚しいものと見える。そうはいってもこうしたシーニュを無視していいと結論してはならない。もしシーニュを経由することがなければ、学習は不完全で不可能でさえあるかもしれない。シーニュは空虚であるが、この虚しさはシーニュに儀式的な完全性を与えるのであって、それは他には見いだされない形式主義のようなものである。社交的シーニュだけが一種の神経的な熱狂を与えることができるのであって、まさにそれはシーニュを生み出すことのできる人物たちの私たちに対する影響を表現しているのだ。

第二の円環は、愛のそれである。シャルリュス－ジュピアンの出会いによって、読者はシーニュの驚異的な交換に立ち会う。恋に落ちることは、誰かがもたらし、あるいは放射するシーニュを通じて、その誰かを個体化することである。それはこれらのシーニュに敏感になること、シーニュの学習をすることなのである（こうして乙女たちの群れの中にあってアルベルチーヌは緩やかに個体化される）。友情は観察と会話によって育まれるかもしれないが、愛は沈黙のうちの解釈によって生まれ、そして育まれる。愛されるものは一つのシーニュ、一つの「魂」として出現するのだ。すなわちこのものは、私たちにとって未知の可能世界を表現する。愛されるものは一つの世界を伴い、内包し、閉じこめているが、それを解読しなければならず、つまり解釈せねばならない。肝心なことは諸世界の多元性そのものである。愛の多元主義は、単に愛されるものたちの多数多様性に関わるのではなく、彼らのそれぞれにおける魂あるいは世界の多数多様性に関わるのである。愛すること、それは愛されるものにおいて内包されたままのこれらの未知の世界を、解明し展開しようとすることなのだ。〔訳注2〕だからこそ私たちの「世界」に属さず、私たちのタイプでさえない女たちとの恋に落ちることは、まったく容易なのだ。だからこそまた愛される女たちは、しばしば私たちがよく知

〔訳注2〕　解明し：「解明する（expliquer）」は、一般に「説明する」を意味するが、本書の文脈ではしばしば「襞（pli）を開く」、「展開する」というニュアンスをともなっている。impliquer（内に折りこむ、ともなう、包含する）や、compliquer（複雑にする、複合する、巻きこむ）などとの強い関連を想定すべきである。

っている風景に結び付けられ、一人の女の目の中にその風景の反映が期待されることになるが、この風景はそのとき実に神秘的な観点から投影されるので、私たちにとってそれは近づきがたい未知の国のようになる。こうしてアルベルチーヌは「浜辺と砕ける波」を内包し、組み込み、合体させるのだ。もはや私たちが見ている風景ではなく、反対にそこに私たちが見られている風景に、いかにして私たちは接近することができるのか。「もし彼女が私を見たならば、彼女にとって私は何を表象していたことになるのか、どんな宇宙の中に彼女は私を見分けていたのか[4]」。

したがってここには愛の矛盾が存在する。これらの世界に遭遇することなしには、愛されるもののシーニュを解読することができないが、そんな世界が形をあらわすために私たちは必要とされず、その世界は他の人物たちとともに形をとったのであり、その世界において、はじめに私たちは他の者たちの間の一つの対象にすぎない。愛するものは、愛されるものが彼に愛着を示し、その身振り、その愛撫を彼に委ねることを願う。しかし愛されるものの身振りは、まさにそれらが私たちに向けられ、捧げられる瞬間にも、やはり私たちを排除するこの未知の世界を表現している。愛されるものは私たちに愛着のシーニュを与える。しかしこれらのシーニュは私たちが所属しない諸世界を表現しているシーニュと同じものなのだから、私たちが享受するそれぞれの愛着は可能世界のイメージを描き出すのであって、そこでは別の者たちが愛されるかもしれず、あるいは現に愛されているのだ。「たちまち彼の嫉妬は、あたかもそれが彼の愛の影であるかのように、彼女がまさにその夜彼に示したあの新たな微笑の影で補われていたが、その微笑はいまや反対にスワンをあざけり、別の男への愛で満ちていた……したがって彼は、彼女のそばで味わったいちいちの快楽、工夫されたいちいちの愛撫を悔やむようになったが、不覚にも彼は彼女に対して、その甘美なこと、彼女に発見した魅力をいちいち讃えていた。というのも、彼はすぐ後で、それらが新しい手段で彼の苦悶を増大することを知っていたからである」[5]。愛の矛盾とは、次のようなことである。自分を嫉妬から守るために私たちが訴える手段は、この嫉妬を発達させる手段そのものであり、それが私たちの愛からの一種の自立性、独立性を嫉妬に与えるのである。

愛の第一の法則は主観的である。つまり主観的には、嫉妬は愛よりも深く、愛の真実をうちに含んでいる。つまり嫉妬はシーニュの把握と解読においてずっと遠くまで行くのだ。嫉妬は愛の行先であり、到達点である。実際、愛されるもののシーニュを私たちが「解明する」と、たちまちそれらが嘘であることが露呈するのは避けがたいことである。すなわち私たちに向けられ、私たちに適用されるとき、私たちを排除する諸世界をシーニュはそれでも表現するのだが、愛されるものはそんな世界を私たちに認識させることを望まず、認識させることができない。それは愛されるものの

(4) JF$_3$, I, 794.〔III, 152. 四巻・三三六頁〕
(5) CS$_2$, I, 276.〔I, 271-72. 二巻・二〇九頁〕

特別な悪意のせいではなく、もっと深い矛盾が理由であって、愛の本性と愛されるものの一般的状況に由来するのである。愛のシーニュは社交のシーニュと同じものではない。それは思考と行動にとって代わる空虚なシーニュではない。それは嘘のシーニュであって、私たちに向けられるとき、そのシーニュが表現するものは、つまり未知の諸世界の起源、それらに意味を与える未知の行動と思考の起源は隠されるしかない。そのようなシーニュは、表面的な神経的興奮ではなく、深化することの苦痛をかきたてる。愛されるものの嘘は、愛の象形文字である。愛のシーニュの解釈者は、必然的に嘘の解釈者である。彼の運命そのものが、次の標語の中に含まれている。愛されることなく愛すること。

愛のシーニュの中に、嘘は何を隠しているのか。愛される女によって放たれるあらゆる嘘のシーニュは、一つの同じ秘密の世界に向かって収束する。ゴモラの世界も、やはりしかじかの女性に依拠しているのではなく（一人の女が他の女よりもよくその世界を体現することはありうるだろうが）、この世界はとりわけ女性的な可能性であり、それは嫉妬が発見する一つのアプリオリのようなものだ。要するに愛される女によって表現される世界は、彼女が私たちに愛着のしるしを示すときでさえも、いつも私たちを排除する世界なのである。しかしあらゆる世界の中で最も排他的なものは何か。「私がたどり着いたのは恐るべき未知の領域（*terra incognita*）で、まぎれもない苦痛の新たな位相がそこに開けていた。しかしながら私たちを飲み込むこの現実の洪水は、たとえ私たちの臆病な仮定にとっては法外であっても、この仮定によって予感されていたものだ……ライバルは私に似た男ではなく、その武器は異なるものであった。私は同じ地平で戦うことはできず、アルベルチーヌに同じ快楽を与えることはできず、それを正確に理解することさえできなかった」[6]。私たちは愛される女のあらゆるシーニュを解釈する。しかしこの苦しみに満ちた解読が終わると、本来的な女性的現実の最も深い表現としてのゴモラのシーニュに、私たちは突き当たるのである。

プルースト的な愛の第二の法則は第一の法則と連結される。客観的には、異性間の愛は同性愛ほど深くなく、それはみずからの真実を同性愛の中に見出すのだ。というのも愛される女の秘密がゴモラの秘密であることが真実なら、愛する男の秘密はソドムの秘密なのである。類似した状況において『失われた時』の主人公はヴァントゥイユ嬢をのぞき見し、またシャルリュスをのぞき見する[7]。しかしシャルリュスがすべての愛するものを包含するように、ヴァントゥイユ嬢は愛されるあらゆる女を展開するのである。私たちの愛の無限遠に、本来的な〈両性具有者〉が存在する。しかし〈両性具有者〉は自分自身で懐胎することができる存在ではない。両性を統一するどころか彼はそれを分割するのであって、彼は源泉であり、そこからソドムの系列とゴモラの系列という二つの

（6） SG2, II, 1115-1120.〔III, 500-05, 九巻・五八三―九二頁〕
（7） SG1, II, 608.〔III, 9-10. 八巻・三四―五頁〕

発散する同性愛的系列がたえまなく流出するのだ。サムソンの予言の鍵を握るのはこの両性具有者である。「両性はそれぞれ自分の側で死に絶えるであろう」(8)。だからこそ異性間の愛は、単にそれぞれの愛の行先を覆い隠す外観に過ぎず、呪われた根底を隠しており、まさにそこですべてが形成されるのだ。そしてもし二つの同性愛の系列が最も深くにあるとしても、それはやはりシーニュと相関的である。ソドムの人物たち、ゴモラの人物たちは、彼らが守らなければならない秘密を、シーニュの強度によって補償するのである。アルベルチーヌを見つめる一人の女についてプルーストは書いている。「まるで彼女はアルベルチーヌに向けて、目を灯台にしてシーニュを送っているかに見えた(9)」。愛の世界の全体が、嘘を暴露するシーニュから、ソドムとゴモラの隠されたシーニュへと移行するのである。

第三の世界は、もろもろの印象または感覚的質の世界である。一つの感覚的質が、私たちに一種の要請を伝えるのと同時に奇妙な喜びを与えることがある。このように体験されるとき、その性質はもはや現にそれを所有している対象の特性として現われるのではない。むしろ全く別の対象のシーニュとして現れるのであり、いつも挫折しかねない努力を払って私たちはそれを解読しようと努めねばならない。あたかもその性質が、いま指示しているのとは別の対象の魂を内包し虜にしているかのように、すべてが生起する。私たちはこの性質、この感覚的印象を、まるで水の中で開きながら閉じ込められていた形をあらわにする小さな和紙のように[10]「展開する」のである。この種の事例は『失われた時』において最も名高いもので、結末に向かって加速していく（「見出された時」の最後の啓示はシーニュの増殖によって告げられる）。しかしマドレーヌ、鐘楼、木々、舗石、ナプキン、スプーンや水道の音など、どんな事例であろうと、私たちは同じことが繰り広げられるのに立ち会うのだ。まず驚異的な喜びがあり、だからこそ、これらのシーニュはそれらの即座の効果によって、先行するものから既に区別される。さらには一種の義務が感じられるが、それは思考の作業の必要性なのである。つまりシーニュの意味を探求すること（しかしながら怠惰のせいで私たちはこの要請を聞き逃すことがある。あるいは無能あるいは不運によって、私たちの探求が失敗することがある。木々の場合のように）。ついでシーニュの意味があらわになり、隠された対象を私たちに委ねる。――マドレーヌにとってのコンブレー、鐘楼にとっての乙女たち、舗石にとってのヴェネツィア……。

解釈の努力がここに尽きるものかどうか、確かではない。なぜマドレーヌの誘いによって、コンブレーはかつて現前したままに甦るのに甘んじることはなく（単なる観念連合）、決して体験され

（8）SGɪ, II, 616.〔III, 17. 八巻・五二頁〕
（9）SGɪ, II, 851.〔III, 245. 八巻・五五七頁〕
（10）CSɪ, I, 47.〔I, 46-47. 一巻・一一五―一一七頁〕

たことのない形態において、その「本質」またはその永遠性において出現するのか説明することが残っている。あるいは同じことになるが、なぜ私たちはこんなにも強度で、こんなにも特別な喜びを感じるのか、説明することが残っているのだ。ある重要な文章の中で、プルーストは一つの失敗の例としてマドレーヌを引き合いに出している。「その時私は根本的原因を探求することを先延ばしにしていたのだ[11]」。ところがマドレーヌは、ある観点からは正真正銘の成功と見えていた。つまり解釈者は、少なからず苦労して、コンブレーの無意識の追憶の中に、その意味を見出していた。反対に三本の木は、それらの意味が明らかにされないからほんとうに失敗なのだ。したがって「マドレーヌ」を不十分さの例として挙げながら、プルーストは解釈の新しい段階、最終段階を目指していると考えなければならない。

つまりもろもろの感覚的質、あるいはたとえ正しく解釈されたものであろうと諸印象は、まだそれら自体として十分なシーニュではない。しかしながら、それらはもはや社交的シーニュのように作為的な熱狂を与える空虚なシーニュではない。それらはもはや愛のシーニュのように、私たちを苦しませる嘘のシーニュではない。愛のシーニュのほんとうの意味は、たえず増大する苦しみを準備するばかりだ。感覚的質は真正のシーニュであって、充実し肯定的で喜ばしいシーニュの驚異的な歓喜を、即座に私たちにもたらすのである。とはいえ、これらは物質的なシーニュである。単にそれらの感覚的源泉が理由ではない。そうではなく、それらの意味は展開されるにつれて、コンブレー、乙女たち、ヴェネツィア、あるいはバルベックを意味するのである。感覚的質は単にそれらの源泉ではなくそれらの解明にもなっていて、それらの展開は物質的なものにとどまる。[12]私たちがまさに感じるのは、このバルベック、あのヴェネツィア……が観念連合の産物として現れるのではなく、それ自体として、それらの本質において現れるということである。しかしながら私たちはまだこの観念的本質が何であるかも、なぜこれほどの歓喜を覚えるのかも理解する状態にはない。「プチット・マドレーヌの味は私にコンブレーを想起させていた。しかしコンブレーとヴェネツィアのイメージは、しかじかの瞬間に、なぜ確信に似た歓喜を、そして他に根拠もないままに、死に対して私を無関心にしてしまうほど十分な歓喜を与えていたのか[13]」。

『失われた時』の最後で、解釈者はマドレーヌ、あるいは鐘楼の場合においてさえ彼が見逃していたことを理解する。物質的意味とは、それが体現する観念的本質なしには何ものでもないということである。過ちとは、もろもろの象形文字が「単に物質的対象[14]」を表象しているとみなすことで

（11）TR1, III, 867.〔IV, 445. 十三巻・四三一頁〕
（12）P2, III, 375.〔III, 877. 十一巻・四二〇頁〕
（13）TR2, III, 867.〔IV, 446. 十三巻・四三三頁〕
（14）TR2, III, 878.〔IV, 457. 十三巻・四五四頁〕

ある。しかしいまや解釈者がもっと前進することを可能にするのは、そうこうするうちに〈芸術〉の問題が提起され、そして解決をみたということである。ところで〈芸術〉の世界とはシーニュの究極の世界なのである。そしてこれらのシーニュは、非物質化されたものとして、みずからの意味を観念的本質の中に見出すのだ。したがって〈芸術〉の啓示された世界は、他のあらゆる世界に、そしてとりわけ感覚的シーニュに対して反作用するのである。この世界はそれらのシーニュを統合し、美学的な意味で色付けし、それらがまだ不透明なままにしているものに侵入する。そのとき感覚的シーニュが、それらの物質的意味において体現される観念的本質にすでに結ばれていたことを私たちは理解する。しかし〈芸術〉なしには、私たちはそれを理解することも、マドレーヌの分析に対応する解釈の水準を乗り越えることもできなかったであろう。だからこそあらゆるシーニュは芸術に向けて収斂するのである。あらゆる学習は実に多様な道を通って、すでに芸術そのものの無意識的な学習になる。最も根本的な水準において、本質的なものは芸術のシーニュの中にある。

私たちはまだそのシーニュを定義してはいない。私たちが要求するのはただ、プルーストの問題がシーニュ一般の問題であるということが了解され、そしてもろもろのシーニュが様々な世界を、空虚な社交的シーニュ、愛の嘘のシーニュ、物質的感覚的シーニュ、最後に芸術の本質的シーニュ（それが他のすべてのシーニュを変形する）を構成するということが了解されることである。

第二章　シーニュと真実

失われた時の〈探求〉とは、実は真実の探求なのだ。それが失われた時の探求と呼ばれるのは、もっぱら真実が時間と本質的関係を持つからである。愛においては、自然または芸術と同じことで、問題は快楽ではなく真実である。[1] あるいはむしろ私たちはただ真なるものの発見に対応する快楽と歓喜を得るのみである。嫉妬する人は、愛される人の嘘を解読しえたとき、ささやかな喜びを感じる。それは翻訳者が難解なテキストを翻訳しえたときのようなもので、たとえ翻訳することが個人としての彼に不快で悩ましい知らせをもたらすにしても、それはかわらない。[2] さらには、プルーストがいかに真実をめざす彼独自の探求を定義しているか、いかに彼がそれを他の学問的または哲学

（1）JF1, I, 442.〔I, 433-34. 三巻・四六頁〕
（2）CS2, I, 282.〔I, 277-78. 二巻・二二〇―二二三頁〕

的探求に対立させているか、理解しなければならない。

真実を探しているのは誰か。そして「私は真実を知りたい」という者は何を意味しているのか。人間が、たとえ純粋とみなされる精神であっても、真なるものの欲望、真実への意志を自然に持っている、などとプルーストは信じていない。私たちが真実を求めるのは、具体的な状況に直面してそう決心するとき、この探求に私たちを駆り立てる一種の暴力を受けとるときだけである。真実を探すのは誰か。愛される人の嘘に脅えて嫉妬する男である。私たちを探求へと駆り立て、平穏を乱すシーニュの暴力が、いつも存在するのだ。真実は共通性によって、善意によって見いだされるのではなく、無意志的シーニュを通じてあらわになるものだ[3]。

哲学の誤謬とは、私たちの中に、思考しようとする善意、真なるものへの欲望、自然な愛がそなわっているとあらかじめ想定することである。そのため哲学は、誰にも無害で誰も圧倒することのない抽象的真理にたどり着くだけだ。「純粋な知性によって形成される観念は、論理的な真理、可能的な真理しか持つことがなく、それらの選択は恣意的なものである[4]」。そのような観念は無根拠である。なぜならそれらは一つの可能性しか与えない知性から生じたもので、それらの正当性を保証する出会い、あるいは暴力から生まれたものではないからだ。知性の観念はその明白な意味、それゆえ因習的な意味によって価値を持つだけである。プルーストがこれほどこだわる主題は他にあまりない。真実とは、あらかじめ存在する善意の産物ではなく、思考における暴力の結果である。

明白で因習的な意味作用とは、決して根本的なものではない。外的なシーニュに内包され折りこまれたものとしての意味だけが、根本的なのである。

「方法」というものの哲学的観念に、プルーストは「強制」と「偶然」という二重の観念を対立させている。私たちに考えることを強いる何か、真なるものを求めることを強いる何かとの出会いに、真実は依存するのだ。出会いの偶然、強制の圧力はプルーストにとって二つの根本的な主題である。まさに出会いの対象となるのはシーニュであり、これこそが私たちに対してこの暴力を行使するのである。出会いの偶然こそが、思考される事柄の必然性を保証するのだ。偶発的にして不可避、とプルーストは言う。「そして私は、このことこそがそれらの信憑性の爪痕であるに違いないと感じていた。自分が躓いた中庭の二つの舗石を私はわざわざ探したわけではなかった[5]」。「私は真実を望む」という誰かは、いったい何を望んでいるのか。彼は強制され押しやられてそれを望むだけだ。そのようなシーニュに関わる一つの出会いに支配されて彼はそれを望むのである。彼が望むことは、すなわちシーニュの意味を解釈し、解読し、翻訳し、発見することである。「したがって私のなすべきことは、ゲルマント、アルベルチーヌ、ジルベルト、サン＝ルー、バルベック、等々、

（3）CG1, II, 66.〔II, 365. 五巻・一四四頁〕
（4）TR2, III, 880.〔IV, 458. 十三巻・四五八頁〕
（5）TR2, III, 879.〔IV, 457. 十三巻・四五六頁〕

私を取り巻くどんなに些細なシーニュにも意味を付与することであった(6)」。

真実を探究すること、それは解釈し、解読し、解明することである。しかしこの「解明」はシーニュそれ自体の展開と一体なのである。だからこそ『失われた時』はいつも時間にかかわり、その真実とはいつも時間の真実なのである。最終的な体系化は、〈時間〉そのものが多元的であることを私たちに思い起こさせる。この点で〈失われた時〉と〈見出された時〉のあいだには、大きな違いがある。失われた時の諸真実があり、また見出された時の諸真実があるのだ。しかしもっと厳密には、それぞれに固有の真実を持つ四つの時間の構造を区別するのがいい。要するに、失われた時間とは、単に諸存在を変質させ、かつて存在したものを消滅させて過ぎゆく時間ではない。それはまた私たちが失う時間でもある（なぜ仕事をし、芸術作品を作り出すよりも、むしろ時間を失い、社交的になり、恋をしなければならないのか）。そして見出された時間は、何よりもまず失われた時のただ中に私たちが見出す時間であって、それは私たちに永遠性のイメージを与えるのだ。ところが、それはまた絶対的な起源的時間であり、芸術の中で確かめられる真の永遠性である。それぞれのシーニュの種類が、それに対応する特権的な時間の線を持っている。しかしここには多元性があって、それが組み合わせを増殖させる。各種のシーニュが、異なる仕方で時間のいくつかの線に合体する。同一の線が、異なる仕方で、いくつかの種類のシーニュを混合させる。

失われた時、つまり時間の去来、かつてあったものの消滅、諸存在の変質などを思考することを私たちに強いるシーニュが存在する。親しかった人々に再会することは一つの啓示である。なぜなら、もはや私たちにとって習慣ではなくなった彼らの顔は、時間のシーニュと効果を純粋状態に導き、時間はそれらの何らかの特徴を変化させ、別の特徴を引き延ばし、軟化させ、あるいは押しつぶしたのである。〈時間〉は可視的になろうとして、「もろもろの身体を要求し、そしてそんな身体に出会ういたるところで、その身体を自分のものにして、そこに時間の幻燈を映して見せようとする」[7]。『失われた時』の最後のゲルマント家のサロンでは、あらゆる顔たちの群像が見られる。しかしもし必要な学習をしていたなら、私たちは最初からわかっていたはずだった。社交的シーニュは、その虚しさのせいで脆弱な何かをあらわにし、あるいはすでに凝固し、それらの変質を隠そうとして不動になっていたということを。というのも社交生活とは、いつの瞬間も、変質であり変化なのである。「流行とは、それ自体が変化の必要から生まれたもので、変化し続けるのである」[8]。『失われた時』の最後で、ドレフュス事件そして戦争、そしてとりわけ〈時間〉そのものが、いかに深く社会を変化させたか、プルーストは描いている。一つの「世界」の終わりを結論しているのではな

(6) TR2, III, 897.〔IV, 476. 十三巻・四九四―九五頁〕
(7) TR2, III, 924.〔IV, 503. 十四巻・三四頁〕
(8) JF1, I, 433.〔I, 425. 三巻・二七頁〕

く、彼が知って愛した世界それ自体がすでに変質であり変化であり、〈失われた時〉のシーニュそして結果であったことを彼は理解するのだ（ゲルマント家さえも、その名前によって持続しているだけである）。プルーストは変化を決してベルクソン的な持続としてではなく、一つの脱落として、墓への道行きとしてとらえている。

なおさら愛のシーニュは、いわばシーニュの変質とそれらの消滅を先取りしている。愛のシーニュこそは、最も純粋な状態における失われた時を内に折り畳んでいる。シャルリュスの信じがたい見事な老化に比べれば、社交界の人間たちの老化は何ものでもない。しかしここでもまたシャルリュスの老化は、彼の変幻自在な魂たちの再配置に過ぎず、それらはもっと若い時のシャルリュスの目配せや大声において、すでに現前していたのだ。愛と嫉妬のシーニュが、それらに固有の変質を含んでいるとすれば、その理由は単純である。愛は絶えずそれ自身の消滅を準備し、その破局を模倣するからである。自分を失ってしまった誰かがどういう顔をするか、私たちがまだ生きていてそれを見るのを想像するとき、死について愛と同じことが当てはまる。同じように私たちは、自分がもう愛してはいない誰かの後悔を見てほくそ笑むためにだけ、まだ愛しているのを想像するのである。確かに私たちは過去の愛を反復する。しかし同じくらい確かに、私たちの現在の愛は、まったく生き生きと破局の瞬間を「反復し」、あるいはそれ自体の終局を予想するのである。嫉妬のいざこざと呼ばれることの意味はそんなものである。未来に向けられたこの反復、この結末の反復はスワンのオデットに対する愛、話者のジルベルトあるいはアルベルチーヌに対する愛においても見られるものだ。サン゠ルーについてプルーストは言っている。「彼はどれ一つ忘れることなくあらゆる破局の痛みを、前もって苦しんでいたが、別の瞬間には彼はその破局を避けることができると思っていた[9]」。

もっと驚くことに、感覚的シーニュはそれらの充実にもかかわらず、それら自体が変質と消滅のシーニュでありうる。しかしながらプルーストは、一つの具体例として、祖母の編み上げ靴と思い出を引き合いに出している。それはマドレーヌや舗石と原理的に異なるものではなく、見出された〈時間〉の充実を与える代わりに、痛ましい消滅を私たちに感じさせ、永遠に失われた〈時間〉のシーニュを形作る。[10]編み上げ靴にかがみながら、彼は何か神々しいものを感じる。しかし目から涙が流れ、無意志的記憶が死んだ祖母の引き裂くような追憶を彼にもたらす。「彼女が死んだこと……私が彼女を永遠に失ったことを認めるようになったのは、埋葬のあと一年以上たってからのことでしかなく、これは出来事の暦が感情の暦と一致することをしばしば阻む、あの時間錯誤のせいであった」。なぜ無意志的追憶は永遠性のイメージの代わりに、死の悲痛な感情を私たちにもたらすのか。一人の愛された存在がよみがえる場合の特別な事情を引き合いに出しても十分ではな

(9) CGɪ, II, 122. 〔II, 421. 五巻・二六六頁〕
(10) SGɪ, II, 755-760. 〔III, 152-57. 八巻・三四九―六〇頁〕

い。主人公が祖母に対して感じているうしろめたさも十分とは言えない。感覚的シーニュそれ自体に、ある両義性を見出すべきであって、これこそが喜びのうちに引き延ばされる代わりに、時にそれが苦痛に変わることを説明しうるのである。

マドレーヌと同じように、編み上げ靴は無意志的記憶を介入させる。つまり過去の感覚が現在の感覚に重なり結びつこうとし、しかもそれをいくつかの時期に同時に拡張するのだ。しかし現在の感情が過去の感情にその「物質性」を対立させるだけで、この重なり合いの喜びは、流出や、癒しがたい喪失の感情に取って代わられ、そのとき過去の感情は、失われた時の深さの中に押しやられてしまう。こうして主人公がみずからを有罪とみなすことは、現在の感情に、過去の感情の包容力から逃れる力を与えるだけである。主人公は始めにマドレーヌの場合と同じような至福を味わうのだが、すぐにこの幸福は死と虚無の確実性に取って代わられる。ここにこそ両義性があって、これはいつも、〈記憶〉が介入するあらゆるシーニュにおける〈記憶〉の可能性であり続ける（だからこれらのシーニュは他に劣っている）。つまり〈記憶〉それ自体が、「死後の生と虚無との奇妙な矛盾」、「死後の生と虚無との痛ましい総合[11]」を内に折り畳んでいる。マドレーヌや舗石においてさえも、今度は二つの感覚の重なり合いによって隠された虚無が、そそり立つ。

さらに別の仕方で社交的なシーニュ、とりわけ社交的シーニュは、また同じく愛のシーニュ、そして感覚的シーニュさえもが、「失われた」時のシーニュなのである。これらは私たちが失う〔空費する〕時間のシーニュである。というのも社交界に出入りすること、凡庸な女に恋をすること、サンザシ〔訳注1〕のことにあんなにかまけることさえも理にかなわないからだ。もっと奥深い人々と付き合うほうが、そして何よりも仕事をするほうがましであろう。『失われた時』の主人公はしばしば失望を表現し、仕事をしないで、自分が予告する文学作品にとりかかろうとしない彼の無能さを前にした両親の失望を描いている。(12)

しかし学習の本質的成果とは、人が失うこの時間に関するもろもろの真実があるということが最後になって啓示されることである。意志の努力によって着手された仕事は何ものでもない。文学において、それは知性の真理に私たちを導くだけで、これには必然性の爪痕が欠けており、私たちはいつもそんな真理は別のもので「ありえたし」、別様にも言及されたであろうという印象を持つのだ。同じように、奥深い知的人間が言うことは、そのもっともらしい内容によって、その明白で客観的で洗練された意味によって、それ自体価値をもっているが、そこから私たちが引き出すものは

(11) SGI, II, 759-760.〔III, 156-57. 八巻・三五八頁〕

〔訳注1〕 サンザシ：「サンザシ」の描写はコンブレーの追憶に頻出し、それはしばしば「粗忽で活発な色白の乙女」のイメージに結びつけられる。Cf. 吉川一義訳、一巻・二五三頁。

(12) JFI, I, 579-581.〔I, 568-71. 三巻・三三四―三七頁〕

わずかしかなく、抽象的な可能性でしかない。私たちが別の道によって別の真実にたどり着けないならば。これらの道はまさにシーニュの道である。ところで凡庸な、または愚かな人物も、私たちがその人を愛するときは、非常に奥深く非常に知的な精神よりも、たちまち豊かなシーニュを帯びるようになる。一人の女が偏狭で無能であればあるほど、彼女はなおさらシーニュによってそれを補い、それらのシーニュはときとして彼女を裏切り、嘘を暴き、適切な判断を形成し一貫した考えを持つことの無能性を暴き出すのである。プルーストはインテリたちについて言っている。「人は彼らが凡庸な女を愛するのを見て驚くが、そんな女は賢い女よりもはるかに彼らの宇宙を豊かにするのだ」[13]。もろもろの素材や原始的な自然のもたらす陶酔というものが存在する。それらがシーニュに満ちているからである。愛される凡庸な女とともに、私たちは人類の起源に、つまりシーニュが明白な内容に勝り、また象形文字が他の文字に勝る時代に復帰する。つまりこの女は私たちに何も「伝え」ないが、解読すべきシーニュを絶えず生み続けるのである。

だからこそときにはスノビズムによって、ときには恋の放蕩によって、時間を浪費していると思っても、私たちはしばしば五里霧中の学習を続け、失った時間の真実の最終的な啓示にまで至るのだ。人がどのように学習するのか、決してわかることはない。それにしても、学習の仕方が何であれ、いつも時間を失いながらシーニュの媒介を経るのであって、客観的な内容を消化することによるのではない。どうして小学生が突然「ラテン語の秀才」になったりするか、どんなシーニュが（愛の欲求、または口に出せないような欲求においてであれ）彼の学習に役立ったのか、誰が知ろう。教師や両親が私たちに貸してくれる辞書で私たちが学ぶことなど何もない。シーニュはそれ自体のうちに、関係としての不均質性を折り込んでいる。誰かのようにすることによってではなく、誰かとともにすることによって私たちは学習するのであって、この誰かは学習する内容と相似の関係を持ってはいない。人はいかにして偉大な作家になるのか、誰が知ろうか。オクターヴについてプルーストは言っている。「私たちの時代のおそらく最も驚異的な傑作が、大規模なコンクールやド・ブロイ式の模範的学問的教育からではなく、競馬場や酒場を出入りすることから生み出されることを考えて、やはり私は驚いた[14]」。

しかし時間を失うだけでは十分ではない。自分が失う時間からもろもろの真実を、そしてとりわけ失われた時間から真実を、いかに引き出すのか――なぜプルーストはこのような真実を「知性の真実」と呼ぶのか。実際そのような真実は、善意によって働き、任務にとりかかり、そしてみずからが時間を失うのを禁止するときに知性が発見する真理とは反対のものである。この点で私たちはもっぱら知的な真理の限界を見たのだ。それらには「必然性」が欠けている。しかし芸術においても、あるいは文学においても、知性はいつも後になって生まれるのであって、前もって生まれるの

(13) AD, III, 616.〔IV, 196. 十二巻・四三七―三八頁〕
(14) AD, III, 607.〔IV, 186. 十二巻・四一七―一八頁〕

ではない。「作家にとって印象とは、科学者にとっての実験に等しいものであり、科学者においては知性の作業が先立つが、作家においてそれは後に来るという違いがある」[15]。まずシーニュの暴力的効果を感じなければならず、そして思考はあたかもシーニュの意味を探ることを強いられるようでなければならない。プルーストにおいて思考一般はいくつかの形態において現れる。すなわち記憶、欲望、想像力、知性、諸本質の能力……しかし人が失う時間と失われた時間という特定の場合においては、知性が、ただ知性だけが、思考の努力をもたらすこと、またはシーニュを解釈することができる。「後になって」生じるという条件で、知性は何かを発見する。あらゆる形態の思考の間で、ただ知性のみが、この領界からもろもろの真実を引き出すのである。

社交的シーニュは軽薄で、愛と嫉妬のシーニュは苦しみに満ちている。しかし一つの身振り、一つの発音、一つの挨拶が、解釈されねばならないということを、まず学ばないのであれば、誰が真実を追求しえようか。恋人の嘘が与える苦しみをまず感じたことがなければ、誰が真実を追求しようか。知性の諸観念とは、しばしば悲しみの「代用品」なのである[16]。苦しみは知性を強いて、ある種の奇異な快楽が記憶を揺さぶるようにして追求を行わせる。知性は、社交生活の最も軽薄なシーニュが法則に基づくこと、愛の最も痛ましいシーニュが反復に基づくことを理解し、それを私たちに理解させるものなのだ。そのとき私たちは様々な人物を利用することを学ぶ。軽薄であろうと残酷であろうと、彼らは「私たちの前で演技をした」のであり、彼らはもはや彼らを超越する主題の化身に過ぎず、あるいはもはや私たちに背反することがないある神性の断片に過ぎないのだ。社交界の法則の発見は、個別に理解されるなら無意味にとどまる諸シーニュに一つの意味を与える。しかしとりわけ愛に関する私たちの反復を理解するなら、これらのシーニュのそれぞれは喜びに変わるのであって、個別に理解されたときシーニュは私たちに実に多くの苦痛を与えていたのである。「というのも私たちが最も愛した人に対しても、私たちは自分に忠実なほどに忠実ではないからだ。そして遅かれ早かれ愛を再開することができるようにその人を忘れてしまう。それが私たちの習癖というものだから」[17]。私たちが愛した人々はかわるがわる私たちを苦しませた。しかし彼らが形成する切れ切れの鎖は知性にとって愉快な見世物である。そのとき知性のおかげで、最初は知りえなかったことを私たちは発見する。自分の時間を失っていると思っていたとき、すでに私たちはシーニュの学習をしていたということ、私たちの怠惰な生活が、私たちの作品と一体であったことに気づくのである。「〔この日までの〕私の全生涯はすなわち一つの天職[18]〔という言葉に要約されえたかもしれないし、されえなかったかもしれない〕」。

(15) TR₂, III, 880.〔IV, 459. 十三巻・四五八―五九頁〕
(16) TR₂, III, 906.〔IV, 485. 十三巻・五一三頁〕
(17) TR₂, III, 908.〔IV, 487. 十三巻・五一五―一六頁〕
(18) TR₂, III, 899.〔IV, 478. 十三巻・四九八頁〕

私たちが失う時間、失われた時、さらに私たちが見出す時間と見出された時。それぞれの種類のシーニュに、おそらく特権的な時間の線が対応する。社交的シーニュは特に私たちが失う時間を内に折りこんでいる。愛のシーニュは、とりわけ失われた時間を内包している。また感覚的シーニュはしばしば時間を見出させ、失われた時間のただなかにあって私たちにそれを取り戻してくれる。最後に芸術のシーニュは、見出された時間を、他のすべての時間を含む絶対的起源的時間を私たちにもたらすのである。しかしそれぞれのシーニュが特権的な時間的次元を持つならば、それぞれがまた別の線にまたがり、時間の別の次元に合流するのである。私たちが失う時間は愛において、また感覚的シーニュにおいてさえも引き延ばされる。失われた時間はすでに社交生活の中に出現し、感覚性のシーニュにおいてもやはり持続する。私たちが見出す時間は、ひるがえって私たちが失う時間に、そして失われた時間に反作用するのである。そして芸術作品の絶対的時間においてこそ、他のあらゆる次元は結集され、それらに対応する真実を発見する。シーニュの諸世界、『失われた時』のもろもろの円環は、それゆえ時間のもろもろの線、真の学習の線にしたがって展開される。しかしこれらの線の上でそれらの世界や円環は、互いに干渉しあい互いに反作用しあう。こうして、もろもろのシーニュは時間の線にしたがって展開され解明されるが、同時にシーニュは、たがいに照応し、あるいは象徴し、また交錯し、真実の体系を構成する複雑な組み合わせの中に参入することになる。

第三章　学習

　プルーストの作品は、過去と記憶の発見にではなく、未来と学習の進展のほうに向けられている。重要なことは、主人公がはじめにしかじかのことを知らず、徐々にそれを学び、そしてついに最終的な啓示を受け取るということである。だからどうしても彼はたくさんの失望を味わう。彼は「信じこんでいた」、彼は幻想を抱いていた、学習の間じゅう世界は揺らいでいる。それでも私たちは『失われた時を求めて』の展開に、ある線的な特性を見るのだ。実際何らかの部分的啓示が、何らかのシーニュの領域において現われるが、ときには別の領域における退行を伴い、もっと広範囲に及ぶ失望に沈み込む。しかし芸術の啓示が全体を体系化しているのではないかぎり、啓示はあいかわらず脆弱な形で、別のところにまた現われるだけだ。そしてそれぞれの瞬間にも、特別な失望が怠慢に陥らせ、全体を巻き添えにすることがある。このことから、時間は多様な系列を形作り空間よりも多数の次元を含む、という根本的理念が生じるのだ。一つの次元で達成されたことも、別の次元では達成されない。『失われた時』はリズム化されているのであって、それは単に記憶の成果や沈殿によるものではなく、不連続な失望の系列によるもの、そしてまた各系列において失望を克服するために活用される手段によるものである。

シーニュに敏感であること、世界を解読すべきものと考えること、それはおそらく一つの才能である。しかしこの才能は、私たちが必要な出会いをしなければ内に隠されたままであるおそれがある。そしてこのような出会いも、私たちが既成の信念に打ち勝つことがなければ、なんの結果も生まないままだろう。そんな信念の第一のものは、対象が含んでいるもろもろのシーニュを対象に帰属させることである。すべてが、知覚、情熱、知性、習慣そして自尊心[1]さえもが、私たちにそれを強いる。そこで「対象」そのものが、それが放つシーニュの秘密を所有していると考えるようになるのだ。私たちは対象の上に身をかがめ、シーニュを解読しようとしてまた対象に戻る。私たちにとって自然な、あるいは少なくとも習慣的なこの傾向を、便宜上、客観主義と呼ぼう。

というのも私たちの印象のそれぞれが、二つの面を持つからである。「半分は対象の中に包まれ、私たちだけが知りうる別の半分によって私たち自身のうちに引き延ばされている[2]」というような二面である。それぞれのシーニュが二つの半分からなる。それは対象を指示し、また何かちがうものを意味する。客観的側面とは、楽しみ、即座の享楽そして実践という面である。この道に踏み込みながら、すでに私たちは「真実」の側面を犠牲にしたのである。私たちは事物を再認するが、決してそれらを認識することがない。シーニュが意味するものを、私たちはそれが指示する存在や対象と混同してしまうのだ。私たちは最も美しい出会いの機会を逃し、そこから出てくる要請を見失う。つまりもろもろの出会いを深化するよりは、再認の安易さについてしまうのだ。そして一つのシーニュの輝きとして印象の喜びを感じるときも、「えい、えい、えい」とか、同じことになるが「すごい、すごい」などと言うことしかできない。これはつまり対象に対する賛美をあらわす表現に過ぎない。[3]

不思議な味覚にとらわれて主人公は茶碗の上にかがみ、二口目、三口目を飲む。あたかも対象そのものが彼にシーニュの秘密を明かすことになるかのように。神の名によってまた人物の名によって打たれ、彼はまずこれらの名が指示するもろもろの存在や地方を夢見る。ゲルマント夫人を知る前は、彼が思うに、その彼女は名前の秘密を握っているに違いないから、栄えある存在に感じられている。彼女は「マントというあの最後の音節（antes）から出現するオレンジ色の光に包まれた日没に浸っているような[4]」ものとして思い浮かべられる。そして彼が彼女に会うとき、「ゲルマント

（1）TR2, III, 896.〔IV, 474-75. 十三巻・四九二頁〕
（2）TR2, III, 891.〔IV, 470. 十三巻・四八一―八二頁〕
（3）CS1, I, 155-156 et TR2, III, 892.〔I, 153-55. 一巻・三三八頁、IV, 470. 十三巻・四八二―八三頁〕

公爵夫人の名がみんなに指示していたのはまさに彼女自身であると私は自分に言い聞かせていた。この名が意味している想像にあまる生活を、まさにこの身体は含んでいたのである」[5]。彼がそこに行く前に、この世界は神秘的に見えている。シーニュを放つ人々はまたシーニュを理解し、その暗号を掌握する人々であると彼は信じる。最初の恋の間じゅう、「対象」は、彼が感じるすべてのことを享受しているものとされる。ある人物において唯一のものと彼に感じられることは、やはりこの人物に所属していると感じられる。したがって最初の恋は、まさに対象にたいする賛美という、愛の形態にほかならない独白に向かう（愛されるものに属していると信じられることを、まさにその人物に帰するということ）。「ジルベルトを愛していた時期に、〈愛〉は私たちの外部に現実に存在していると、私はまだ信じていた……。自分で決めつけて、独白の甘美さを味わう代わりに無関心なふりをしたならば、私が大いに夢見た数々の喜びの一つを失ってしまうばかりか、思いのままにわざとらしく無価値な愛を捏造してしまうことになるであろうと感じていた」[6]。結局芸術そのものが、描写すべき対象、指示すべき事物、観察すべき人物や場所のなかに、その秘密を隠しているように思われる。そしてもし主人公がしばしば自分の芸術的才能を疑うとすれば、それは自分が観察し、聴き、かつ見ることにおいて、無能であることがわかっているからである。

どのような種類のシーニュも「客観主義」を免れることはできない。「客観主義」はただ一つの傾向から生ずるのではなく、もろもろの傾向の複合の集積であるからだ。シーニュを放つ対象にシーニュを結びつけること、シーニュの恩恵を対象のものとすること。それはまず知覚や表象にとって自然な傾向である。しかしそれはまた意志的記憶の傾向でもあって、この記憶はシーニュではなく事物を追憶するのだ。それはやはり快楽と実践的活動の傾向であって、事物を所有すること、または対象を消費することをめざしている。さらに言うなら、それは知性の傾向でもある。知性は客観性を好み、同じく知覚は対象を好むのである。知性は客観的内容、そして明白な客観的意味作用を思い描くのであって、自分自身でそのようなものを発見し、あるいは受容し、あるいは伝達することができるようなりたいのである。知性はそれゆえ、知覚と同じくらい客観主義者である。知覚が感覚的対象を把握することを任務とするのは、知性が客観的意味作用を把握することを任務にするのと同時である。というのも現実は見られ、観察されねばならないと知覚は信じているが、真実は言われ、かつ明らかにされねばならないと知性は信じているからである。学習の初めに『失われた時』の主人公は何を知らないのだろうか。彼が知らないのは次のことだ。「真実が明らかになるためには、それは言われる必要などない。そしておそらくそれは言葉を待つことなく、言葉を全く考慮することもないまま、無数の外部的シーニュにおいて、まさにある種の不可視の現象において、

（4）〔三七頁〕CS_1, I, 171.〔I, 169. 一巻・三六九―七〇頁〕
（5）CG_2, II, 205.〔II, 502. 六巻・七二頁〕
（6）CS_2, I, 401.〔I, 396-94. 二巻・四六三頁〕

より確実に獲得されうるものだ。こういう現象は諸特性の世界において、物理的世界の大気的変化に当たるものに似ている(7)」。

知性が立ち向かう事物、構想、そして価値もまた、やはり多様である。知性は私たちに会話を強い、それによって私たちはもろもろの観念を交換し伝達しあう。知性はもろもろの観念や感情の共同体に基礎づけられる友情に私たちを駆り立てる。知性は私たちを仕事へと誘い、それによって私たちは伝達可能な新しい真実を自分で発見するであろう。知性は私たちを哲学へと、すなわち思考の意志的で熟慮された鍛錬へと招き、これによって私たちは客観的意味作用の秩序と内容を決定することになる。次のことを本質的なこととして肝に銘じておこう、友情と哲学は、同じ批判を受けるべきであろうということである。プルーストによれば友人たちとは、善意の精神たちのようなもので、事物や言葉や観念の意味作用について明白に同意しあっている。しかし哲学者とはまた、自分自身のうちに思考しようとする善意のあることを前提する思考者であり、この思考者は思考に対して真なるものへの自然な愛を仮定し、また真理に対しては、自然に思考されたことの明白な規定を仮定している。だからこそ友情と哲学の伝統的な結合に対してプルーストは、愛により、かつ芸術により形成されるもっとあいまいな結合を対置するであろう。凡庸な愛は偉大な友情よりも貴重である。なぜなら愛はシーニュに満ちており、暗黙の解釈に養われるからである。一つの芸術作品は一つの哲学書よりも貴重である。というのもシーニュに内包されたものは、あらゆる明白な意味作用よりも奥深いからである。私たちに暴力をふるうものは、私たちの善意や注意深い仕事のあらゆる成果よりも豊かなのである。そして思考よりも重要なのは、思考を「余儀なくするもの[8]」である。こうしたあらゆる形態において、知性はそれ自体としては抽象的で因習的な真理に至るだけ、そこに私たちをたどり着かせるだけで、こうした真理は可能的な価値以外のものを持たないのだ。こうした客観的真理は仕事、知性、そして善意の連結から生じ、見出されると同時に伝達され、受け取られると同時に見出されるのであるが、いったいそんな真理になんの価値があるのか。ラ・ベルマの発声法についてプルーストは述べている。「まさにその明確さのせいでそれはちっとも（私を）感心させなかった。実にはっきりした一つの意図、一つの意味のせいでその発声法は卓抜であり、そのためそれ自体で存在するように感じられ、あらゆる聡明な芸術家はそれに到達しえたはずだった[9]」。

『失われた時』の主人公は、初めに、多かれ少なかれあらゆる種類の客観主義的信念を共有している。しかし厳密には、何らかのシーニュの領域においてはそんな幻想を共有していないということ

（7）CG_1, II, 66.〔II, 365. 五巻・一四四頁〕。「最初にフランソワーズがその例を私に教えてくれた（あとになってから私はそれを理解するはずだった……）」。
（8）CG_3, II, 549.〔II, 837. 七巻・四五二頁〕
（9）JF_1, I, 567.〔I, 557. 三巻・三一〇頁〕

と、またはしかじかの水準においては彼がたちまちそれから覚めてしまうということも、幻想が別の水準、別の領域において持続することを妨げはしない。それにしても主人公は、友情への強いこだわりを持っていたとは思えない。つまり友情は彼にとっていつも二次的で、友人が貴重になるのは友人がもたらす見世物のせいであって、友人が私たちに吹き込む理念や感情の共同体のせいではない。「優れた人物たち」は彼に何も教えることがない。ベルゴットやエルスティールでさえも、いかなる真実も彼に伝えることができない。そんな真実は彼が個人的な学習をすることを妨げ、そして彼がシーニュや幻滅に身を委ね、それらを経由するのを妨げるかもしれないのだ。したがって優れた精神も、また偉大な友人でさえも、かりそめの恋ほど貴重ではないと、彼は実に素早く予感する。しかしまさに恋においてすでに、それにつきものである客観主義的幻想から自由になることが、彼にとってはもっと難しくなる。乙女たちの集団への恋、アルベルチーヌのゆるやかな個体化、選択におけるもろもろの偶然によって彼は学ぶのである。恋する理由は私たちが恋する相手のうちには決して内在せず、それは複雑な法則にしたがって相手の中に体現される亡霊や〈第三者〉や〈主題〉などに関わっている。同時に彼が学ぶのは、告白が愛の本質ではないこと、また告白は必要ではなく望ましいことでもないということである。対象を超越するシーニュと意味作用を対象に所属するものとみなすならば、私たちの負けで、私たちのあらゆる自由は失われる。「シャンゼリゼで遊んだ時代から、私の恋が次々にむかった存在がほとんど同一であったとしても、私の恋の発想は異なるものになっていた。まず、私が恋した相手への愛情の告白、打ち明けは、もはや恋の主要なそして必要な場面の一つとは思えなかったし、その恋も外部の現実だとは思えなかった……」[10]。

それぞれの領域において、外部的現実へのこのような信念を諦めることは何と難しいことか。もろもろの感覚的シーニュは罠を張り巡らし、シーニュを含み、あるいは発する対象の中にそれらの意味を探るように私たちを仕向ける。したがって失敗の可能性、また解釈することの放棄は、果実を蝕む虫のようなものだ。そしてほとんどの領域において、私たちが客観主義的幻想を克服したとしても、まだ芸術においてそれは残存しており、対象から真実を引き出すためには、耳を傾け、見つめ、描写し、対象に狙いを定め、対象を解体し、それを咀嚼することができねばならない、と私たちは信じ続けている。

しかしながら『失われた時』の主人公は、客観主義的文学の欠陥をよくわかっている。彼はしばしば観察すること、そして描写することにおいて自分が無能であることを強調する。プルーストの嫌悪はよく知られている。まずサント゠ブーヴに対して。彼にとって、真実の発見は一つの「雑談」や会話の方法と切り離せないもので、こうして人は誰かと懇意だったと称する人々の打ち明け話から始めて、まったく恣意的な情報から一つの真実を引き出そうとするのだ。またゴンクール兄

（10）JF3, I, 925.〔II, 278. 四巻・六〇一頁〕

弟に対して。彼らは一人の人物または一つの対象を解体し、かき回し、その構造を分析し、それらの線と投影をたどり、そこから目新しい真実を引き出す（ゴンクール兄弟もまた会話の貴重さを信じている）。さらにレアリスム的、または民衆的な芸術に対して。これは既知の価値や、はっきり定義された意味作用を、壮大な主題とともに信じている。こうした成果にしたがって方法を判断しなければならない。たとえばサント＝ブーヴがバルザック、スタンダールあるいはボードレールについて書いている嘆かわしいこと。そしてゴンクール兄弟はヴェルデュラン夫妻やコタールについて何を理解しうるであろうか。『失われた時』に現われる模作を参照するなら、彼らは何も理解していない。彼らはあからさまに言われたことを報告し分析するが、もっとも目に付くシーニュを見逃してしまう。例えばコタールの愚かさのシーニュ、ヴェルデュラン夫人のグロテスクな身振りや仄めかし。それに民衆的プロレタリアート的芸術の特徴とは、労働者を愚か者とみなすことなのだ。シーニュを指示可能な対象に結び付けて解釈し（観察と描写）、証言と伝聞による似非客観的な裏付けに取り巻かれ（雑談、調査）、既知の明白な、お決まりの意味作用（壮大な主題）と意味を混同する文学は、本性的に失望させるものである。(11)

『失われた時』の主人公は、芸術と文学のこのような発想に対していつも違和感を覚えていた。しかしそれなら、なぜ彼はそれらの虚しさを確かめるたびに、あれほど深い失望を覚えるのか。要するに、少なくとも芸術はこの発想の中に明確な目標を見出していた。芸術は生を称えるため、そこから価値と真実を引き出すために生と結託していた。そして私たちが観察と描写の芸術に反発するとき、こんな反発は、私たちが観察すること描写することにおいて無能であるゆえだ、などと言われるのはなぜなのか。私たちが生を理解できないからだろうか。芸術の幻想的形態に反駁しているなどと私たちは信じこんでいる。しかし私たちはたぶん私たちの本性上の不具に、生きようと欲することの欠如に逆らっているだけだ。したがって私たちの失望とは単に客観的文学が与えるものではなく、このような文学形態において成功を収めることができない無能がもたらす失望でもある。[12]『失われた時』の主人公は、そんな才能を嫌悪しているのに、自分の霊感の間欠性を満たしてくれる観察の才能を願望せずにはいられない。「しかし霊感が不可能なかわりに、人間観察が可能であるということんな慰めを自分に与えることによって、私は単に自分に慰めを与えようとしているだけだということはわかっていた……」[13]。それゆえ文学に対する失望は、分かちがたく二重のものである。「文学はもはや私に何の喜びも与えることができなかった。それはあまりに才能に欠ける私の

（11）TR2, III, 888-896.〔IV, 466-75. 十三巻・四七四―九一頁〕。客観主義に対するプルーストの批判が、今日ヌーヴォーロマンと呼ばれるものにも適用されうると考えるのはよそう。ヌーヴォーロマンにおける対象の描写方法は、主観的変化とともに意味を持つだけであり、その方法はこのような変化を啓示するために用いられるもので、この方法なしに変化は知覚されないままである。ヌーヴォーロマンは象形文字と、内に折りこまれた真実のシーニュのもとにとどまる。

（12）TR1, III, 720-723.〔IV, 298-301. 十三巻・九三―一〇二頁〕

（13）TR1, III, 855.〔IV, 434. 十三巻・四〇六頁〕

せいでもあり、またもし文学が実は私が信じたように現実を引き受けるものでないなら、まさに文学それ自体のせいでもあった」[14]。失望とは、探求あるいは学習にとって根本的な契機である。つまりシーニュのそれぞれの領域において、自分の探していた秘密を対象が与えてくれないとき、私たちは失望させられる。そして失望とはそれ自体多元的で、それぞれの方向にそって変化可能なものである。私たちが最初に事物に出会うとき、事物は少なからず失望させる。というのも最初は未経験のときであり、私たちはまだシーニュと対象を区別することができず、対象が間に割って入りシーニュを混乱させる。ヴァントゥイユを最初に聞くとき、ベルゴットと最初に出会うとき、バルベックの教会を最初に目にするときの失望。そして再度そういう事物に戻るだけでは十分ではない。というのも無意志的記憶とその回帰自体は、最初にシーニュを思いのままに堪能することを妨げるものたちとまさに類似する障害を示すからである（バルベックでの二回目の滞在は、別の面で第一回に劣らず失望させるものだ）。

それぞれの領域において、どうしたら失望は癒されるのか。それぞれの学習の線にそって、異なる瞬間において、主人公は同様の経験を通過する。対象の側における失望に対して、彼は主観的な補償を見出そうと努める。ゲルマント夫人に出会い、そして知り合いになるとき、彼が気づくのは、彼女の名前の意味に属する秘密を彼女自身が内に含んでいるのではないことである。彼女の顔と身体は、音節の色調に染まってはいない。失望を補償する以外に、どうするのか。彼女が私たちに喚起する観念連合の作用にあやかって、それほど深くはなくても公爵夫人の魅力にもっとふさわしいシーニュに対して個人的に敏感になることである。「ゲルマント夫人が他の人物たちと変わらないということ、私にとってそれはまず失望であった。反動的に、美味しいワインをたくさん飲んだせいで、それはほとんど感嘆となった」[15]。

客観的失望と主観的補償のメカニズムは、とりわけ演劇の例において分析されている。主人公は、ぜがひでもラ・ベルマを聴きたいと願う。しかしやっと聴けるようになると、まずラ・ベルマの才能を再認し、はっきりさせようとし、ついにそれを名指しすることができるように隔離しようとするのだ。これこそラ・ベルマで、「ついに私はベルマを聴いている」。特別に聡明で賛嘆すべき正確さを備えた発声法を彼はかぎわける。まさにそれはフェードルであり、フェードルの化身である。しかしながらそれでも失望が妨げられるわけではない。というのもこの発声は知的な価値を持つにすぎず、完全に規定された意味を持ち、単に知性と訓練の成果にすぎないのだ[16]。おそらく他の仕方でラ・ベルマを聴かなければならなかった。私たちがラ・ベルマの人格と結び付けている限り、堪能することも解釈することもできなかったあれらのシーニュは、おそらくその意味を別のところに

(14) TR1, III, 866.〔IV, 444. 十三巻・四二八—二九頁〕
(15) CG3, II, 524.〔II, 814. 七巻・四〇〇頁〕
(16) JF1, I, 567.〔I, 557. 三巻・三一〇—一一頁〕

探すべきなのである。つまり、フェードルの内にもラ・ベルマの内にもないもろもろの連合作用の中に。したがってベルゴットが主人公に教えるのは、ラ・ベルマのしかじかの身振りは、この女優が見たことのない古代の彫像のそれを想起させるということで、ラシーヌも確かにそんな彫像のことを考えてはいなかったのだ[17]。

学習のそれぞれの方向が次の二つの契機を通過する。すなわち客観的な解釈の試みによってもたらされる失望、ついで主観的な解釈によってこの失望を治癒する試みであり、このとき私たちは、連合する諸集合を再構築することになる。このようなことが愛において、そして芸術においてさえも起きるのだ。その理由を理解することはやさしい。つまりシーニュはそれを発する対象よりもおそらく根本的であるが、まだこの対象に密着しており、まだ半分だけそこに収まっている。そしてシーニュの意味は、おそらくそれを解釈する主体よりも根本的であるが、この主体に密着しており、半分は主観的連合の系列において体現されている。私たちは一方から他方へと移り、他方から一方へ飛躍し、主体の補償によって対象の失望を埋め合わせるのだ。

そこで私たちが予感するようになるのは、補償の機会がそれ自体としては不十分にとどまり、決定的な啓示をもたらさないということである。私たちは客観的、知的な価値を観念連合の主観的作用で置き換えてしまう。この補償の不十分さは、シーニュの位階を上昇していくとますますはっきり露呈する。ラ・ベルマの身振りが美しいのは、それが彫像の身振りを想起させるからであろう。

しかし同じくヴァントゥイユの音楽が美しいのは、ブローニュの森の散歩を私たちに想起させるからであろう。[18] もろもろの連合作用の実践においてはすべてが可能である。この点では、芸術の快楽とマドレーヌのそれとの間に本性上の違いは見つからないだろう。いたるところに過ぎ去った隣接性の行列がある。おそらくマドレーヌの経験さえも、ほんとうは単なる観念連合に還元されはしない。しかし私たちはまだその理由を理解する状態にはない。そして芸術作品の質をマドレーヌの味に結びつけることによって、私たちはそのことを理解する手だてを決定的に見失ってしまう。芸術の正しい解釈に到達するどころか、主観的補償は結局、芸術作品それ自体を観念連合における単なる網目にしてしまう。例えばスワンの偏執はそのようなもので、彼がジオットやボッティチェリを愛好するのは、ただ彼が料理女や惚れた女の顔にその面影を見出すときだけである。あるいは私たちはまったく私的な美術館を空想してもいい、そこではマドレーヌの味や隙間風の質が、あらゆる美に勝ってしまうのだ。「彼らが私に注目させるもろもろの美を前にして私は興ざめしていた。そして混乱した追憶に熱中していた……私はドアから漏れてくる隙間風の匂いをかいで陶然として立ち止まっていた。あなたは隙間風がお好きなようですねと彼らは私に言った[19]」。

(17) JF1, I, 560.〔I, 550. 三巻・二九一頁〕
(18) JF1, I, 533.〔I, 523-24. 三巻・二三二―三四頁〕
(19) SG2, II, 944.〔III, 334-35. 九巻・二一七―一八頁〕

それにしても対象と主体以外には何が存在するのか。ラ・ベルマの例が私たちに告げている。『失われた時』の主人公は、ついに理解するであろう、ラ・ベルマもフェードルも指示可能な人物ではなく、まして連合作用の要素でもない。フェードルは一つの役柄であり、ラ・ベルマはこの役柄と一体である。役柄がやはり一対象であるとか、主観的な何かであるとかいう意味ではない。反対にそれは一つの世界であり、もろもろの本質で満たされる精神的環境なのだ。もろもろのシーニュを担うラ・ベルマはシーニュを全く非物質的なものに変えるので、シーニュは全面的にこれらの本質に開かれ、それらに満たされる。したがってたとえ凡庸な役柄を演じていようと、ラ・ベルマの身振りはやはりもろもろの可能的本質からなる一つの世界を私たちに開くのである[20]。

指示された諸対象の彼方に、知的な公式化された諸真理の彼方に、そして主観的連合作用の鎖の彼方、相似性または隣接性による蘇生の彼方にあるもの、要するにそれは非論理的な、または超論理的な諸本質なのだ。このような本質は、主観性の状態も、対象の特性も超えている。シーニュと意味の真の統一性を構成するのは本質なのである。本質こそが、シーニュを発する対象に還元しがたいものとしてシーニュを構成する。それこそが意味を把握する主体に還元しがたいものとして意味を構成する。それこそが学習の到達点であり、最終的啓示なのだ。ところでラ・ベルマよりもむしろ芸術作品によって、絵画と音楽によって、とりわけ文学の問題によってこそ、『失われた時』

の主人公は諸本質のあの啓示に到達する。社交的シーニュ、愛のシーニュ、感覚的シーニュさえも、私たちに本質をもたらすことはできない。それらが私たちを本質に近づけてくれはしても、私たちはつねに対象の罠に、主観性の計略に陥る。ただ芸術の水準においてのみ、諸本質は啓示される。しかしひとたびそれらが芸術作品において出現するならば、それらは他のあらゆる領域に反作用するのだ。私たちは諸本質がすでに体現されており、それらがすでに、あらゆる種類のシーニュにおいて、あらゆるタイプの学習において、そこにあったことを学ぶのである。

(20) CGI, II, 47-51.〔II, 347-50. 五巻・一〇七—一七頁〕

第四章　芸術のシーニュと〈本質〉

芸術のシーニュが他のシーニュに優越するのはなぜだろうか。それは他のあらゆるシーニュが物質的だからである。他のシーニュは何よりもまずそれらの放出によって物質的である。つまりそのようなシーニュは、それらを含む対象の中に半ばおさまっている。感覚的質、また愛される顔たちは、やはり物質である。（意味を持つ感覚的質が、とりわけもろもろの質の中でもっとも物質的な質である匂いや味であることは偶然ではない。そしてまた愛される顔において、頬と肌のきめが人を引き付けるのも偶然ではない）。芸術のシーニュだけが非物質的なのだ。なるほどヴァントゥイユの小楽節は、ピアノとヴァイオリンから出てくる。なるほどそれは物質として分解しうるもので、隣り合う五つの音符のうち二つが回帰してくる。しかしプラトンの場合と同じで、三プラス二は何の説明にもならない。そこでピアノとは、全く別の本性を持つ鍵盤の空間的イメージのようなものにすぎず、音符はまったく精神的な実体を持つ「音響的外観」のようなものにすぎない。「演奏者たちは小楽節を奏でていたというよりは、むしろそれが出現するために要求される儀式を執り行っているかのようだった」[1]。この点で小楽節の印象さえも物質を欠いている（*sine materia*）[2]。ラ・ベルマのほうは自分の声と腕を用いる。しかし彼女の身振りは「筋肉の密接な関係」を示すかわりに、一つの本質、一つの〈理念〉を屈折させる透明な身体を形作る。凡庸な女優なら、自分の役が苦悩に満ちていることを示すためには泣いてみせるしかない。「そんな過剰な涙が流れるのは見られなかった。なぜならアリシーまたはイスメーヌの大理石の声に乗っては、涙はそこにしみわたることがなかったからだ」。しかしラ・ベルマのあらゆる表現は、偉大なヴァイオリニストが奏でるように、音色の質と化していた。彼女の声においては「精神に対して無反応で生気のない物質の残滓など少しも残っていなかった」[3]。

別のシーニュはそれらの起源によって、また対象の中に半分おさまったままの状態によってのみならず、それらの展開またはそれらの「解明」によっても、物質的である。マドレーヌはコンブレー、舗石、ヴェネツィア……などに私たちを連れ戻す。おそらく現在と過去の二つの印象はただ一つの同じ質を持っている。それでもこれらは物質的には二つなのだ。したがって記憶が介入するた

（1）CS2, I, 347.〔I, 342. 一巻・三五三頁〕
（2）CS2, I, 209.〔I, 206. 二巻・六六頁〕
（3）CG1, II, 48.〔II, 347. 五巻・一〇八頁〕

びに、シーニュの解明はやはり何か物質的なものを含んでいる。(4) マルタンヴィルの鐘楼は感覚的質の領界において、すでにそれほど「物質的」でない例を与える。なぜならそれらは欲望と想像に訴えるのであって、記憶に訴えはしないからだ。(5) それでも鐘楼の印象は、三人の乙女のイメージによって解明される。私たちの想像上の乙女たちであるからには、この乙女たちのほうも物質的には鐘楼と異なるものである。

プルーストは、彼に重くのしかかる必要性についてしばしば語っている。いつも何かが彼に呼びかけ、あるいは別のことを想像させるのである。しかし芸術におけるこの類似のプロセスがいかに重要であろうと、芸術はそこに最も根本的な定式を見出すわけではない。私たちが別のものにシーニュの意味を発見するかぎり、やはり少々の物質が残り続けて精神に逆らう。反対に〈芸術〉は、私たちに真の統一性をもたらすのだ。すなわち非物質的シーニュと全く精神的な意味との統一性である。〈本質〉とはまさにシーニュと意味のこのような統一性であって、それが芸術作品において啓示されるのである。もろもろの本質あるいは理念、これこそ小楽節のそれぞれのシーニュがあらわにするものなのだ。(6) これこそが楽器と音とは無関係に、楽節に現実的な実在を与えるのであり、楽器と音は楽節を構成するのではなく、それを再生し体現するにすぎない。生に対する芸術の優越性は次のことにかかっている。生において私たちが出会うあらゆるシーニュはまだ物質的シーニュであり、それらの意味はまだ他のもののうちにあって、全面的に精神的なものではない。

芸術作品において啓示されるものとして、ひとつの本質とはなんだろうか。それは一つの差異、最終的で絶対的な〈差異〉である。それこそが存在を構成し、私たちに存在を認識させる。だからこそ諸本質を明らかにするものとして、ただ芸術だけが、私たちが生において空しく探し求めていたものを与えることができる。「人生において、旅において、私が空しく探し求めていた多様性……」[7]。「もろもろの差異の世界は地球上に、私たちの知覚が画一化してしまうあらゆる国の間に存在するのではないから、なおさら社交界の内部に存在するのではない。それは他のところに、どこかに存在するのであろうか。ヴァントゥイユの七重奏曲はその通り、と私に告げているように思われた」[8]。

それにしても最終的絶対的差異とはなんだろうか。これは二つのもの、または二つの対象の間にある常に外在的な経験的差異ではない。プルーストは、本質が主体のただ中にある最後の質の現前として、主体における何ものかであることをいうとき、本質の最初の概容を与えている。それはす

(4) P2, III, 375.〔III, 877. 十一巻・四二〇頁〕
(5) *Ibid.*
(6) CS2, I, 349.〔I, 343-44. 二巻・三五五—五七頁〕
(7) P1, III, 159.〔III, 665. 十巻・三五五頁〕
(8) P2, III, 277.〔III, 781. 十一巻・一九八頁〕

なわち内在的な差異であり、「世界が私たちの前に現れる仕方の中にある質的差異であって、もし芸術が存在しないなら、この差異は各人の永遠の秘密にとどまってしまうだろう」[9]。この点においてプルーストはライプニッツ主義者である。もろもろの本質は真のモナドであり、観点によって定義されるそれぞれのモナドはその観点から世界を表現し、それぞれの観点はそれ自体がモナドの根底にある最終的質にかかわっている。ライプニッツが言うように、モナドには扉も窓もない。すなわち観点とは差異それ自体であり、同じとみなされる一世界に対する諸観点は、最も離れた諸世界が互いに異なるように異なっている。だからこそ友情は、誤解に基づく偽りのコミュニケーションを確立するだけで、偽りの窓を通り抜けるだけである。だからこそ愛はもっと聡明に、あらゆるコミュニケーションを原則として放棄するのである。私たちのわずかな窓、わずかな扉は、すべて精神的なものである。つまり間主体性とは、芸術的なものでしかない。芸術だけが、友人たちに空しく期待していたことを私たちに与え、恋人に空しく期待していたことを与えてくれる。「ただ芸術によってのみ私たちは自分の外に出ることができ、この宇宙の他者が見るものを知ることができる。この宇宙は私たちの宇宙と同じものではなく、その風景は月にありうる風景と同じように未知であり続けるだろう。ただ一つの世界、つまり私たちの世界を見る代わりに、芸術のおかげで私たちは自分の世界が多様化するのを見るのであり、独創的な芸術家たちが存在する分だけ、それだけ私たちは自分の思いのままになる諸世界を持っており、それらは無限の中を流転する諸世界よりも互いにもっと異なっているのだ……」[10]。

このことから、本質とは主観的で、差異は対象の間ではなくむしろ主体の間にある、と結論すべきであろうか。それではプルーストがプラトン主義的な諸〈理念〉として諸本質を扱い、それらに独立した現実を付与しているテクストを無視することになる。ヴァントゥイユさえも楽節を創造したというよりは、それを「暴露した」のである[11]。

それぞれの主体が、ある観点から世界を表現している。しかし観点とは差異それ自体であり、絶対的な内在的差異なのである。したがってそれぞれの主体が絶対に異なる世界を表現している。そしておそらく表現される世界は、それを表現する主体の外部に存在するのではない（私たちが外部世界と呼ぶものは、単にこれらの表現された全世界の期待はずれな投影であり、これらの世界を画一化する極限に過ぎない）。しかしながら表現された世界は、主体と一致するわけではなく、主体とは区別される。まさに本質が実在から、そしてまたそれ自身の実在から区別されるように。表現された世界は、それを表現する主体の外部に存在するのではなく、本質として表現されるのであって、この本質は主体そのものの本質ではなく、〈存在〉の本質であり、または主体に対して露わに

（9）TR2, III, 895.〔IV, 474. 十三巻・四九一頁〕
（10）TR2, III, 895-896.〔IV, 474. 十三巻・四九一頁〕
（11）CS2, I, 349-351.〔I, 343-46. 二巻・三五五—六〇頁〕

なる〈存在〉の帯域の本質である。だからこそ、それぞれの本質とは一つの祖国であり、一つの国なのである。[12] それは心理的状態や心理的主観性に、高次の主観性の何らかの形態にさえ行きつくものではない。本質とはまさに、主体の中心にある最終的質である。しかしこの質は主体よりも根本的で、主体とは別の領界に属している。すなわち「唯一の世界の知られざる質」[13] なのである。主体が本質を解明するのではなく、むしろ本質は主体の中に折り込まれ、内包され、巻き込まれている。それればかりか自身のうちに巻き込まれて、本質こそが主体性を構成するのだ。世界を構成するのは個体たちではなく、内包された諸世界、諸本質のほうがもろもろの個体を構成するのだ。「私たちが諸個体と呼んでいる諸世界、そして芸術がなければ私たちが決して知ることのない諸世界」[14]。本質は単に個体的ではなく、個体化する何かである。

観点はそこに身を置く人物と一致するわけではなく、内在的質はそれが個体化する主体と一致するわけではない。本質と主体のこの区別は、プルーストがそこに魂の不死性の唯一可能な証拠をそこに見ているので、なおさら重要である。本質を露わにし、あるいは単にそれを包みこむ人物の魂において、本質は「神々しい女囚」[15] のようである。おそらくもろもろの本質は、それらが個体化するこの魂たちの中にそれ自体閉じ込められ、内包された。諸本質はこの捕囚の状態においてしか存在しないが、それらが私たちの中に一緒に内包している「知られざる祖国」と不可分なのだ。これらは私たちの「人質」である。これらは私たちが死んだら死ぬのであるが、もしこれらが永遠であるならば、私たちは何らかの仕方で不死である。諸本質はそれゆえ死を、より不確かなものにする。唯一の根拠、唯一の機会とは美学的なものである。こうして二つの問題が根本的に結合される。「芸術の現実性、魂の永生の現実性という問題[16]」。この点に関して象徴的になるのは、フェルメールの黄色い壁の片隅を前にしたベルゴットの死である。「彼の前に聖なる秤が現れ、一つの台には彼自身の生がのせられ、もう一方には黄色で見事に描かれた壁の一角があった。彼は第二のもののために第一のものを不覚にも与えてしまったと感じていた……もう一撃が彼を襲った……彼は死んでいた、取り返しのつかない死なのか、誰にそれが言えようか[17]」。

本質に内包された世界はいつでも〈世界〉一般の始まり、宇宙の始まり、絶対的根源的始まりであり、「まず孤独なピアノが、伴侶に見捨てられた鳥のように嘆いた。ヴァイオリンがそれを聞いて、近くの木から響くようにそれに答えた。それは世界の始まりのようで、あたかも大地には、あ

(12) P2, III, 257.〔III, 761-62. 十一巻・一五一―五四頁〕
(13) P2, III, 376.〔III, 877. 十一巻・四二〇頁〕
(14) P2, III, 258.〔III, 762. 十一巻・一五四頁〕
(15) CS2, I, 350.〔I, 345. 二巻・三五九頁〕
(16) P2, III, 374.〔III, 879. 十一巻・四一八頁〕
(17) P1, III, 187.〔III, 692-93. 十巻・四一七頁〕

るいはむしろ他のすべてに対して閉じられ、創造者の論理によって建設されたこの世界にあっては、それら二つのものしかまだ存在しなかったかのようで、この世界には、それら二つしか存在しないと決まっているかのようであった。それがこのソナタだった」[18]。プルーストが海について、さらには乙女の顔について言っていること、それはまた本質と芸術作品について、なんと真実を表していることか。すなわちそれは不安定な対立であり、「自然の基本的要素の、あの絶えざる再創造[19]」なのだ。しかしこのように定義された本質とは、〈時間〉そのものの誕生である。時間がすでに繰り広げられているからではない。時間はまだ、判明な諸次元にしたがって繰り広げられうるものではなく、異なるリズムにしたがって時間が配分されるように分離された系列も持たない。ある種の新プラトン主義者たちはあらゆる展開、あらゆる繰り広げ、あらゆる「解明」(explication)に先立つ起源的な状態を指示するために一つの根本的語を用いていた。それが複合(*complication*)であり、〈一〉の中に多を内包し、多の〈一〉を肯定するのである。彼らにとって永遠は変化の欠如ではなく、際限のない実在の延長でもなく、時間それ自体の複合された状態(*uno ictu mutationes tuas complectitur*)〔一瞬にして汝のもろもろの変化を内包する〕と感じられていた。〔訳注1〕〈言葉〉はすべてを含み(*omnia complicans*)、あらゆる本質をうちに含み、至高の複合、もろもろの反対物の複合、不安定な対立として定義されていた……彼らはそこから本質的に表現的な一つの〈宇宙〉という観念を引き出していたが、この宇宙は内在的な複合の度合にしたがって、また下降する解明の秩序によって組織されている。

少なくとも言えることは、シャルリュスは複雑である（compliqué）ということだ。しかしこの語はその語源的な内容によって理解されなければならない。シャルリュスの才気とは、「複合された」状態で彼自身を編成するあらゆる魂をつなぎとめることである。まさにこのようにしてシャルリュスはいつも世界のある始まりのみずみずしさを保ち、根源的なシーニュを、解釈者が解読し、つまり解明しなければならないシーニュを絶えず放出し続けるのだ。

しかしながら私たちが人生においてもろもろの起源的本質の状況に対応する何かを探すならば、私たちはしかじかの人物にではなく、むしろある深い状態の中にそれを見出すであろう。この状態とは睡眠である。眠る人は「自分をとりまく輪のように時間の糸、歳月と世界の秩序を巻き付けている」。この見事な自由が中断されるのは目覚めたときでしかなく、そのとき人は改めて繰り広げられる時間の秩序にしたがって何かを選択せざるを得ない[20]。同じく芸術家という主体は、本質それ自体の中に巻き込まれ複合された起源的時間の啓示を含んでおり、本質は同時にあらゆる系列と次

（18）CS_2, I, 352.〔I, 346. 二巻・三六一頁〕
（19）JF_3, I, 906.〔II, 259. 四巻・五六二頁〕
〔訳注1〕 *uno ictu mutationes tuas complectitur*：ボエティウス『哲学の慰め』第五巻六からの引用、ドゥルーズは『意味の論理学』上（小泉義之訳、河出文庫）二八三ページでも同じ個所に触れている。
（20）CS_1, I, 4-5.〔I, 4-5. 一巻・二七—三〇頁〕

元を抱擁している。これこそがまさに「見出された時」という言葉の意味である。純粋状態で見出された時間は芸術のもろもろのシーニュの中に含まれている。それを他の見出された時間、感覚的シーニュの時間と混同してはならない。感覚的シーニュの時間とは、もっぱら人が失われた時間のただなかに見出す時間である。したがってそれは無意志的記憶のあらゆる源泉を結集し、永遠の単なるイメージを与えるだけだ。しかし芸術は睡眠に似て、記憶の彼方にある。つまりそれは諸本質の能力としての純粋な思考に呼びかけるのだ。芸術が私たちに見出させるもの、それは本質の中に巻き込まれたものとしての時間、永遠に等しく本質に内包された世界に生じるかぎりでの時間である。プルーストにとっての時間外のものとは、この発生状態の時間であり、かつその時間を見出す芸術家という主体なのである。だからこそ厳密に言えば、私たちが時間を見出すことを可能にするのは芸術作品だけだ。芸術作品とは「失われた時間を見出すための唯一の手段である」[21]。それは最も高次のシーニュを担うのであって、その意味は根源的な複合、真の永遠、絶対的起源的時間の中に横たわっている。

それにしても正確には、本質はどのようにして芸術作品の中に体現されるのか。あるいは同じことになるが、芸術家という主体はいかにして、彼を個体化し永遠のものにする本質を「伝える」ところまでいくのか。本質はもろもろの物質の中に体現される。しかしこれらの物質は可塑的であり、よく練りこまれ、ほぐされて、まったく精神的なものになる。おそらくこれらの物質は、フェルメールの黄色のように画家にとっての色彩であり、音楽家にとっての音、作家にとっての言葉なのだ。しかしもっと根本的にはこれらは自由な物質であり、言葉、音、色彩を通じて同様に表現される。たとえばトーマス・ハーディの場合は石の塊、これらの塊の幾何学、もろもろの線の平行性が精神化された物質を形作り、そこから言葉自体がみずからの配置をとりだすのだ。スタンダールの場合、高所は「精神的生と結びつく」[22]空気的物質なのだ。したがって作品の真の主題は扱われる主題ではなく、言葉が指示するものと一致する意識的な意図された主体ではなく、無意識的主体であり、無意志的原型であり、言葉も、また色彩や音も、みずからの意味とみずからの生をそこからくみとるのである。芸術とは物質の真の変容である。物質はそこで精神化され、物理的環境はそこで非物質化されて本質を、つまり起源的世界の質を屈折させる。そしてこの物質の処理は「スタイル」と一体なのである。

一つの世界の質として本質は決して対象と一致することはなく、反対に全く異なる二つの対象を近づけ、啓示的環境においてまさにそれらがこの質をもっていることに気づかせてくれる。本質が

(21) TR₂, III, 899.〔IV, 478. 十三巻・四九八頁〕
(22) P₂, III, 377.〔III, 879. 十一巻・四二六頁〕

物質において体現されると同時に、本質を構成する最終的質はしたがって異なる二つの対象に共通な質として表現される。二つの対象はこの光輝く物質において精錬され、あの屈折させる環境に潜在していたのである。スタイルとはこのようなものである。「描写された場所に形をなした諸対象を私たちは一つの描写において、果てしなく継続させることができる。真実が始まるのは、作家が異なる二つの対象を取り上げ、それらの関係を示し、芸術の世界においてその関係は、科学の世界において因果法則という唯一の関係にあたるものであるが、それらの関係を美しいスタイルの必然的な連環の中に閉じ込めるときだけである[23]」。要するにスタイルとは本質的に隠喩なのである。しかし隠喩とは本質的に変身であり、いかに二つの対象がそれらの規定を交換し、それらに共通の質を授ける新しい環境において、それらを指示する名前さえも交換するかを示すのである。こうしてエルスティールの絵において海は大地となり、大地は海となり、都会は「海に関する用語」によって指示されるだけであり、そして水は「都会に関する用語[24]」で指示されるだけである。つまりスタイルとは物質を精神化し、また本質にふさわしいものとするために不安定な対立や、起源的複合や、本質そのものを構成する基本的な要素の間の戦いと交換を再生産するのだ。ヴァントゥイユにおいて私たちは二つのモチーフが取っ組み合うように戦うのを聞く。「実をいえばただエネルギーの取っ組み合いだけ。というのもこれらの存在がぶつかり合っているにしても、それらの物理的身体から、それらの外観から、それらの名前から、切り離されているからだった……[25]」。一つの本質とはいつも世界の誕生である。しかしスタイルとはこの連続され屈折された誕生であり、諸本質にふさわしい諸物質において見出されたこの誕生であり、諸対象の変身となったこの誕生である。スタイルとは人間ではなく、本質そのものである。

本質とは単に特別で個体的なのではなく、個体化するものなのだ。本質そのものが物質を対象として個体化し規定し、物質の中で体現され、本質はスタイルの連環の中に対象を閉じ込めるのである。まさにそれがヴァントゥイユの赤々と燃える七重奏曲、そして白いソナタであり、またワグナーの作品における美しい多様性である。[26] つまり本質とはそれ自体で差異なのである。しかし本質がみずからと同一でみずからを反復する力能を持たなければ、それは何かを多様化し、みずからを多様化する能力を持たない。最終的差異に等しい本質を反復しなければ、他に本質をどう扱うことができようか。本質は代替不可能で、何もそれに取って代わることができないのに。だからこそ偉大な音楽は再演されるしかなく、一つの詩は暗記され暗唱されるしかない。差異と反復が対立するのは見かけのことでしかない。偉大なアーティストの作品は例外なく私たちに言わせるのだ。「同じ

(23) TR2, III, 889.〔IV, 468. 十三巻・四七七—七八頁〕
(24) JF3, I, 835-837.〔II, 191-93. 四巻・四一八—二三頁〕
(25) P2, III, 260.〔III, 764. 十一巻・一六一頁〕
(26) P1, III, 159.〔III, 664-65. 十巻・三五四頁〕

だが、別のものだ(27)」。

つまり一世界の質としての差異は、変容する環境を通過し、様々な対象を結集する一種の自己反復を通じてのみ肯定されるのである。反復は起源的差異のもろもろの度合を構成するのだが、同じくまた多様性はそれに劣らず根本的な反復のもろもろの水準を構成する。偉大な芸術家の作品について私たちは言う、水準の違いはあれ、それは同じものだ――しかしまた言うのだ、程度は同じでもこれは違うものである。ほんとうは差異と反復は、本質の不可分で相関的な二つの力能なのである。芸術家はおのれを繰り返すがゆえに老いてしまうわけではない。というのも差異が反復の能力であるように、反復とは差異の力能なのだ。芸術家が老いるのは「頭脳を使い果たし」、彼が作品でしか表現できなかったこと、作品によって識別し反復しなければならなかったことを、既成のこととしてそのまま人生において見出すほうが、ずっと簡単だとみなすときである(28)。老いつつある芸術家は人生を、「人生の美しさ」を信じるようになる。しかし彼はもはや芸術を構成するものの代用品しか持ち合わせていないのであり、反復は機械的なものになってしまった。なぜなら反復は外的なもの、凝固した差異となり、もはや軽やかに精神的にすることができない物質の中に陥ってしまったからである。人生は芸術の二つの力能を持ち合わせてはいない。それは二つの力能を貶めながら受け入れるだけで、最低の水準で、最弱の度合で本質を再生産するに過ぎない。

芸術はそれゆえに絶対的特権を持っている。この特権はいくつかの仕方で表現される。芸術においてもろもろの物質は精神化され、もろもろの環境は非物質化される。芸術作品はそれゆえシーニュの一世界であるが、これらのシーニュは非物質的であって、もはや何も不透明なものをもたない。少なくとも芸術家の目あるいは耳にとっては。第二にこれらシーニュの意味は一つの本質であり、みずからのあらゆる力能において肯定される本質なのだ。第三にシーニュと意味、本質と変容した物質は、完璧な適合性において溶け合い、または統一される。スタイルとしてのシーニュと本質としての意味との一致、これこそが芸術作品の特性なのだ。そしておそらく芸術それ自体が、学習の対象を作り出したのだ。私たちは客観主義的誘惑を経由し、主観的補償を経由してきたが、これは他のどんな領域でもありうることである。それでもなお（対象の彼方、主体それ自身の彼方の）本質の啓示は芸術の領域にのみ属している。そのような啓示が行われるべきであるなら、それはまさに芸術の領域で行われるであろう。だからこそ芸術は世界の到達点であり、そして修業者にとって無意識の目標なのである。

私たちはそのとき二種類の問いを前にしている。別のシーニュ、生の諸領域を構成するシーニュはどんな価値をもつのか。それら自体としては、このようなシーニュは私たちに何を教えるのか。

(27) P_2, III, 259.〔III, 763. 十一巻・一五七頁〕
(28) JF_3, I, 852.〔II, 207-8. 四巻・四五二頁〕

そんなシーニュはすでに私たちを芸術の道に導いていると言えるのか。それならこれはどのようにしてか。しかしとりわけ、ひとたび私たちが芸術から最終的な啓示を受け取ったならば、この啓示は他の諸領域に対していかに反作用し、何もおのれの外に放ってはおかない一つの体系の中心になるのであろうか。本質とはいつも芸術的本質である。しかしひとたび発見されるなら、それは単に精神化された物質や、芸術作品の非物質的シーニュにおいて、体現されるわけではない。本質はまた、これから芸術作品に統合されることになる他の諸領域においても体現される。したがってそれは、より不透明な諸環境や、より物質的なシーニュを経由する。本質はそこでみずからの本来の特性のいくつかを失い、別の特性を獲得し、この別の特性は、ますます抵抗的になるこれらの物質の中に本質が下降することを表現している。生の諸規定にかかわる本質の変容の諸法則があるのだ。

第五章　記憶の第二の役割

　社交的シーニュと愛のシーニュは、解釈されるためには知性に訴えることになる。解釈するのは知性であって、そのための条件は、知性が「後に来る」ということ、社交生活が私たちに与える神経的興奮や、それ以上に愛が私たちにかきたてる苦しみを受けて、知性が作動せざるをえなくなるということである。おそらく知性は別の諸能力を動員する。嫉妬する男が、愛のシーニュ、つまり恋人の嘘を解釈しようとして、記憶のあらゆる源泉を役立てるのを私たちは見る。しかし記憶はここで直接的に必要とされているのではなく、単に意志的な貢献をしているにすぎない。そしてまさにそれは「意志的」でしかないので、この記憶は解釈すべきシーニュに対していつもあまりに遅く到来するのだ。嫉妬する男がすべてを記憶にとどめようとするのは、ほんの些細な細部が嘘のシーニュまたは兆候であることが暴露されるかもしれないからだ。記憶はすべてを蓄えておき、知性が次の解釈のために必要とする材料を掌握しようとするのだ。だから嫉妬する男の記憶力には何か崇高なものがある。それはそれ自身の限界に直面し、未来に向けて張り詰め、限界を乗り越えようとする。しかし記憶の介入はいつも遅すぎる。なぜならそれは肝心な時に、覚えておくべき文句も身振りも識別することができなかったからである。その身振りがなんらかの意味を持つことになるのが、まだわからなかったのである。[1]「後になれば、もっともらしい嘘[訳注1]を前にして、あるいは悩ましい疑いに囚われて、私は思い出そうとしたかもしれない。しかし虚しかった。私の記憶はしかるべき時に知らされていなかった。写しをとっておくのは無駄だと思っていた[2]」。要するに愛のシーニュの解釈において、記憶が介入するのは意志的形態においてのみであり、これが記憶を悲愴な挫折に追いやるのだ。それぞれの愛に見られるような記憶の努力が、それにふさわしいシーニュを解読することに成功することはない。忘却と無意識の反復に沿って次々継続する数々の愛の系列において、それは知性の圧力にすぎない。

それなら、いわゆる無意志的な〈記憶〉は、どの水準において介入するのであろうか。私たちが気づくのは、もっぱらそれが非常に特殊な種類のシーニュと関連しながら介入するということである。これはすなわち感覚的シーニュである。私たちはシーニュとして一つの感覚的質を把握する。その意味を探ることを強いる要請を私たちは感じる。そのときシーニュによってじかに請求される無意志的〈記憶〉が、私たちにこの意味を委ねることがある（マドレーヌにとってのコンブレー、舗石にとってのヴェネツィア……等々のように)。

ついで私たちは、この無意志的記憶が、あらゆる感覚的シーニュの秘密を握っているのではないということを確かめる。つまりある種のシーニュは欲望に、そして想像力の形象にかかわっているのだ(マルタンヴィルの鐘楼のように)。だからこそプルーストは、感覚的シーニュの二つの事例を注意深く区別している。すなわち想起《レミニサンス》そして発見であり、「記憶の蘇生」そして「形象の助けを借りて書かれる真理」[3]である。主人公は朝起きるとき、自分のうちに光または匂いと一体の無意志的記憶の圧力を感じるのみならず、通りかかった一人の女において体現される無意志的欲望の衝動を感ずる——パン屋の女主人、洗濯屋の女あるいは誇り高い乙女、それは「結局一つのイメージ」……[4]なのだ。最初に私たちは、シーニュが、どの方向から来るのか言うことさえできない。質は想像力に向けられているのか、それとも単に記憶に向けられているのか。適切な意味を私たちに委ねるはずの能力を発見するためには、あらゆることを試してみなければならない。そして私たちが失

(1) PI, III, 61.〔III, 569-70. 十巻・一三二—三四頁〕
〔訳注1〕 もっともらしい嘘:ドゥルーズの引用では、NRF版 PI, p. 190 によって「もっともらしい嘘」(le mensonge parlant)となっているが、プレイヤッド版では新旧ともに「明らかな嘘」(le mensonge patent)となっている。
(2) PI, III, 153.〔III, 659. 十巻・三四三頁〕
(3) TR2, III, 879.〔IV, 456-57. 十三巻・四五四—五六頁〕
(4) PI, III, 27.〔III, 537. 十巻・五九頁〕

敗するとき、私たちに隠されたままの意味は夢の形象だったのか、それとも無意志的記憶の埋もれた追憶だったのか、私たちにはわからない。例えば三本の木は〈記憶〉の光景だったのか、それとも〈夢〉の光景だったのか(5)。

無意志的記憶によって解明される感覚的シーニュは、芸術のシーニュに対してのみならず、想像力に向けられる感覚的シーニュに対してさえも、二重の劣等性を持っている。一つには、それらの素材はより不透明で御しがたく、それらの展開はあまりに物質的なままである。他方、それらが存在と無の矛盾を乗り越えるのは外観上のことでしかない（私たちは祖母の追憶にそのことを見た）。〈記憶〉のシーニュがもたらす想起の充実、あるいは無意志的追憶、この世のものでない歓喜について、またこのようなシーニュが突然私たちに見出させる時間について、プルーストは語っている。まさに、記憶によって展開される感覚的シーニュは「芸術の始まり」を形作り、私たちを「芸術の道」に導くのである(6)。見出される時の予感を与え、もろもろの美学的〈理念〉の充実に対して準備させるこのようなシーニュを通過しなければ、私たちの学習は決して芸術に活路を見出すことがないだろう。しかし感覚的シーニュは私たちに準備をうながすだけで、それは単なる始まりでしかない。それはまだ生のシーニュであって、芸術そのもののシーニュではない(7)。

感覚的シーニュは社交的シーニュにまさり、愛のシーニュにまさる。しかし芸術のシーニュには劣っている。そして同じ種類に属しているとはいえ、単なる感覚的シーニュは、芸術により近い想像力の感覚的シーニュには劣っている（確かにこれもまだ生に属しているとはいえ）[8]。プルーストはしばしば記憶のシーニュを決定的なものとして呈示する。もろもろの想起《レミニサンス》は彼にとって芸術作品の構成要素と感じられている、彼の個人的計画の展望においてのみならず、シャトーブリアン、ネルヴァル、あるいはボードレールのような偉大な先覚者においても。しかし想起が構成に寄与する部分として芸術に統合されるとすれば、それはむしろ想起が誘導的要素であるかぎりにおいてなのである。こうした要素は読者を作品の理解へと導き、芸術家を自分の課題とこの課題の一貫性を構想することに導くのである。「芸術作品へと導くべきものは、まさに、そしてもっぱらこの種の感覚であったということ、私はその客観的理由を発見することに努めようとしていた」[9]。想起とは生の隠喩であり、隠喩とは芸術の想起である。実際この二つは何か共通のものを持っている。それらはまったく異なる二つの対象の間の関係を規定するのだが、これは「対象を時間の偶然性から引き離すためなのだ」[10]。しかし芸術だけが、生が単に素描しただけのことを十全に完成させる。無意識

（5）JF2, I, 718-719.〔II, 77-79. 四巻・一七八―八二頁〕
（6）TR2, III, 889.〔IV, 468. 十三巻・四七八頁〕
（7）*Ibid.*（「さらには生と同じように、〔作家が二つの感覚に共通の質を近づけながら、それらを結びつけて共通の本質を取り出し、ある隠喩においてそれらを時間の偶然性から引き離すとき〕」）。
（8）P2, III, 375.〔III, 877-78. 十一巻・四二〇―二二頁〕
（9）TR2, III, 918.〔IV, 497. 十四巻・二二頁〕

的記憶における想起は、まだ生に属している。つまり生の水準の芸術に属し、それゆえ悪しき隠喩に属しているのだ。反対に本質における芸術、生にまさる芸術は、無意志的記憶に依拠するのではない。それは想像力と無意識的形象にさえも依拠しない。芸術のシーニュはもろもろの本質の能力としての純粋思考によって展開されるものだ。感覚的シーニュ一般については、それが記憶に向かおうと、または想像力にさえ向かおうと、このシーニュは芸術以前であり、それは単に私たちを芸術に導くだけであると言わねばならず、あるいはまたそれらは芸術以後のもので、単に一番近くにあるその反映をとらえるにすぎない、と言わねばならない。

もろもろの想起《レミニサンス》の複雑な仕組みをどのように説明しようか。一見したところ問題は連合作用の仕組みである。一方には現在の感覚と過去の感覚との相似がある。他方には私たちがかつて生きていたもので現在の感覚の効果のせいで蘇生する総体と、過去の感覚との隣接性がある。こうしてマドレーヌの味はコンブレーで味わっていた味にそっくりである。それは最初にそれを味わった場所コンブレーを蘇生させる。プルーストにおける連合主義的心理学の形式上の重要性に、人びとはしばしば注目してきた。しかしそのことで彼を非難するのは誤りだろう。連合主義は、連合主義の批判ほど時代遅れではない。だからどんな観点から、想起のもろもろの事例が実際に連合作用の仕組みを超えるものであるのか問わねばならないし、またどんな観点からこれらが実際にこのような仕組みに関わるのか問わねばならない。

想起は観念連合によっては解決されないいくつかの問題を投げかける。まず私たちがすでに現在の感覚において感ずる例外的な喜びはどこから来るのか。この喜びはあまりに強烈で、私たちを死に対して無関心にするほどである。さらには現在と過去の二つの感覚の間には単なる相似があるわけではない、ということをいかに説明するのか。二つの感覚の間にある相似の彼方に、両方のなかにある同じ質の同一性を私たちは発見する。ついには、コンブレーが出現することをいかに説明するのか。それは過去の感覚との隣接性において生きられるものとしてではなく、ある栄光の中に現われるコンブレーであり、現実の中には決して等価なものを持たなかった、ある「真実」とともにあるのだ。

見出された時のこの喜び、この質の同一性、この想起の真実、私たちはそれらを実感し、それらがあらゆる連合的な仕組みを逸脱するのを感ずる。しかしその正体は何か。私たちはそれを言い表すことができない。私たちは生起することを目撃するが、まだそれを理解する手段を持たないのだ。マドレーヌの味の背後で、コンブレーは栄光の中に出現したが、このような出現の原因を私たちは全然発見していないのだ。三つの木の印象は説明されないままだ。反対に、マドレーヌの印象のほ

（10）〔七三頁〕TR2, III, 889.〔IV, 468. 十三巻・四七八頁〕

うはコンブレーによって説明されるように思われる。しかし私たちはそれ以上には前進していない。なぜこの喜びがあり、なぜコンブレーの蘇生にはあのような光輝があるのか（「私はそのころ根本的原因を探すのを先延ばしにしていた」）。[11]

意志的記憶は一つの現働的現在から「かつてあった」現在に、すなわちかつて現在であったが、もはや現在ではない何かに移る。したがって意志的記憶の過去は、二重に相対的である。かつて現在であった、その現在に関して相対的であり、また現在に対してそれが今は過ぎ去っているので、この現在に関しても相対的でもある。いわばこの記憶はじかに過去を捉えはしないのだ。それは複数の現在とともに過去を再構成するだけだ。だからこそプルーストは意志的記憶に対しても、意識的知覚に対しても同じ批判を向ける。後者は対象の中に印象の秘密を発見すると思いこむが、前者はもろもろの現在の継起の中に追憶の秘密を発見すると思いこんでいる。厳密には、継起する諸現在を区別するのは諸対象なのだ。意志的記憶はもろもろの「スナップ・ショット」を通じて進行する。つまり「この言葉こそが、そんな記憶を写真の展示のように私にとって退屈なものにしていた。そしてかつて私が見たことを描写しようとしても、昨日まさに私が無気力な視力で仔細に観察していたことをその瞬間に描写するのと同じことで、自分にはそんな趣味があるとも才能があるとも感じていなかった」。[12]

明らかに、意志的記憶は何か本質的なことを取り逃がしてしまう。すなわち過去の存在それ自体である。意志的記憶は、あたかも過去が現在であった後で過去として構成されるかのようにふるまう。だから先行するものが過ぎ、あるいは過去になるためには新しい現在を待たなくてはならないだろう。しかしこうして時間の本質を私たちは取り逃がすのである。というのも、もし現在が現在と同時に過ぎ去らないならば、もし同じ瞬間がみずからとともに現在そして過去として共存しないならば、現在は決して過ぎることがなく、新しい現在は決して現在に取って代わることがないだろう。おのれ自体の内にあるものとして、過去は、過去が現在であったときの現在と共存するのであり、現在に継起するのではない。確かに私たちは、何かを現在として感ずる当の瞬間に、過去としてその何かを把握するわけではない（記憶錯誤の場合は別で、おそらくプルーストにおける三本の木のヴィジョンはこれに相当する）[13]。しかしそれは意識的知覚と意志的記憶の切り離せない諸要求が現実の継起を確立し、そのより深くには潜在的共存があるからである。

ベルクソンとプルーストの発想の間に相似点があるとすれば、この水準においてである。これは持続ではなく、記憶の水準なのだ。私たちは現働的現在から過去に遡るのではなく、もろもろの現在とともに過去を再構成するのではなく、一気に過去それ自体の中に身を置くのだ。この過去はか

（11）TR₂, III, 867.〔IV, 445. 十三巻・四三一頁〕
（12）TR₂, III, 865.〔IV, 444. 十三巻・四二八頁〕
（13）JF₂, I, 718-719〔II, 77-79. 四巻・一七八―八二頁〕

つてあった何かを表象するのではなく、単に存在する何か、現在としてのみずからと共存する何かを表象するだけである。過去はそれ自体において存在し、それ自体において生き延び、みずからを保存するのだから、それ自体以外のものの中に保存されるには及ばないということ。——これこそが『物質と記憶』の名高い主張である。過去のそれ自体としてのこの存在をベルクソンは潜在的なものと呼んでいた。同じようにプルーストは、記憶のシーニュによって導入される状態について語りながら言っている。「現働的ではなく現実的、抽象的ではなく理念的[14]」と。まさにこの点で、プルーストとベルクソンの間で、問題は同じものではなくなる。ベルクソンにとっては、過去がそれ自体のうちにみずからを保存するということを知れば充分である。夢や、あるいは記憶錯誤についての根本的な言及にもかかわらず、ベルクソンはいかにしてみずからの内にある過去が、私たちのために救済されうるのか本質的に問うてはいない。彼によれば、最も深い夢さえも純粋な追憶の劣化をともない、追憶はそれを変形するイメージの中に埋没するのである。ところがプルーストの問題は、みずからの内に保存されるものとしての、みずからの内に生き延びるものとしての過去を、いかに私たちのために救済するかということなのである。プルーストが、直接的にではなく「ノルウェーの哲学者にまつわる」一つの挿話によってベルクソンの説を披歴することがある。その哲学者は、ベルクソンの説をブートルーから聞いたと言う[15]。プルーストの反応に注目しよう。「人はみな回想する能力をもたなくても記憶を所有している、とベルクソン氏を参照して偉大なノルウェーの哲学者は言っている……しかし人が回想することのない記憶とは一体何か」。プルーストは問いを提起する。みずからの内にあるものとしての過去を、人はいかに救済することになるのか。まさにこの問いに対して、無意志的〈記憶〉は答えをもたらすのだ。

無意志的記憶はまず二つの感覚の間、二つの瞬間の間の相似に基づくように思われる。しかしもっと根本的には、相似は私たちを、ある厳密な同一性に連れ戻す。すなわち二つの感覚に共通の質の同一性、あるいは現在のものと古いものという二つの瞬間に共通の感覚の同一性である。例えばそれは味覚である。味覚は、同時に二つの瞬間にそれを広げるような持続の、ある容量を含んでいるといえよう。しかし感覚、ないし同一の質のほうは、異なる何かとの関係を伴っている。マドレーヌの味はその容量の中にコンブレーを閉じ込め、内包していた。私たちが意識的知覚にとどまっているかぎり、マドレーヌはコンブレーに対してまったく外的な隣接関係を持つに過ぎない。私たちが意志的記憶にとどまるかぎり、コンブレーは古い感覚から分離しうる脈絡としてマドレーヌの外にとどまる。しかし無意志的記憶の固有性というものがある。この記憶は脈絡を内部化し、現在の感覚と不可分の古い脈絡を取り戻してくれる。二つの瞬間の間の相似がもっと深くにある同一性

(14) TR₂, III, 873.〔IV, 451. 十三巻・四四三頁〕
(15) SG₂, II, 984-985.〔III, 373-74. 九巻・三〇六―八頁〕

に向かって乗り越えられるのと同時に、過去の瞬間に属する隣接性はより深い差異に向けて乗り越えられる。コンブレーは現働的な感覚において蘇生し、古い感覚との差異は現在の感覚において内部化された。したがって現在の感覚は、異なる対象とのこの関係と、もはや切り離せない。無意志的記憶において本質的なことは相似ではなく、まして同一性でもなく、これらは条件にすぎなかったのだ。本質的なこと、それは内部化され内在的となった差異である。まさにこの意味において想起とは芸術の類似物であり、無意志的記憶とは隠喩の類似物なのである。つまりそれはマドレーヌとその味、コンブレーとその色彩と温度のもろもろの質という「二つの異なる対象」を捉える。それは一つのものを他のものの中に内包し、それらの関係を何か内的なものに変えるのである。

味覚、二つの感覚に共通の質、二つの瞬間に共通の感覚がここにあるのは、別のこと、すなわちコンブレーを思い出させるためでしかない。しかしこの呼びかけの背後で、コンブレーは絶対に新しい形式のもとで蘇生するのである。コンブレーはかつて現前したようには出現しない。コンブレーは過去として出現するが、この過去は、もはやかつてそれであった現在に相関的ではなく、また現在に対して今では過ぎてしまったが、この現在に対しても、もはや相関的ではない。それはもはや知覚上のコンブレーではなく、意志的記憶のコンブレーでもない。コンブレーは体験されえなかったものとして出現する。つまり現実の中ではなく、みずからの真実の中に。それの外的な偶然的諸関係の中ではなく、内部化された差異の中、その本質の中に。コンブレーは純粋過去において出現する。二つの現在と共存しながら、しかしそれらに捕獲されることがなく、意志的現働的記憶にも古い意識的知覚にも左右されないところで。「純粋状態の少しの時間」[16]。言い変えれば、それは現在と過去の間、現働的である一つの現在と現在であった一つの過去の間の単なる相似ではなく、二つの瞬間における同一性でさえもなく、むしろ彼方の、過去のそれ自体の存在であり、かつてあったあらゆる過去よりも、存在したあらゆる現在よりも深いのだ。「純粋状態の少しの時間」、すなわち時間の局所化された本質。

「現働的ではなく現実的、抽象的ではなく理念的」。この理念的現実、この潜在的なものとは本質なのである。本質は無意志的追憶において実現され、あるいは体現される。芸術おいてそうであるように、内包、巻き込みは、ここで本質の優越的状態であり続ける。そして無意志的追憶はここから二つの力を確保するのだ。古い瞬間における差異、現働的なものにおける反復である。しかし無意志的追憶において、本質は芸術よりも低い水準で実現され、より不透明な素材において体現される。まず本質は、芸術的、個体的そして個体化的ですらある本質がそうであったように、もはやある特異な観点の最終的質として出現するのではない。おそらく本質は特殊なものである。しかしそ

(16) TR2, III, 872.〔IV, 451. 十三巻・四四三頁〕

れは個体化よりもむしろ局所化の原理なのだ。それは局所的本質として出現する。コンブレー、バルベック、ヴェネツィア……。それは一つの場所、一つの瞬間の差異的真実を啓示するので、やはり特殊なのだ。しかし別の観点からは、本質はすでに一般的である。なぜならそれは二つの場所、二つの瞬間に「共通の」感覚において、あの啓示をもたらすからだ。芸術においてもまた、本質の性質は二つの対象に共通の質として表現されていた。しかし芸術的本質はそこでみずからの特異性を少しも失うことがなく、そこから何ものも疎外することがなかった。なぜなら二つの対象とそれらの関係は、偶然性の余白を少しも残さずに、本質の観点によって全面的に規定されていたからである。無意志的記憶においては、もはやこんなふうではない。つまり本質は最小限の一般性を獲得し始めるのだ。だからこそプルーストは言うのである。感覚的シーニュは、愛のシーニュあるいは社交界のシーニュと同じように、すでに一つの「一般的本質」に関わると。(17)

第二の差異は時間の観点から出現する。芸術的本質は、その諸系列と諸次元を乗り越える起源的時間を私たちに啓示するのだ。それは永遠性に等しい本質それ自体において「複合された」時間である。そういうわけで芸術作品において「見出される時」について私たちが語るとき、問題なのはこの始原的時間であり、これは繰り広げられ、また展開される時間に、すなわち過ぎてゆく継起的時間に、一般に失われていく時間に対立するのである。反対に無意志的追憶において体現される本質は、もはや私たちにあの起源的時間をもたらすことがない。本質は時間を見出させるが、それはまったく別の仕方によるのである。それが私たちに見出させるものとは、失われた時間そのものである。すでに繰り広げられ展開された時間の中に、それは唐突に侵入する。この過ぎてゆく時間のただなかに、本質は内包の中心を見出すのだが、これはもはや起源的時間のイメージでしかない。だからこそ無意志的記憶の啓示は極端に短く、それが引き延ばされるときも、私たちは損失なしにすますことができない。「眠りに入る瞬間に、時々人が語りがたいヴィジョンに対して感じるのに似た曖昧さの惹き起こす眩暈において」[18]。想起は純粋過去を、過去の即自的存在を私たちにもたらす。おそらくこの存在それ自体は、時間のあらゆる経験的次元を超越している。しかしその曖昧さそのものにおいて、この存在は一つの原理であり、そこから発して、このあらゆる次元は失われた時間において繰り広げられる。それは、この失われた時間そのものを見出すことができるようにする原理でもあり、中心でもあって、永遠性のイメージを獲得するために人は新たにその中心のまわりに時間を巻き付けることができるのだ。この純粋過去は過ぎてゆくどのような現在にも還元されることがない審級であり、またあらゆる現在を通過させ、それらの通過を取り仕切る審級でもある。この意味において、それはやはり生き延びと虚無の矛盾を内に折りこんでいる。語りがたいヴィジ

（17）TR₂, III, 918.〔IV, 497. 十四巻・二二二頁〕
（18）TR₂, III, 875.〔IV, 454. 十三巻・四四八頁〕

ヨンはそれらの混合からできている。無意志的記憶は私たちに永遠性をもたらすが、私たちはそれに耐える力をほんの一瞬しかもたず、その本性を発見する手段も持たないありさまだ。それゆえ無意志的記憶がもたらすものは、むしろ永遠性の瞬間のイメージである。そして無意志的記憶のあらゆる自我は、諸本質の観点から見れば、芸術の自我に劣っている。

最後に、無意志的追憶における本質の実現は、外的で偶然的にとどまる諸規定と切り離せない。無意志的記憶の力能のおかげで、何かがその本質あるいはその真実において現れるということ――それは偶然の状況に依存するわけではない。しかし、この「何か」がコンブレー、バルベックあるいはヴェネツィアであること、(別のものよりもむしろ) その本質が選択され、そのときみずからの体現の瞬間を見出すということ――それは多数多様な状況や偶然を作用させるのだ。一方では明らかに、コンブレーの本質は、かつて味わった通りのマドレーヌとかつて現在であったものとしてのコンブレーとの間の現実的隣接性がまずなければ、マドレーヌの再発見された味の中に実現されはしないだろう。他方、その味覚とともにあるマドレーヌ、そのもろもろの質とともにあるコンブレーは、やはり別々の素材を持っていて、それらの素材は相互の内包や侵入に対して抵抗するのだ。したがって私たちは二つのことを強調しなければならない。すなわち、ある本質は無意志的追憶において体現されるが、この本質は芸術におけるほど精神化されてはいない素材や、「非物質化されてはいない」環境をそこに見出すのだ。そして芸術において起きることとは反対に、この本質の選別と選択はそのとき本質そのものの外にある諸与件に依存し、最終的には、生きられた諸状態、主観的かつ偶然的にとどまる諸連合作用の仕組みに行きつくのである（別の隣接性は別の本質を導入し、あるいは選択したであろう）。無意志的記憶において、物理学は素材の抵抗を重視する。また心理学は主観的連合作用の還元不可能性に価値を見出すのである。だからこそ記憶のシーニュは、客観主義的な解釈の罠をたえず私たちに仕掛けるが、それはまた特にまったく主観的な解釈をうながすものでもある。だからこそ結局もろもろの想起は、他に劣る隠喩なのだ。異なる二つの対象の選択と関係は、柔軟な、または透明な一環境の中で体現される本質によって全面的に規定されるのであるが、そんな二つを結合する代わりに、記憶は、まだ不透明な物質に依存している二つの対象を結合するのであり、その関係は連合作用に依存しているのだ。したがって本質そのものは、もはやそれ自身の体現、それ自身の選別を采配するものではなく、それの外にあり続けるもろもろの与件にしたがって選別される。まさにこのことによって本質は、いましがた私たちが言及した最小限の一般性を獲得するのである。

要するに記憶の感覚的シーニュは生に属するのであって、〈芸術〉に属するのではない。無意志的記憶はある中心的位置を占めるのであって、極限の先端を占めるのではない。無意志なものとして、記憶は意識的知覚と意志的記憶の傾向と断絶する。それは私たちをシーニュに対して敏感にし、特権的瞬間において何らかのシーニュの解釈を私たちに与えるのだ。この記憶に対応する感覚的シーニュは、社交的シーニュそして愛のシーニュにさえも勝っている。しかしそれは同じく感覚的な他のシーニュ、欲望の、想像力の、または夢のシーニュには劣っている（これらはすでにもっと精神的な素材を持ち、もはや生きられた隣接性に依存しない、より根本的な連合作用に関わるのだ）。なおさら無意志的記憶の感覚的シーニュは、芸術のシーニュに劣っている。それらはシーニュと本質の完璧な同一性を失ってしまったのだ。それらは芸術に対して、芸術の最終的啓示に対して私たちを準備させるための生の努力を表象しているだけである。

私たちは芸術の中に、無意志的記憶を探求するための、より根本的な手段を見出すわけではない。私たちが無意志的記憶に見出すのは、芸術の学習における一段階であって、その段階が一番重要なものというわけではない。確かにこの記憶は私たちをもろもろの本質への道に導く。それ以上に想起はすでに本質を所有しており、それを獲得することができていた。しかし想起は、弛緩した状態、二次的状態において、私たちに本質をもたらすのであって、まだそれは非常にあいまいでしかなく、私たちは自分に恵まれる贈与と自分が感じる喜びを理解することができないのだ。学習すること、それは繰り返し追憶することであるが、繰り返し追憶することは学習すること、予感をいだくことにすぎない。もし学習の継起する諸段階によって促されて、芸術の最終的啓示に到達することがないとすれば、私たちは本質を理解することができず、それがすでに無意志的追憶の中に、または感覚的シーニュの喜びの中に存在していたということさえ理解することができないだろう（私たちはいつももろもろの原因の検証を「先延ばしにする」しかないだろう)。あらゆる段階が芸術に出口を見出さねばならず、私たちは芸術の啓示にまで到達しなければならない。そのとき私たちはもろもろの段階を改めて下降し、それらを芸術作品そのものにおいて統合し、継起するそのもろもろの実現において本質を認知し、実現のそれぞれの段階に対して、それに帰着する場所と意味を作品の中で与えるのである。このようにして私たちは無意志的記憶の役割を、そしてこの役割のもろもろの理由を発見する、すなわち諸本質の体現における重要だが二次的な役割を。無意志的記憶の逆説はより高次の審級を通じて説明されるのであって、この審級は記憶を逸脱し、もろもろの想起を促し、それらにみずからの秘密の一部分を伝えるだけである。

第六章　系列と集団

本質の体現は愛のシーニュにおいて、さらには社交界のシーニュにおいても続行される。差異と反復は、そのとき本質の二つの能力であり続ける。本質そのものは、シーニュをはらむ対象にも、シーニュを感じる主体にも還元不可能なままである。私たちの愛は、私たちが愛するものによっても、恋に落ちる瞬間の私たちのはかない状態によっても説明されない。しかしここで本質のある現前の観念は、愛のシーニュの嘘という特性と、また社交生活のシーニュの空しい特性と、いかに和解しあうのか。要するに本質はますます一般的な形態を、ますます広大な一般性を帯びるようになるのだ。究極的には本質は一つの「法則」と一体になろうとする（まさに愛と社交生活に関して、プルーストは好んで彼の一般性への傾向、彼の法則への情熱を明らかにする）。諸本質はそれゆえ愛のシーニュにおいて、厳密には嘘の一般的諸法則として、また社交界のシーニュにおいては、空虚の一般的諸法則として、体現されることがある。

ある差異は一つの根源的イメージに含まれており、そのイメージを私たちはさまざまな水準でたえずの恋が独自の差異をもたらすのだが、この差異はすでに以前の恋に含まれていたのであり、あらゆる歩を踏み出すように他を促すのだ。[1] 私たちの移り変わる恋においてはなおさらのことで、それぞれしあっている。記憶と想像力は交代しあい、修正しあう。それぞれが一歩進んでは、それを補う一同じ主題、同じ質のようなものだ。もろもろの想起と発見は、それゆえ一つ一つの愛において混合名前を与えなければならないほどだ。にもかかわらずそれは、変化する諸要素をともないながらも、女であり、かつ別の女である。実にたくさんのアルベルチーヌが存在するので、それぞれに別のものでもある。アルベルチーヌは、主人公の他の愛に関して、また彼女自身に関して、いつも同じの次々継続する愛において、それぞれ別個に把握される一つ一つの愛において、反復されるようなに豊かなので多様化するイメージであり、理念あるいは本質なのである。しかしそれはまた私たちのだ。それは私たちが愛するものたちにおいて、さらには唯ひとりの愛される存在において、十分験のはるか彼方の、あるイメージであり、私たちを超越する一つの〈主題〉であり、一種の原型な性にとってヴァントゥイユ嬢にとっては〈父〉のイメージである。もっと根本的には、私たちの経ある起源的差異が私たちの愛をつかさどっている。おそらくそれは〈母〉のイメージであり、女

(1) JF_3, I, 917-918.〔II, 270-71. 四巻・五八四―八六頁〕

再生産し、私たちのあらゆる恋の理解可能な法則として繰り返すのである。「こうして私のアルベルチーヌへの愛は、ジルベルトへの愛とは異なっていたにせよ、すでにあの愛の中に刻印されていた……」(2)。

愛のシーニュにおいては、本質の二つの能力が絶えず結合される。イメージあるいは主題は、もろもろの愛の特別な性格を含んでいる。しかし実はこのイメージが私たちに隠され無意識なままにとどまるので、私たちはなおさら頻繁に巧みに、それを繰り返すのである。理念の直接的な力能を表現するどころか、反復はここで意識と観念のずれや不適合性を証言している。経験は少しも私たちの役に立たない。なぜなら私たちは自分が反復するということを否定し、そしていつも新しい何かを信じるからである。また同じく、私たちの愛を理解可能にする差異に対して、愛の生ける源泉のような一つの法則に愛を結びつける差異に対して無知だからである。愛における無意識とは、本質の二つの様相の分離、つまり差異と反復である。

愛の反復は系列的反復である。ジルベルト、ゲルマント夫人、アルベルチーヌに対する主人公の恋愛は一つの系列を形成し、その中で一つ一つの項がそれぞれに小さな差異を示すことになる。「せいぜいのところ私たちがあんなに愛した女さえも、この愛に一つの特殊な形態を付け加えただけで、それによって私たちはたとえ不実であってもこの愛には忠実であろう。私たちは次に恋する女と一緒に同じ朝の散歩をすることを必要とし、あるいは同じように夜には彼女を見送ったり、百倍も多すぎる金を彼女に渡したりすることを必要とするだろう」[3]。しかし同じく系列の二つの項の間には、反復を複雑にする対照的関係が出現する。「ああ！　私のアルベルチーヌへの愛は、ジルベルトに抱いた愛にならって私はその運命を予見しうると思っていたのだが、どれほどあの愛とは全く対照的な形で発展したことか」[4]。そしてとりわけある愛の対象から別の対象に移っていくとき、私たちは愛の主体において蓄積された一つの差異を考慮しなければならない。それは系列における進展の理由のようなものだ。「人生の別の段階で、新しい領域に到達するにしたがって、はっきりしてくる変化の指標」[5]。つまり数々の小さな差異や対照的な関係を通じて、その法則に向かって収束することなしに系列は発展しないのであって、愛するものはますます彼自身、起源的主題の理解に近づいてゆく。彼が十全にそれを理解するようになるのは、彼が愛することをやめるとき、もはや愛する欲望も時間もなく、そんな年齢でもなくなるときである。まさにこの意味において愛の系列とは学習なのである。最初の諸項において、愛はその対象に結ばれているように見えるので、一番重要なことはそれを告白することである。それから私たちは告白しないことを必要とする愛の主

(2) TR2, III, 904.〔IV, 483. 十三巻・五〇八頁〕
(3) TR2, III, 908.〔IV, 487. 十三巻・五一六頁〕
(4) AD, III, 447.〔IV, 30-31. 十二巻・七八頁〕
(5) JF3, I, 894.〔II, 248. 四巻・五三七頁〕

観性を学び、こうして次の恋愛に備えるのだ。しかし系列がそれ自身の法則に近づき、愛する能力がそれ自身の終局に近づくとき、私たちは起源的主題あるいは理念の実在を予感するが、それは私たちの主観的状態を超越し、それを体現することになる対象もやはり超越するのである。

継起する愛の系列があるだけではない。それぞれの愛それ自体が、一つの系列という形をとる。一つの愛から別の愛へと私たちが発見する小さな差異や対照的関係に、すでに同じ一つの愛において私たちは遭遇するのである。つまり一人のアルベルチーヌから別のアルベルチーヌに。なぜならアルベルチーヌは多数の魂と多数の顔を持っているからだ。まさにこれらの顔とこれらの魂は、同じ平面の上にあるのではない。それらは系列として組織されるのだ。(対照の法則にしたがうならば、「最小の変化は……二つからなるものだ。精気のみなぎる一瞥や断固とした様子を覚えていても、次には不可避的に、ほとんど無気力な表情によって、一種の夢見るような甘美さによって、これは前の記憶において私たちが無視したことだったのだが、次の出会いのとき私たちは驚かされ、つまりほとんど、ただ打ちのめされることになる」)。[6] そのうえ主観的な変化の指標が、それぞれの愛に対応する。この指標が、愛の始まり、進行、終局を推し量るのである。これらのあらゆる意味において、アルベルチーヌへの愛はそれ自体で一系列を形成し、そこには嫉妬の異なる二つの時期が区別されるのだ。そして最後に、もっぱら主人公が、彼の愛の始まりを画したもろもろの段階を改めて下降するにつれて、アルベルチーヌの忘却が進展する。「私はいまやはっきり感じていた。

彼女をすっかり忘れてしまう前に、最初に無関心にたどり着く前に、同じ道をたどって出発点に戻ってくる旅人のように、私の大いなる恋にたどり着く前に経験したあらゆる感情を、逆方向に私は通過しなければならないだろうということを」[7]。こうして忘却には、逆転された系列として三つの段階が含まれている。まず不可分な状態への回帰、すなわちアルベルチーヌが抽出されてきた集団に似た乙女たちの集団への回帰、次にはアルベルチーヌの性癖の暴露、それはある意味で主人公の最初の直感に合致するのだが、もはや真実が彼の興味を引くことがなくなったときに始めてわかることだ。そして最後に、アルベルチーヌがまだ生きているという観念。彼が彼女の死を知り、そしてまだ彼女を愛していたときに感じた苦痛とは対照的に、この観念は彼にほんの少しの喜びしか与えない。

それぞれの愛が一つの特別な系列を形成するだけではない。別の極では、私たちの愛の系列は経験を超越し、別の経験と連結され、超主観的な現実に開かれる。すでにオデットに対するスワンの愛は、主人公のジルベルト、ゲルマント夫人、アルベルチーヌに対する愛とともに継続される系列の部分となっている。スワンは自分では気づけなかった運命において、先導者の役割を果たしてい

(6) JF$_3$, I, 917.〔II, 270. 四巻・五八五頁〕
(7) AD, III, 558.〔IV, 138. 十二巻・三一一頁〕

る。「結局よく考えてみたら私の経験の素材はスワンからやってきたもので、それは単に彼自身に関する事柄とジルベルトによるものではなかった。コンブレーにいたときから、もうバルベックに行く欲望を私に与えていたのは彼だった……スワンがいなければ、私はゲルマント一家さえも知ることがなかったであろう[8]」。スワンはここできっかけでしかないが、このきっかけがなければ系列は別のものになったであろう。そして見方によればスワンははるかにそれ以上の存在である。彼こそがはじめから系列の法則、または進展の秘密を掌握しているのであり、「予言的な告知」において、主人公にそれを打ち明けるのである。すなわち〈囚われ人〉としての愛されるもの[9]。

主人公の母に対する愛の中に、愛の系列の起源を見出すことはいつも可能である。しかしここにも、コンブレーに夕食にやってきては子供を母親の存在から引き離すスワンを私たちは認めるのである。そして母に対する主人公の悲しみ、彼の苦悶とは、すでにスワン自身がオデットに感じていた苦悶であり悲しみなのだ。「〔おそらく彼ほどに私のことを理解してくれるものは誰もいなかった〕その彼、私たちが不在の、私たちが一緒にいられない歓楽の場所にいる、私たちの愛する存在を感じるときのあの苦悶。愛こそが彼にその苦悶を教え、その愛に対して苦悶はいわば予定されており、苦悶はそれによって占められ、特別なものになるであろう。しかし私の場合のように、人生に愛が出現するまだ前に苦悶が自分の中に入ってきたときには、苦悶は愛を予期しながら曖昧に、また気ままに漂っている……[10]」。そこで私たちは結論するであろう。おそらく母のイメージは最も根本的な主題ではなく、愛の系列の理由でもないということを。確かに私たちの愛は母への感情を反復するのだが、そのような感情は私たちが自分ではまだ経験したことのない他の恋愛をすでに反復している。むしろ一つの経験から別の経験への移行として、私たちの経験が始まりながらも、すでに他者のする別の経験と連鎖する仕方として、母は出現するのだ。結局、恋愛の体験とは人類全体の体験であり、超越的な遺伝の脈流がそれを貫通しているのだ。

こうして私たちの愛の個人的系列は、一方ではより広大な超個人的な系列にかかわり、他方ではそれぞれの愛によって特別に構成される、より局限された諸系列にかかわる。だから諸系列は互いの内に折りこまれ、変化の指標と進展の法則は互いの中に内包されている。愛のシーニュがいかに解釈されるべきか問うとき、私たちは一つの審級を探求しているのであり、この審級によって系列は解明され、指標や法則が展開されるのだ。ところが記憶と想像力の役割がいかに大きくても、これらの能力が介入するのはもっぱらそれぞれの特別な愛の水準においてであり、それは愛のシーニュを解釈するためというよりも、それを捕獲し採集するため、それを把握する一つの感受性を補うためなのである。一つの愛から別の愛への移行は、記憶ではなく〈忘却〉の中に、想像力ではなく

（8）TR2, III, 915-916.〔IV, 493-94. 十三巻・五三一—三二頁〕
（9）JF1, I, 563.〔I, 553. 三巻・三〇一—三頁〕
（10）CS1, I, 30.〔I, 30. 一巻・七九頁〕

となのだ。ほんとうは知性だけがシーニュを解釈し、かつ愛の諸系列を解明しうる能力なのだ。だからこそプルーストは次のことを強調している。ある種の領域が存在して、そこでは知性が感受性に支えられ、記憶や想像力よりも深く、もっと豊かであるということを。[11]

だからといって愛のもろもろの真実は、ある思想家が一つの方法や自由な考察の努力によって発見しうるような抽象的真実に属しているわけではない。知性は圧力を受けねばならず、選択の余地を与えない強制を受けなくてはならない。この強制は感受性の強制であり、それぞれの愛の水準におけるシーニュそれ自体の強制である。つまり愛のシーニュはまた苦痛のシーニュでもある。なぜならそのシーニュは、愛される者の嘘を根本的曖昧さとしていつも内に折りこんでいて、私たちの嫉妬はそれを利用し、それによって養われているからだ。こうして私たちの感受性の苦しみは、シーニュの意味とそれに体現される本質を探すように私たちの知性を強いるのである。「感受性豊かに生まれながら想像力を持たないかもしれない人間が、にもかかわらず素晴らしい小説を書くこともあろう。他人たちが彼に引き起こす苦しみ、それを予知しようとする彼の努力、その苦しみと第二の邪悪な人物が生み出す葛藤、こうしたものはすべて知性によって解釈されて、一つの本の素材になりうるだろう……それは想像され発明された場合に劣らず美しいのだ[12]」。

知性による解釈とは、どうして成立するものか。それは愛の系列の法則として本質を発見することによるのである。つまり愛の領域において、本質は一般性のタイプと不可分なのだ。それはすなわち系列の一般性であり、それ自体系列的な一般性である。それぞれの苦しみは、感受されるかぎりにおいて、しかじかの愛のただ中で、しかじかの存在によって生み出されたものとして特別である。しかしこれらの苦しみはみずからを再生産し、みずからを内に折りこむのだから、そこから知性は一般的な何かを、喜びでもある何かを抽出するのだ。芸術作品は「幸福のシーニュである。なぜならばそれは、すべての愛において、一般的なものが特殊なものの傍らに横たわっているということ、そしてみずからの本質を深めるために、みずからの原因を無視させながら悲しみに対して武装させる訓練によって、特殊なものから一般的なものへと移行することを私たちに教えるからだ[13]」。私たちが反復すること、それはどんな場合も特別な苦しみである。しかし反復そのものはいつも喜ばしいもので、反復の事実は一般的な喜びを形作るのだ。あるいはむしろ、もろもろの事実はいつも悲しくそして特別であるが、そこから人が抽出する観念は一般的であり、快活なのだ。というのも愛の反復は進展の法則と切り離せず、この法則によって私たちはみずからの苦しみを喜びに変容させる意識化に近づくのである。私たちはみずからの苦しみが対象から来るものではなかったとい

(11) TR₂, III, 900-902.〔IV, 479-80. 十三巻・五〇二―四頁〕
(12) *Ibid.*
(13) TR₂, III, 904.〔IV, 483. 十三巻・五〇九頁〕

ある神性に結ばれうるが、この人物はその神性の断片的反映にすぎず、その最後の段階に過ぎない。画であり、ある本質の反映なのである。「私たちを苦しませるそれぞれの人物は、私たちによってであったのではなく、私たちの中を通り過ぎていく一つの系列の諸項であり、ある内的光景の活人無意識であったものを、知性は最後になって発見する。愛される存在たちは自律的な仕方で作用因することができ、それが喜ばしいものだと気づくことができる。始めから現前していたが必然的に変容させると同時に、特別なものを一般的なものに変容させるのだ。ただ知性だけが一般性を発見

知性がなすのは次のようなことである。感受性の強制のもとで、知性は私たちの苦しみを喜びに理念であり、悲しみはただある種の理念がまず私たちの内に入り込むときの様式に過ぎないのだ[14]」。ある……そもそも、もっぱら時間の秩序における代用物なのだ、というのもどうやら第一の要素はる。こうして終わりはすでに始まりの中にある。「もろもろの理念はいろいろな悲しみの代用物でのだ。理念のユーモア、それは悲しみの中に出現すること、それ自体悲しみとして現れることであつまり系列の法則は最初の諸項の中にあるのだから、理念が第一であり、あらかじめそこにあったの理解の喜びがある。私たちはもろもろの特別な悲しみから、一つの一般的な〈理念〉を引き出す。劇があり、しかしまた反復の一つの喜劇があり、もっと根本的には理解された反復の、または法則ことには〈理念〉のいたずらであり洒落っ気、〈本質〉の快活さだったのだ。反復されることの悲うことに気づく。それは私たちが自分に対して演じていた「演技」や「茶番」であり、もっといい

この神性を理念として観照することは、私たちの感じていた苦しみの代わりにたちまち喜びを与えるのだ。生きるためのあらゆる技芸は、私たちを苦しませる人物たちを自分の役に立てることである。それは一つの段階のようなもので、(それの) 神的形態に近づくことが、またそのようにして日々私たちの生を神性によって満たすことが可能になるのだ[15]」。

本質は愛のシーニュにおいて体現されるが、それは必然的に系列的な形態、したがって一般的な形態において体現されるのである。本質とはいつも差異である。しかし愛において、差異は無意識の中に入り込んだのである。差異は何らかの仕方で総称的になり、あるいは類的になり、反復を規定するのだが、反復の諸項はもはや微細な差異、そして微妙な対照によって区別されるしかない。要するに本質は、〈主題〉あるいは〈理念〉の一般性を獲得したのであり、それは愛の系列に対して法則の役割を果たすのだ。だからこそ本質の体現は、また愛のシーニュにおいて体現される本質の選別は、感覚的シーニュにおけるよりも、なおさら外的な条件と主観的偶然性に左右されるのである。スワンは無意識の偉大な先覚者であり、系列の出発点である。しかし見棄てられた数々の主題や消去された本質を、どうして後悔しないでいられようか。それらはライプニッツ的な可能事の

(14) TR_2, III, 906.〔IV, 485. 十三巻・五一三頁〕
(15) TR_2, III, 899.〔I, 477. 十三巻・四九七—九八頁〕

ようなもので、別の状況や別の条件においては存在することがなく、別の諸系列を生起させたかもしれなかった。[16] 私たちの主観的状態の系列を規定するのは確かに〈理念〉であるが、〈理念〉の選別を規定するのも、やはり私たちの主観的関係のもろもろの偶然なのである。だからこそ主観主義的解釈の傾向は、感覚的シーニュの場合よりも、愛においてより強力である。つまりあらゆる愛は、まったく主観的な観念と印象の連合作用に密着している。そして愛の終局はもろもろの連合作用の一「部分」の消滅に等しく、それは消耗した動脈を破裂させる脳溢血のようなものだ。[17]

恋人の選択における偶然性ほどに選択の外在性を明らかにするものはない。私たちは単にかなわぬ恋を経験するだけではない。ほんのちょっとの違いでそれが成功することもありえたということを、私たちはよく知っている（ド・ステルマリア嬢）。しかし実現される愛と、それらが連鎖して、つまり他のものではなくむしろこれという本質を体現しながら形成する系列は、もろもろの機会や状況や外的要素に左右されるのだ。

もっとも衝撃的な場合の一つは、以下のようなものだ。愛される者ははじめに一集団に属していて、まだこの存在は個体化されてはいない。等質な集団のなかにあって愛されることになる娘は誰なのか。そしてアルベルチーヌは、他の娘が代わりになってもいいはずだったのに、どんな偶然によって本質を体現するのか。さらには別の娘の中に体現される別の本質があって、それに対して主人公は敏感だったかもしれず、少なくともそれは彼の愛の系列の方向を変えたかもしれないではないか。「いまもまだ一人の娘の姿が私に快楽を与えていたが、その中には、後で他の娘たちが彼女に続くのを見るという快楽、そしてたとえ彼女らがこの日にやってこなくても、彼女たちのことを話す快楽、私が浜辺に行ったということが彼女らに伝わっているということを知るという快楽が、私には言い表せなかった比率において、混じり込んでいたのである[18]」。娘たちの集団には、おそらく隣接しあう諸本質の混成や混合があり、それに対しても主人公はほとんど同じように身構えている。「最初の日と同じように、私にとってはそれぞれの娘が別の娘たちの本質に属する何かを持っていた[19]」。

アルベルチーヌはしたがって愛の系列の中に参入するが、それは彼女の抽出に対応するあらゆる偶然性とともに一つの集団から抽出されるからである。主人公が集団の中に感じる快楽は官能的快楽である。しかしこうした快楽は愛に属するものではない。愛の系列の一項となるためには、アルベルチーヌが最初にその中に姿を現した集団から隔離されねばならない。彼女は選択されねばならない。この選択は不確実性と偶然性なしにはありえない。反対にアルベルチーヌへの愛がほんとう

(16) TR₂, III, 916.〔IV, 494. 十三巻・五三三―三五頁〕
(17) AD, III, 592.〔IV, 172. 十二巻・三八七頁〕
(18) JF₃, I, 944.〔II, 296. 四巻・六三六頁〕
(19) SG₂, II, 1113.〔III, 497-98. 九巻・五七八頁〕

に終わるのは、集団に回帰することによってでしかない。アルベルチーヌの死のあとでアンドレが象徴しているような、かつての乙女たちの集団への回帰である（「この時私は［アンドレ］と疑似的な肉体関係を持つことに快楽を覚えていた。それは初めに乙女たちの小さな一味に対して私が抱いた愛、そして今また再開されたこの愛の集団的な性格のせいで、長い間ひと塊だったのだ」）。[20]アルベルチーヌが死んだとき、彼が道ですれ違った集団もこれに似ていた。それは逆方向にではあるが、愛の形成を、そして愛される者の選別を再現しているのだ。[21]ある意味で集団と系列は対立しあうが、別の意味でそれらは不可分であり相補的である。

愛のシーニュにおいて体現されるものとして、本質は二つの様相において継起して現れる。まず嘘の一般的法則という形態において。というのも嘘をつくことが必要になるのは、また私たちが嘘をつくように迫られるのは、私たちを愛する誰かに対してだけであるからだ。もし嘘が諸法則にしたがうとすれば、それは嘘をつく人間自身において、嘘がある種の緊張を伴うからである。それは真実と、真実を隠そうとする際の否認または捏造との間の、物理的関係のシステムのようなものである。したがって接触、引力、反発の諸法則が存在し、それらはまさに嘘の「物理学」を形作っている。実際、真実は嘘をつく恋人の中にまさに現前しているのだ。恋人はそれの恒常的な認識をもっており、それを忘れることはないが、一方ではでっちあげた嘘をたちまち忘れてしまうのだ。隠された事柄は彼〔彼女〕の中で作用して、彼はその文脈から嘘の全体を保証するはずの些細な真の事実を引き出す。しかしまさにこの些細な事実が彼を裏切るのだ。なぜなら、そのもろもろの視角は他とよく適合せず、別の起源を、別のシステムへの所属を暴露してしまうからである。あるいはまた隠された事柄は遠くから作用し、絶えずそこに接近する嘘つきを引き付けるのである。彼は漸近線をしるし、些細に見せかける言及によって自分の秘密を無意味にしていると思い込むのである。例えばシャルリュスは言う「あらゆる形態における美を追求してきた私としては」。あるいはまた私たちは、数々のもっともらしい細部を工夫する。なぜならもっともらしさは、それ自体で真実に近似するものであると信ずるからだ。しかしこのときもっともらしさは過剰になり、韻の多すぎる韻文のように、私たちの嘘を裏切り、虚偽の存在を暴露するのだ。

嘘をつく者において、隠された事柄は現前し続けるだけではない、「なにしろあらゆる隠匿の中でも一番危険なものは、罪な人間の精神において、過失それ自体が隠匿されることである」[22]。しかし隠された事柄は次々たえまなく積み重なってゆき、黒い雪の玉のように肥大してゆくものだから、嘘つきはいつも暴露されてしまう。実際この成行きには無意識なまま、彼は自分が白状することと

(20) AD, III, 596.〔IV, 176. 十二巻・三九四頁〕
(21) AD, III, 561-562.〔IV, 141-42. 十二巻・三一八―三二〇頁〕
(22) SGI, II, 715.〔III, 113. 八巻・二六四頁〕

否定することの間に同じずれを抱えている。彼が否定することは増大するばかりで、ますます彼は白状してしまう。嘘をつく人自身において、完璧な嘘は未来に向けられた素晴らしい記憶を前提としていて、それは真実と同じようにもろもろの痕跡を未来の中に残すことができる。そしてとりわけ嘘は「全体的」であることを要求するだろう。これほどの条件はこの世界では満たされない。したがって嘘はシーニュに属している。嘘が隠そうとするのは、まさに真実のシーニュなのだ。すなわち「解読不可能にして神的な遺物」[23]。解読不可能であるが、説明不可能ではなく、解釈できないわけでもない。

愛される女は、他のみんなに知られている秘密でも隠そうとする。愛する男は愛される存在そのものを隠し通す。強力な番人なのだ。愛する存在に対して、私たちは厳格で、残酷で、狡猾でなければならない。実際、愛するものは愛されるものに劣らず嘘つきである。彼は彼女を閉じ込め、もっと優秀な警官、番人であり続けようとして、愛を告白するのを控えるのだ。ところが女性にとって本質的なことは、彼女が自分の内に折りこむもろもろの世界の起源を隠すこと、彼女が一時的に私たちに捧げる身振りや習慣や趣味の出所を隠すことなのだ。愛される女たちは、原罪に対するようにゴモラの秘密に対して張り詰めている。すなわち「アルベルチーヌの醜悪さ」[24]。しかし愛する男たちもそれに対応する秘密、相似する醜悪さを持っている。意識的であってもなくても、それこそはソドムの秘密である。したがって愛の真実は二元的であり、愛の系列は一見単純に見えるだけで、実はヴァントゥイユ嬢とシャルリュスに代表されるもっとも根本的な二つの系列に分解される。だから『失われた時』の主人公は、同じような状況でヴァントゥイユ嬢を、シャルリュスをのぞき見するとき[25]、二つの衝撃的な啓示に出会うのである。この二つの同性愛の系列は何を意味するのか。

プルーストは『ソドムとゴモラ』の一節でそれを言おうとするが、そこにはいつも植物的な隠喩が繰り返されている。愛の真実とはまず両性の敷居である。私たちはサムスンの予言のもとで生きているのだ。すなわち「両性はそれぞれ自分の側で死に絶えるであろう[26]」。しかし分離され仕切られた両性が同じ個体の中に共存するので、すべてが複雑になる。すなわち一つの植物あるいはカタツムリのような「始原的な両性具有」であり、これらは自分自身では受胎することができないが、「他の両性具有者によって受胎することができる[27]」。そこで媒介者は雌雄の交通を可能にする代わりに、それぞれの性を自分自身において二重化することがある。これこそ自己受精の象徴であるが、同性愛的であり不毛であり間接的であるがゆえに、それはなおさら感動的である。そしてこれは一

(23) CS2, I, 279.〔I, 274. 一巻・二二四頁〕
(24) AD, III, 610.〔IV, 190. 十二巻・四二五頁〕
(25) SG1, II, 608.〔III, 9-10. 八巻・三四頁〕
(26) SG1, II, 616.〔III, 17. 八巻・五二頁〕
(27) SG1, II, 629.〔III, 31. 八巻・八一頁〕

つの偶発事である以上に、愛の本質なのだ。本来的両性具有者は、分岐する二つの同性愛的系列を連続的に生み出す。それは両性を結合する代わりに分割するのだ。したがって男性と女性が交わるのは外観上でしかない。すべての愛する男たち、すべての愛される女たちについて、ある種の特別な場合にだけ明白になることを肯定しなければならない。愛する男たちは「女たちを愛する女のために別の女の役割を演じ、そして同時に女は、男たちが男に見出すものをあらまし彼らに与えるのだ[28]」。

愛における本質は、まず嘘の諸法則において体現されるが、次には同性愛の秘密において体現される。嘘はそれ自体が隠す真実に関わるように一般性に関わるのではないとすれば、嘘を本質的にし、また有意味にする一般性を持ちはしないだろう。あらゆる嘘は中心の周りをまわるように、真実の周りをまわるのだ。同性愛とは愛の真実なのだ。だからこそ愛の系列は現に二重的なのである。それは二つの系列において組織されるが、二つの系列はそれらの源泉を単に母と父のイメージに見出すのではなく、もっと根本的な系統発生の連続性の中に見出す。始原的両性具有は分岐する諸系列の連続的法則である。一つの系列から他の系列へと、ソドムのシーニュであり、またゴモラのシーニュであるようなもろもろのシーニュを愛が生み出すのを私たちはつねに見るのである。

一般性は二つのことを意味する。それは一系列の（あるいはいくつかの系列の）法則であって、その諸項は差異化するのである。あるいは一集団の特性であって、その諸要素が互いに相似している。そしておそらくもろもろの集団が愛に介入してくる。愛するものはあらかじめ存在する一つの集合から愛されるものを抽出し、最初は集団的であるもろもろのシーニュを解釈する。さらに言えば、ゴモラの女たち、またはソドムの男たちは「幽体的なシーニュ」を放つのであって、それを通じて彼らは互いを見分け、聖書に出てくる二つの都市を再現する呪われた連合を形作る。[29] それでもなお集団が愛において本質的なものであるというわけではないのだ。集団は単に機会をもたらすにすぎない。愛のほんとうの一般性は系列的であり、私たちの愛が根本的に体験されるのは系列にしたがうときにほかならず、もろもろの愛はこの系列において組織されるのだ。社交生活においてはそんなことは起こらない。諸本質は社交界のシーニュにおいてもやはり体現されるが、それは偶然性と一般性の最低の水準においてである。本質はもろもろの社会において無媒介に体現され、それらの一般性はもはや集団の一般性でしかない。それはすなわち本質の最低の段階なのだ。

なるほど「社交界」は、社会的、歴史的、政治的な諸力を表現している。しかし社交的シーニュは空虚の中に放たれる。まさにそのことによって、このシーニュは天文学的距離を通過し、その結

(28) SGɪ, II, 622.〔III, 24. 八巻・六八頁〕
(29) SGɪ, II, 852.〔III, 245. 八巻・五五八頁〕

果として、社交生活の観察は顕微鏡による調査といったものではまったくなく、むしろ望遠鏡による調査に似ているのだ。そしてプルーストはしばしばそのことに触れている。諸本質のある水準では、興味深いことはもはや個体性でも細部でもなく、もろもろの法則、大きな距離そして広大な一般性である。望遠鏡であって顕微鏡ではない[30]。これはすでに愛に関して真実であり、社交界に関してはなおさらのことである。空虚とはまさに一般性を帯びた環境であり、一法則の現れにとって特権的な物理的環境なのだ。空っぽの頭脳は、もっと濃密な物質よりも優れた統計的法則を示す。すなわち「まったく愚かな人物たちも自分の身振り、話題、意志しないままに表現される感情によって、自分たちでは気づかない法則を明らかにする。しかし芸術家は彼らの中にその法則を見抜くのだ[31]」。おそらく特異な天才が、指導的な魂が、天体の運行を取り仕切るということもありうる、例えばシャルリュス。しかし天文学者が指導的魂など信ずることをやめてしまったように、社交界それ自体がシャルリュスを信ずることをやめてしまう。社交界のもろもろの変化を取り仕切る法則は、忘却に支配される機械的法則である（名高いくだりでプルーストは、ドレフュス事件から第一次世界大戦に至るまでの社交界の進展との関連で、社会の忘却の力を分析している。言葉についてのレーニンの評言ほど、社会の適応力を巧みに注釈している文章は少ない。社会は「腐敗した古い偏見」を、まったく新しく、いっそう破廉恥で、またはもっと愚劣な偏見によって置き換えることに長けているのだ）。

空虚、愚かさ、忘却、これは社交的集団の三位一体である。しかしそこで社交生活は、シーニュの放出において、ある速度、ある機動性を、形式主義においては、ある完成を、意味においては、ある一般性を獲得する。それらすべてが、社交生活を学習にとって必要な環境にするのである。本質がますますあいまいに体現されるにしたがって、シーニュは喜劇的な力能を獲得する。シーニュは私たちの中に、ますます外的な一種の神経的興奮を引き起こす。シーニュを解釈しようとして知性は熱中する。というのも馬鹿者の頭の中で起きることほど、あれこれ考えさせることはないからだ。集団においてオウムに似た人間たちは、また「予言者の鳥たち」でもある。彼らのお喋りは一つの法則の現前を示している。[32] そしてもろもろの集団が、まだ解釈されるべき豊かな材料を与えるならば、それは彼らが隠された相似性を、固有の無意識的内容を持つからである。ほんとうの家族、ほんとうの環境、ほんとうの集団とは、「知的な」環境であり集団なのだ。つまり人はいつも社会に所属しているが、信ずるに足る観念や価値がそこから流出してくるというわけなのだ。単なる物理的、そして現実的な環境の直接的影響を引き合いに出したことは、テーヌやサント＝ブーヴ

（30）TR₂, III, 1041.〔IV, 618. 十四巻・二八七頁〕
（31）TR₂, III, 901.〔IV, 480. 十三巻・五〇二頁〕
（32）CG₂, II, 236.〔II, 532-23. 六巻・一四四頁〕

の些細な過ちというわけではない。ほんとうは集団が固着するような心的親族を発見することによって、解釈者は諸集団を再編成しなければならないのだ。公爵夫人たち、あるいはゲルマント氏が、プチ・ブルジョワのように喋ることがある。要するに社交界の法則、そしてもっと一般的に言語の法則とは、「いつも人は自分の心的階級に属する人々に倣って自分を表現するのであって、出身階級に倣うのではない[33]」ということである。

(33) CG_2, II, 236.〔II, 532-33. 六巻・一四四頁〕

第七章　シーニュの体系における多元主義

　失われた時の〈探求〉は、シーニュの体系として現れる。しかしこの体系は多元主義的である。それは単にシーニュの分類が多様な指標を作動させるからではなく、これらの指標を確立するにあたって、異なる二つの観点を結合しなければならないからである。一方で私たちは進行中の学習という観点から、シーニュを考慮しなければならない。シーニュのそれぞれのタイプの力能と有効性はどんなものだろうか。つまりそういうシーニュはどの程度まで、最終的啓示に対して私たちを準備させることに役立つのか。タイプによって異なり、それ自体変化しうる諸規則にしたがいながら別のタイプに結びつく進展の法則によって、そんなシーニュはそれ自体で、そのとき何を私たちに理解させるのか。他方では、私たちは最終的啓示の観点からシーニュを考察しなければならないのだ。この啓示は、最も高度な種類のシーニュである〈芸術〉と一体である。しかし芸術作品においては、他のあらゆるシーニュが取り上げられ、学習の最中にそれらが持っていた有効性との関係ににおいて一つの場所を見出し、それらがそのとき呈するもろもろの性格の最終的説明さえも見出すのである。しかも私たちはそれらを十全に理解できないままに、そういう性格に気づいていたのだ。

こうした観点を考慮に入れるならば、体系は七つの指標を作動させている。最初の五つは手短に要約しうるものである。最後の二つは展開されるべきいくつかの帰結を含んでいる。

1．シーニュが切りだされてくる素材。

——これらの素材は多少とも耐久性を持ち、不透明であり、多少とも非物質化されており、多少とも精神化されている。社交的シーニュは空虚の中で進化するにしても、より物質的であるしかない。愛のシーニュは顔の迫力、肌のきめ、頬の広さや赤さと切り離せない。要するにこれらはすべて恋人が眠っているときにしか精神化されないものだ。感覚的シーニュ、とりわけ匂いと味は、やはり物質的な質である。ただ芸術においてのみシーニュは非物質的になり、同時にその意味は精神的になるのだ。

2．何かがシーニュとして放出され、また把握される仕方、さらに客観主義的でもあれば主観主義的でもある解釈の（その仕方に由来する）もろもろの危うさ。

——シーニュのそれぞれのタイプが、それを放出する対象に、またそれを把握しそれを解釈する主体に私たちを結びつける。私たちはまず何かを見つめ、聞かねばならないと信じる。あるいは愛においては、告白しなければならないと信じる（対象に賛辞を贈ること）。あるいはまた感覚的な事物を観察し描写しなければならず、客観的な意味作用や価値を把握するために仕事をし思考するように努めなければならないと信じる。私たちは失望してもろもろの主観的連合作用の戯れに陥ってしまう。しかしそれぞれの種類のシーニュに関して、学習のこれら二つの契機はあるリズムを持ち、特殊な関係を持っている。

3．私たちに対するシーニュの効果、それが生み出す感動の種類。

——社交的シーニュの神経的高揚、愛のシーニュの苦しみと不安、感覚的シーニュの例外的喜び（しかしその場合に不安は存在と無の執拗な矛盾としてさらに研ぎ澄まされる）、芸術のシーニュの純粋な喜び。

4．感覚の本性、そしてシーニュとその意味との関連。

——社交的シーニュは空虚であり、行動と思考に取って代わり、それらの意味に相当すると主張する。愛のシーニュは嘘つきである。つまりそれらの意味はそれらが暴露しながら隠そうとすることをめぐって矛盾に陥る。感覚的シーニュは事実に即しているが、そのなかでは、不滅性と無の対立が続いている。そしてそれらの意味はまだ物質的であり、他の物のうちにある。にもかかわらず、芸術にまで上昇するにしたがって、シーニュと意味の関係はますます近く親密になる。芸術とは、非物質的シーニュと精神的意味の美しい最終的合一なのだ。

5. シーニュを説明しあるいは解釈し、その意味を展開する原理的能力。

——社交的シーニュのためになる知性、別の仕方であるが、やはり愛のシーニュのためにもなる知性（知性の努力は、もはや鎮静すべき高揚によって引き起こされるのではなく、喜びに変容させるべき感受性の苦しみによってうながされる）。感覚的シーニュにとっては無意志的記憶があり、また欲望から生まれるものとしての想像力がある。芸術のシーニュにとっては、諸本質の能力としての純粋な思考がある。

6. シーニュの中に折りこまれたもろもろの時間的構造、あるいは時間の線、そしてそれらに対応する真実のタイプ。

——一つのシーニュを解釈するためにはいつも時間が必要であり、あらゆる時間とは、ある解釈の時間、すなわち展開の時間である。社交的シーニュの場合において私たちは時間を失う。なぜならこのシーニュは空虚であり、展開されたあとでは無傷であり、または同一な状態で見出されるからである。怪物のように、螺旋のように、このシーニュはみずからの変身から蘇生するのだ。それでもやはり私たちが失う時間の真実というものがあって、解釈者は成熟したようだが、自分では同一のものであることに気づかないのである。愛のシーニュとともに、私たちはとりわけ失われた時間のなかにあって、それはもろもろの存在と事物を変質させ通過させる時間である。ここにもやはり一つの真実があり、この失われた時間のもろもろの真実がある。しかし失われた時間の真実とは、単に多様で、近似的で、あいまいであるのみならず、そのうえ解釈者の自我、誰かを愛する〈自我〉がすでに消滅したとき、真実が私たちの興味をひかなくなった瞬間にしか、私たちはそんな真実を把握しないのだ。このようなことがジルベルトにもアルベルチーヌにも当てはまる。つまり愛に関して真実が現れるのはいつも遅すぎるのだ。愛の時間とは失われた時間である。なぜならシーニュが展開されるのは、その意味に対応する自我が消滅するかぎりにおいてでしかないからだ。感覚的シーニュは、時間の新しい構造を私たちに提示する。それは失われた時間そのもののただ中に私たちが見出す時間であり、永遠のイメージである。要するに感覚的シーニュは（愛のシーニュとは反対に）欲望と想像力によって、そのシーニュの意味に対応する〈自我〉を喚起し、あるいはまた無意志的記憶によってそのような〈自我〉を繰り返し喚起するのだ。最後に芸術のシーニュは、見出された時間を定義する。すなわち絶対的根源的時間、意味とシーニュを統一する真の永遠性である。

私たちが失う時間、失われた時、そして私たちが見出す時間、見出された時は、時間の四つの線である。しかし、もしそれぞれのシーニュのタイプが特別な線を持つとすれば、それはみずからを展開しながら別の線に合流し侵入するということに私たちは気づくであろう。したがってまさに時間のもろもろの線の上で、シーニュは互いに干渉しあい、それらの組み合わせを増殖させていく。私たちが失う時間は他のあらゆるシーニュにおいて延長されるが、芸術のシーニュにおいてはそのかぎりではない。逆に失われた時間はすでに社交的シーニュの中に現前し、それを変質させ、その形式的同一性を損なうのである。その時間はやはり感覚的シーニュの中にも現に潜在し、感受性の喜びの中にさえ無の感覚をしのびこませるのだ。私たちが見出す時間はといえば、それは失われた時間と無縁であるわけではない。それは失われた時間そのもののただ中に見出される。結局芸術の見出された時間は、他のあらゆる時間を包括し、包含するのである。というのももっぱらこの時間において、時間のそれぞれの線は、みずからの真実、みずからの場所、そして真実の観点におけるみずからの結果を見出すからである。

ある観点からは、時間のそれぞれの線がそれ自体で価値を持っている（「この宴会において私がそれ〔時間〕を改めて把握したばかりのときから、互いに異なるこれらのあらゆる平面にしたがって、時間は私の生を配置していたのだが、それらの平面は……」）[1]。これらの時間的構造はしたがって「互いに異なる並行的な諸系列」[2]のようなものである。しかし諸系列のこの並行性あるいはこの自律性は、別の観点から見れば一種の階層性を排除するものではなかった。一つの線から別の線へ移りながら、シーニュと意味の関係はますます親密に、より必然的に、より根本的になるのだ。そのたびに高次の線において、私たちは別の線において失われたままだったものを取り戻す。すべてはあたかも時間のもろもろの線が粉砕され、互いに入れ子状になるかのように進行する。したがって〈時間〉そのものが系列的なのである。いまや時間のそれぞれの様相が、それ自体絶対的時間の系列の一項であり、ますます膨大で、ますますよく個体化された探求領域を意のままにする〈自我〉に帰着するのだ。芸術の根源的時間はあらゆる時間を互いに入り組ませ、芸術の絶対的〈自我〉はあらゆる〈自我〉を包括するのである。

7．本質。

――社交的シーニュから感覚的シーニュにいたって、シーニュとその意味との関係はますます親密になる。こうして哲学者たちが「上昇的弁証法」と呼ぶであろうものが形を表す。しかし〈本質〉は、もっぱら最も根本的な水準において、つまり芸術の水準において、この関係とそのもろもろの変化の理由として啓示されるのだ。それなら、この最終的啓示から出発して、私たちはもろも

（1）TR2, III, 1031.〔IV, 608. 十四巻・二六五頁〕
（2）SG1, II, 757.〔III, 154. 八巻・三五四頁〕

ろの段階を下降することができる。私たちは生の中、愛の中、社交生活の中に逆戻りしていたわけではない。そうではなく、それぞれの時間の線、そしてそれぞれのシーニュの種類に対して、それらに固有の真実を割り当てながら、私たちは時間の系列を改めて下降する。芸術の啓示にたどり着いたとき、私たちはより低い段階において、既に本質がそこに存在していたことを学ぶのだ。それぞれの場合にシーニュと意味の関係を規定していたのは、本質なのである。本質がより多くの必然性と個体性とともに体現されていたから、この関係はなおさら密接なのであった。またこの関係は反対にもっと緩やかでもあった。本質がより大きな一般性を獲得し、より偶然的な条件のもとで体現されていたからである。こうして芸術においては、本質はそれ自体で、主体の中に組み込まれながら主体を個体化し、そして本質を表現する諸対象を絶対的に規定するのである。しかし感覚的シーニュにおいて本質は最小限の一般性を獲得し始め、本質の体現は偶然的与件と外的規定に左右される。愛のシーニュと社交的シーニュにおいてはなおさらそうである。つまりその一般性はこうして系列の一般性であり、あるいは集団の一般性なのだ。その選別はますます外的客観的諸規定に、連合作用の主観的仕組みに基づく。だからこそ〈諸本質〉が、すでに社交的シーニュ、愛のシーニュ、感覚的シーニュを活気づけていたということを、さしあたって私たちは理解しえなかった。しかし芸術のシーニュのほうが、ひとたび本質の啓示を私たちに与えてからは、私たちは他の領域においてもその結果を認知するのである。私たちはその弱化し、弛緩した光輝のしるしを認知することができる。そのとき私たちは本質に帰するものを本質に返すことができるようになり、あらゆる種類のシーニュとして時間のあらゆる真実を取り戻すことができるようになり、そのようなものが芸術作品それ自体の総体をなす諸部分となるのだ。

内に折りこむことと外に開くこと、内包と展開、これらが『失われた時』のカテゴリーなのである。まず意味はシーニュの内に折りこまれる。それは別の事物に巻き込まれた一つの事物のようなものだ。囚われ人、閉じ込められた魂とは、いつも多様なものの入れ子状態、巻き込みがあることを意味する。シーニュはもろもろの箱あるいは閉じた器のような対象から放たれる。諸対象は虜になった魂を、蓋をこじ開けようとする別のものの魂を収めている。[3] プルーストが好むのは「私たちが喪失した人々の魂は、ある低次の存在の中に、動物や植物や無生物の中に囚われているというケルトの信仰であり、大部分の人々にとってそんな日は決してやってこないが、実は私たちが木の傍を通り、それらを閉じ込めていた対象を手に入れるその日まで失われていたにすぎないのだ」[4]。しかし一方「折りこみ」の隠喩には、それを展開するイメージが応答する。というのもシーニュは解釈されると同時に、展開され繰り広げられるからである。嫉妬深い恋人は、恋の相手の中に閉じ込

（3）CSı, I, 179.〔I, 176. 一巻・三八二頁〕
（4）CSı, I, 44.〔I, 43-44. 一巻・一一〇頁〕

められていたもろもろの可能世界を展開するのである。感覚的人間は、事物の中に折りこまれていた魂たちを解放する。日本では紙の束が水の中に広がって、引き延ばされ展開され、花や家や人物の形になるのを見て遊ぶのだが、それに似ているのだ(5)。意味それ自体はシーニュのこの展開と一体であり、同じくシーニュは意味の巻き込みと一体である。したがって〈本質〉は結局第三項であって、他の二項を支配し、それらの運動を導くのである。つまり本質はシーニュと意味を複合させ、複合されたままにそれらを保ち、一方を他方に挿入するのである。本質はそれぞれの場合において、シーニュと意味の関係を、それらの距離あるいは近接の度合を、それらの統一性の度合を測量するのだ。おそらくシーニュそのものは対象に還元されることがない。しかしそれはまだ半分対象の中におさまったままだ。おそらく意味そのものは主体に還元されはしない。しかしそれは主体に、主観的な状況と連合作用になかば依存している。シーニュと意味の彼方に〈本質〉は、他の二項とそれらの関係の充足理由として存在している。

『失われた時』において本質的なことは記憶と時間ではなく、シーニュと真実なのだ。本質的なのは追憶することではなく、学習することなのだ。というのも記憶は、ある種のシーニュを解釈しうる能力として重要なだけであり、時間は何らかの真実の素材またはタイプとして重要であるにすぎないからだ。そして追憶は意志的であれ無意志的であれ、学習の特定の瞬間に介入するだけであり、こうしてその成果を縮約し、あるいは新しい道を開くのである。『失われた時』の諸概念とは、シーニュ、意味、本質であり、もろもろの学習の連続性であり、もろもろの啓示の唐突性である。シャルリュスが同性愛者であること、それは目眩を引き起こす。しかし解釈者の漸進的、連続的成熟が、さらには新しい知、新しいシーニュの領域における質的飛躍が必要であった。『失われた時』のライトモチーフはこういうものだ。私はまだわかっていなかった。後に理解せねばならなかった。そしてまた、学習することをやめると、たちまち私はもう興味をひかれなくなった。『失われた時』の人物たちは多少とも根本的な時間のリズムにしたがって、解読すべきシーニュを放つからこそ重要なだけである。祖母、フランソワーズ、ゲルマント夫人、シャルリュス、アルベルチーヌ、それぞれが私たちに学習させることによって重要なだけである。「フランソワーズが……するとき、私が最初に学習して味わったあの喜び」――「アルベルチーヌについてもはや私は何も学習することがなかった……」。

プルースト的世界のヴィジョンというものがある。それはまずそれが排除するものによって定義される。それは生《なま》の素材ではなく、意志的精神でもない。物理学でも、哲学でもない。哲学は、真なるものを欲する精神から出てくる直接的言表と明白な意味作用を前提している。物理学は、現実の条件にしたがう客観的な、あいまいではない素材を前提している。事実を信じることは誤りであ

(5) CS1, I, 47.〔I, 46-47. 一巻・一一五―一一七頁〕

り、存在するのはシーニュだけだ。真実を信じるのは誤りで、解釈があるだけだ。シーニュとはいつもあいまいで、暗黙の意味、内に折りこまれた意味である。「自分の生き方において、もろもろの民族の歩みとは反対に私は進んだのであって、彼らは文字を一連の象徴とみなし、その後になってしか表音文字を使わないのである」(6)。花の香りとサロンの見世物、マドレーヌの味と愛の感情を結合するものとはシーニュであり、それに対応する学習である。花の香りは、シーニュとなるとき、物質の法則も精神のカテゴリーも超えている。私たちは物理学者でもなければ形而上学者でもない。私たちはエジプト学者でなければならない。というのも事物の間には機械的法則があるのではなく、精神の間には意志的交通があるわけではないからだ。すべてが内に折りこまれ、すべてが複合され、すべてがシーニュ、意味、本質なのだ。すべてがこれらの暗いゾーンに存在し、私は地下の納骨堂に侵入するようにして、象形文字や秘密の言語をそこで解読しようとする。あらゆる事柄におけるエジプト学者は、秘儀伝授を経験する人物——学習するものである。

事物も精神も存在しない。存在するのは、もろもろの身体だけである。霊体、植物体……。生物学は、もろもろの身体がそれ自体すでに言語であることをわきまえているとすれば正しいのだ。言語学者たちは、言語が常に身体の言語であることをわきまえているとすれば正しいのだ。どんな兆候も一つの言葉であるが、まずあらゆる言葉が兆候なのだ。「言葉それ自体は、困惑する人物の顔に流れ込む血液のように、さらには突然の沈黙のように解釈されるという条件においてのみ、何か私に伝えてくるのであった」[7]。ヒステリー患者が身体にものを言わせることは、驚きではない。彼は最初の言語、象徴と象形文字からなる真の言語を再発見している。彼の身体は、ひとつのエジプトである。ヴェルデュラン夫人の仕草、顎が外れることの心配、睡眠の姿勢に似た芸術家的なポーズ、呼吸器用の薬を噴霧した鼻は、秘儀伝授されるものにとってのアルファベットを形成している。

(6) PI, III, 88. 〔III, 596. 十巻・一九〇頁〕
(7) *Ibid.*

結論　思考のイメージ

『失われた時』において時間が、とりわけ重要であるとすれば、それはあらゆる真実が時間の真実だからである。しかし『失われた時』は何よりもまず真実の探求なのだ。このことを通じてプルーストの作品の「哲学的」射程が明らかになる。この作品は哲学と競合する。プルーストは、哲学の思考と対立するような思考のイメージを打ち立てるのである。彼は合理主義的タイプの古典哲学において最も本質的なことを攻撃する。彼はこの哲学のもろもろの前提を攻撃するのだ。精神としての精神、思考する者としての思考する者が、真なるものを欲し、真なるものを愛し、あるいは欲求し、真なるものを自然に探求するということ、哲学者は自発的にこのことを前提としている。彼は前もって思考しようとする善意を自分に認めている。自分の探求全体を彼は「熟考された決定」の上に築き上げるのだ。哲学の方法はそこから由来するのだ。つまりある観点から見れば、真理の探求とは最も自然で最も容易なことである。一つの決定そして一つの方法があれば十分であり、それによって、思考をその使命から遠ざけ虚偽を真実と間違えさせる外部の影響に打ち勝つことができるのだ。肝要なことは、思考の秩序であるはずの一つの秩序にしたがって、諸観念を発見し組織することであろう。そのような観念は明白な意味作用や定式化された真理でもあって、探求の内実となり、諸精神の間の同意を保証することにもなるだろう。

哲学者の中には「友人」が存在する。プルーストが哲学と友情に同じ批判を向けているのは重要なことである。友人たちとは、互いの関係において、事物と言葉の意味を了解しあっている善意の精神たちのようなものである。つまり彼らは共通の善意の効果によって了解しあうのだ。哲学は一つの普遍的〈精神〉の表現のようなもので、この精神はみずからと調和しながら、明白で伝達可能な意味作用を規定しようとする。プルーストの批判は本質的なことに及ぶ。つまりもろもろの真実は、思考しようとする善意に基づくかぎり、恣意的で抽象的にとどまる。ただ因習的なものだけが明白なのだ。つまり哲学は友情に似て、闇に包まれた領域については無知であるが、思考に作用する実効的な諸力や、思考することを私たちに強いる諸規定は、そういう闇の領域で形成されるのだ。思考することを学ぶためには、善意や洗練された方法をもってするのでは決して十分ではなかった。真なるものに近づくには友人がいるだけでは十分ではない。もろもろの精神は自分らの間でただ因習的なものを伝達するだけである。精神は可能なことしか生み出さない。哲学の真理には必然性が、そして必然性の爪痕が欠けている。実際、真理とは委ねられるものではなく、暴かれるものだ。それは伝達されるのではなく解釈されるものだ。欲求されるものではなく、無意志的なものだ。『見出された時』の大きな主題はまさに、真実の探求とは無意志的なものに固有の冒険であるということなのだ。思考とは、思考することを強いる何か、思考に暴力をふるう何かがなければ何ものでもない。思考より重要なのは思考をせまる何かであり、哲学者よりも重要なのは詩人である。ヴィクトル・ユゴーは彼の初期の詩の中で哲学を実践している。なぜならば彼は「まだ思考している。自然のように、思考することをうながすことだけで満ち足りるのではなく」[1]。しかし詩人は本質的なことが思考の外にあり、思考するように強いるものの中にあることを学ぶのだ。『見出された時』のライトモチーフは、強いるという言葉である。つまり見つめるように私たちを強いる印象、解釈するように強いる出会い、思考するように強いる表現などである。

「光のあふれる世界において、知性が直に、透明にとらえる真実は、生が私たちの意に反して、一つの印象において私たちに伝えた真実ほど深くはなく必然的でもない何かをもつにすぎない。この印象は物質的である、なぜならそれは私たちの感覚を通じて侵入してきたものであるからだが、そこから私たちは精神を抽出することができるのだ……もろもろの感覚を、それに対応する法則や観念のシーニュとして解釈するように努めなければならなかった。思考しようと試みながら、つま

(1) CG3, II, 549.〔III, 596. 七巻・四五二頁〕

り私が感じたことを薄明かりから引き出し、それを精神的等価物に変換しようと試みながら……フォークの音や、マドレーヌの味における想起《レミニサンス》であれ、私が様々な形象の助けを借りて頭の中でその意味を探りながら書きしるしたこれらの真実であれ。そのなかでは鐘楼や生い茂った草などが縺れながら花を咲かせて魔法を形成していたが、それらの第一の特性は、それらを選択する自由が私にはなく、それらはあるがままに私に与えられたということであった。そして私は、このことこそがそれらの信憑性の爪痕であるに違いないと感じていた。自分が躓いた中庭の二つの舗石を私はわざわざ探したわけではなかった。しかしまさにそういう感覚に出会った際の偶発的不可避的なありさまは、その感覚が蘇らせた過去の真実、そしてそれが解き放ったイメージの真実を決定していた。というのも私たちは光明のほうに上昇しようとするその努力を感じ、見出された現実の喜びを感じるからである。これらの未知のシーニュの内面的書物は（それは浮き彫りになったシーニュと感じられ、私の注意力は、捜索する潜水夫のように、それを探して突き当っては回避していた）、これを読もうとしても、誰もどんな規則をもってしても助けにはならず、この読書は創造行為にほかならず、何も私たちに代わるものはなく、協力してもくれない……純粋な知性によって形成される諸観念は、論理的な真実しか、可能な真実しか持つことがなく、それらの選別は恣意的である。私たちによって記されたのではなく、形象化された文字からなる本だけが私たちの本である。私たちの形成する諸観念が論理的に正しいことがありえないからではなく、そもそも私たちはそれらが真実であるかどうか知らないのだ。素材がいかに卑小に見え、痕跡がいかにありそうもないものであっても、そのような印象だけが真実の指標であり、そのことによって、それだけが精神によって把握するに値するものとなる。というのも、もし精神がそこからこの真実を抽出することを知るならば、それだけが精神をより大きな完成へと導き、また精神に純粋な喜びをもたらすことができるからだ[2]」。

考えることを強いるもの、それはシーニュである。シーニュは出会いの対象である。しかしまさに出会いの偶然性こそが、出会いが思考させる何かの必然性を保証するのである。思考する行為は単なる自然的可能性から出現するものではない。反対にそれだけが真の創造なのだ。創造とは、思考それ自体における思考する行為の生成である。ところがこの生成は、思考に暴力をふるい、思考を自然的な麻痺状態から、単に抽象的な可能性から引き離す何かを内に含んでいるのだ。思考すること、それはいつも解釈すること、つまり一つのシーニュを解明すること、展開すること、解読すること、翻訳することである。翻訳すること、解読すること、展開することは純粋な創造の形態である。明白な意味作用も、明晰な観念もないのだ。シーニュの中に折りこまれた意味があるだけだ。そしてもし思考がシーニュを解明する能力を、一つの〈理念〉においてそれを展開する能力を

(2) TR₂, III, 878-880.〔IV, 457-59. 十三巻・四五五—五八頁〕

備えているとすれば、それは〈理念〉がすでに内包され巻き込まれた状態で現にシーニュの中にあり、思考することを強いるものの曖昧な状態の中にあるからである。私たちはただ時間の中で制約され強制されて真理を探求するだけである。真実の探求者とは、恋人の顔に嘘のシーニュを見抜く嫉妬深い男である。それは一つの印象の暴力に出会うものとしての感覚的人間である。それは読む人、聞く人であり、芸術作品はおそらく彼を創造することへと強いるはずのもろもろのシーニュを放つからで、これは天才が別の天才たちに呼びかけるようなものだ。恋をする人の沈黙したままの解釈に比べれば、お喋りな友情のやり取りは何ものでもない。あらゆる方法と善意を伴う哲学は、芸術作品の秘められた圧力を前にすれば何ものでもない。創造とはつねに思考する行為の発生として、もろもろのシーニュから出発する。芸術作品はシーニュを生まれさせるのみならず、シーニュから生まれるものでもある。創造者は嫉妬深い人のようなもの、真実が暴露されるきっかけになるもろもろのシーニュを監視する神のような解釈者なのだ。

無意志的なものの冒険はそれぞれの能力の水準において見出される。異なる二つの仕方で、社交的シーニュと愛のシーニュは知性によって解釈される。しかしもはや肝要なのは、それ自体で論理的な真実を発見し、固有の秩序を備え、外部からの圧力に先回りすると主張するあの抽象的かつ意志的な知性ではない。肝要なのは無意志的知性であり、それはシーニュの圧力を受けとり、もっぱらシーニュを解釈しようとして活気づき、こうしてみずからが窒息しそうになる空虚、みずからを埋没させる苦しみを追い払おうとするのだ。科学においても哲学においても、知性はいつも前もってやってくる。しかしシーニュの固有性とは、後に来るもの、後に来るべきものとしての知性にシーニュが訴えるということである。[3] 記憶についても同じことが言える。感覚的シーニュは真実を探求するように私たちを強いるのだが、こうして無意志的記憶（あるいは欲望から生まれた無意志的想像力）を結集するのだ。最後に芸術のシーニュは、私たちに思考することを強いる。それは諸本質の能力として純粋な思考を結集するのだ。それらは最小限しか善意に依存しないものを思考の中に巻き起こす。つまり思考するという行為それ自体を。シーニュは能力を結集し、強制する。すなわち知性、記憶、あるいは想像力を。この能力のほうはそれ自体が思考を運動へとみちびき、本質を思考するように強いる。芸術のシーニュのもとで私たちが学ぶのは、諸本質の能力としての純粋な思考とは何か、そして知性、記憶、あるいは想像力は、他の種類のシーニュとかかわりながら、いかにしてその思考を多様化するということである。

意志的であることと無意志的であることは、異なる能力を示しているのではなく、むしろ同じ諸能力の異なる実践を示している。知覚、記憶、想像力、知性、思考それ自体は、それらが意志的に実践される限り、偶然的実践をともなうだけである。そのとき私たちは、知覚するものを、同時に

（3）TR₂, III, 880.〔IV, 459. 十三巻・四五九頁〕

思い出し、想像し、理解することができるであろうし、その逆も真である。知覚はいかなる根本的真実も、意志的記憶も、意志的思考も私たちにもたらすことがなく、可能的真実をもたらすだけだ。このとき何ものも、何かを解釈するように私たちを強いることはなく、何ものもシーニュの本性を解読することを強いることがなく、何ものも「捜索する潜水夫」のように潜ることを強いることがない。あらゆる能力は調和的に行使されるのであるが、お互いに代用され、恣意的なものそして抽象的なものにおいて行使されるのである。――反対に一つの能力が無意志的形態をとるたびに、それはみずからに固有の限界を発見し、そこに到達し、ある超越的行使にまで上昇し、代用不可能なみずからの力能として固有の必然性を了解するのである。その能力はもはや交代可能ではない。無関心な知覚である代わりに、一つの感受性がシーニュを把握し、受け取るのだ。つまりシーニュとはこの感受性の限界であり、その使命であり、その極限的行使である。意志的知性、意志的記憶、意志的想像力に代わって、これらのあらゆる能力はみずからの無意志的そして超越的形態において出現する。このときそれぞれの能力は、それだけが解釈しうるものを発見し、それぞれがみずからに特別な暴力をふるうあるタイプのシーニュを解明するのである。無意志的行使は、それぞれの能力の超越的限界、あるいは使命なのだ。意志的思考の代わりにあるのは、思考することを強いるあらゆるもの、思考することを強いられるあらゆるもの、本質しか思考しえないあらゆる無意志的思考である。ただ感受性のみが、シーニュをそれ自体として捉える。知性、記憶または想像力だけが、それぞれ何らかの種類のシーニュにしたがって意味を解明する。純粋な思考だけが本質を発見し、シーニュとその意味との充足理由として本質を思考するように強いられるのだ。

プルーストが行うような哲学の批判は、すぐれて哲学的であるとも言えよう。もはや思考するものの善意にも、熟考された決定にも左右されない思考の一つのイメージを打ち立てようと願わない哲学者がいるだろうか。具体的で危険な思考を夢見るたびに、それが明白な決定や方法にではなく、遭遇され屈折された暴力に依存し、それが私たちの意に反して〈諸本質〉にまで私たちを導くことになる、ということを私たちはよく知っている。というのも、諸本質はあいまいな地帯の中で生きているのであって、明晰かつ判明なものの穏健な領域に生きているのではない。諸本質は思考することを強いる何かの中に巻き込まれており、私たちの意志的努力に応答するのではない。それらが思考されるのは、私たちが思考するように強いられるときだけである。

プルーストはプラトン主義者である。これはあいまいな意味でそうなのではなく、ヴァントゥイユの小楽節をめぐって彼がもろもろの本質または〈理念〉を召喚するからである。プラトンは、出会いと暴力のシーニュのもとにある思考のイメージを、私たちに提供するのだ。『国家』の文章の中で、プラトンは世界の中にある二種類の事物を区別している。まず思考を不活性にしておき、あるいはそれにただ活動性の外観を口実として与えるにすぎない事物である。そして一方、思考するものを与え思考することを強いる事物である。(4) 第一の事物は再認の対象であり、あらゆる能力はこの対象に向かって行使されるが、それは偶然的実践においてであり、私たちに言わせるのだ。「これは指である」、これはリンゴだ、これは家だ……などと。反対に他の諸事物があって、それは私たちを思考するように強いる。それはもはや再認識可能な対象ではなく、暴力をふるう事物、遭遇されるシーニュである。これらは「同時に正反対のものを示す知覚」である、とプラトンは言っている。(プルーストは言うであろう。二つの場所、二つの瞬間に共通の感覚と。) 感覚的シーニュは私たちに暴力をふるう。つまりそれは記憶を結集し、魂を運動へと導く。しかし魂のほうは思考を動揺させ、それに感受性の強制を伝え、それを強いて、思考されるべき唯一のものとして本質を思考させるのだ。こうしてまさに諸能力は超越的行使の中に入り、そこではそれぞれの能力がみずからに固有の限界に突き当たり到達するのである。すなわちそれはシーニュを把握する感受性であり、シーニュを解釈する魂、記憶であり、本質を思考するように強いられた思考なのだ。ソクラテスは当然のこととして言うことができる。私は友であるよりも〈愛〉であり、愛する者である。私は哲学である以上に芸術である。私は善意であるよりもむしろシビレエイ、強制であり暴力である。『饗宴』、『パイドロス』、『パイドン』は、シーニュに関する三つの偉大な研究である。

しかしソクラテスのデーモン、アイロニーは、出会いに先行するものである。ソクラテスにおいて、知性はやはり出会いに先立つものだ。知性は出会いを促し、引き起こし、そして組織するのである。プルーストのユーモアは別の本性に属している。ギリシャ的アイロニーに対するユダヤ的ユーモア。シーニュにふさわしい才能にめぐまれ、シーニュとの出会いに開かれ、シーニュの暴力に開かれていなければならない。知性はいつも後になってやってくる。後にくるとき、それは良いものであり、後になってくるときだけ、それは良いものなのだ。プラトン主義とのこの差異がいかに別の多くの差異をもたらしていたか、私たちは見てきた。存在するのはロゴスではなく、象形文字でしかない。思考すること、ゆえにそれは解釈すること、ゆえに翻訳することである。諸本質は同時に翻訳すべき事物であり、翻訳それ自体であり、シーニュと意味である。諸本質は思考するように私たちを強いるためにシーニュの中に巻き込まれ、必然的に思考されるために意味の中に繰り広げられる。いたるところに象形文字があり、その二重の象徴は出会いの偶然と思考の必然なのだ。すなわち「偶発的にして不可避」。

（4）Platon, *République*, VII, 523b-525b.〔プラトン『国家』（下）、藤沢令夫訳、岩波文庫、一九七九年、一三〇—三七頁〕

第二部　文学機械

第一章　アンチロゴス

アテナイとエルサレムの対立、これをプルーストは自分なりに体験している。彼は『失われた時』の進行中に多くの事柄や多くの人々を消し去っており、これらの事柄や人々は見かけ上は不統一な混乱を呈している。すなわちそれは観察者たち、友人たち、哲学者たち、話し上手たち、ギリシャ風の同性愛者たち、知識人たち、そして意志強固な人間たち、などである。しかしこうした人々はすべてロゴスの味方であり、様々な資格でただ一つの普遍的弁証法に属する人物たちである。つまりこれは〈友人〉たちの間の〈会話〉としての弁証法であり、そこではあらゆる能力が意志的に行使され、〈知性〉の采配のもとで協同しあい、もろもろの事物の観察、〈法則〉の発見、〈言葉〉の形成、〈理念〉の分析を一緒に結び付け、全体に対する部分の、そして部分に対する全体のあの絆をたえまなく編み上げるのだ。それぞれの事物を一つの全体として観察すること、ついで事物をその法則によって一全体の部分として思考すること。この全体それ自身がその〈理念〉を通じて、各部分において現前するのだ。要するにこれこそ普遍的ロゴスではないか、この全体化の傾向を、友人たちの会話に、哲学者たちの合理的で分析的な真理に、知識人たちの振る舞いに、文学者たちの練り上げる芸術作品に、万人が用いる言葉の因習的象徴性に、私たちは見出すのである[1]。ロゴスの中には、いかに隠されようと一つの側面があって、それを通じて〈知性〉はいつも前もってやってくるのであり、それによって全体はすでに現前し、法則は何かに適用される前にすでに知られている。すなわちそれは弁証法的な奇術であって、そこで私たちはあらかじめ準備していたことを再発見するにすぎず、事物からそこに忍ばせておいたものを取り出して見せるだけだ。（そしてサント゠ブーヴは作者の友人たちに取材して、一つの家族、時代、環境の効果として作品を評価しようとし、作品のほうは環境に反応する一全体として考慮することになってしまうのであるが、サント゠ブーヴとその唾棄すべき方法の中に、私たちはロゴスの残滓を見分けるのだ。彼はこの方法によってボードレールやスタンダールを、いわばソクラテスとアルキビヤデスのように扱うのだ。慇懃な少年たちが彼らの歓心をかって成り上がることになる。そしてゴンクールは、ヴェルデュラン家の会食と「些細な戯れに混じった全く鼻持ちならないおしゃべりのために」集まった招待客を観察しながら、やはりロゴスの屑を弄んでいる[2]）。

『失われた時』は、もろもろの対立からなる一系列の上に構築されている。プルーストは、観察に対して感受性を、哲学に対しては思考を、反省に対しては翻訳を対立させる。知性が先行して

「全体的魂」という虚構の中に収束させる論理的な使用法、または私たちのあらゆる能力が一致協力する使用法に対しては、脱論理的で分散的な方法を対立させているのだ。後者は、私たちが決して全能力を一時に用いるのではなく、知性はいつも事後にやってくるということを示している。[3] そしてまた友情には愛が対立する。会話には暗黙の解釈が、ギリシャ風の同性愛にはユダヤ的な呪われた愛が、言葉には名前が、明白な意味作用には潜在的なシーニュと巻き込まれた意味が対立するのだ。「自分の生き方において、もろもろの民族の歩みとは反対に私は進んだのであって、彼らは文字を一連の象徴とみなし、その後になってしか表音文字を使わないのである。何年もの間私は、人々が私に意志的に伝える直接的言表のなかにだけ、人々のほんとうの生と思考を探っていた。彼らの過ちを通じて、反対に私は、もはや真実の合理的で分析的な表現ではない証言にしか重要性を見ないようになっていた。言葉それ自体が私に何か伝えるのは、困惑する人物の顔にあふれる血液

(1) 弁証法はこれらの外的特性と不可分である。だからベルクソンは友人の間の会話、そして都会における言葉の因習的意味作用という二つの特性によって弁証法を定義している (cf. *La pensée et le mouvant*, Presses Universitaires de France, pp. 86-88.〔『思考と動くもの』竹内信夫訳、「新訳ベルクソン全集」第七巻、白水社、二〇一七年、一〇八―一一一頁〕)。
(2) TR1, III, 713.〔IV, 291. 十三巻・七九頁〕。ゴンクールを模倣したこのくだりで、プルーストは観察に対する批判を強調しているが、これは『失われた時』の恒常的な主題の一つである。
(3) SG1, II, 756.〔III, 153-34. 八巻・三五二―五三頁〕。事後にやってくるべき知性については、TR2, III. 880〔IV, 459. 十三巻・四五九頁〕、および『サント＝ブーヴに反論する』の序文全体を参照。

を通じてであり、また突然の沈黙を通じて解釈されるときだけであった」[4]。だからといってプルーストは〈真なるもの〉の論理のかわりに、もろもろの動機の単なる精神生理学を提案するのではない。真実が住まうまさにその場所に、内に折りこまれたもの、または複合されたものの中に真実を探すように私たちを強いるのは、まさに真実の存在なのだ。それは明確なイメージの中でも、知性の明白な観念の中でもない。

『失われた時』の、それぞれ自分なりにロゴスに執着する三人の脇役を考察してみよう。サン＝ルーは友情に熱中する知識人であり、ノルポワは外交の因習的意味作用に取りつかれており、コタールは自分の臆病さを、権威的学問的言説の冷たい仮面で覆っていたのである。しかしそれぞれが自分なりのやり方でロゴスの破綻を暴露し、寡黙で断片的な秘められたシーニュとの親密性によって重きをなすだけであり、こうしたことが各人を『失われた時』のしかじかの部分に組み込んでいるのだ。愚かで無知なコタールも、診断を下すときには、つまり多義的な症候を解釈する際には自分の才能を見せる。[5] ノルポワは、外交の伝統が社交のそれに似て、使用される明白な意味作用の背後に、純粋なシーニュを結集し復元するということをよくわきまえている。[6] サン＝ルーが説明するのは、戦争の技術は学問や推理に左右されるよりも、むしろつねに部分的なシーニュや、不均質な要素が内包している曖昧なシーニュや、さらには敵を欺くための偽りのシーニュの洞察に左右されるということである。[7] 戦争や、政治や、あるいは外科の〈ロゴス〉があるのではなく、全体化不可能なもろもろの素材や断片に巻き込まれた暗号があるだけで、そういう暗号は戦略家、外交官、医者たち自身を神のような解釈者のちぐはぐな断片にしてしまうが、この解釈者は博識な論証家よりも〔占い師の〕ド・テーブ夫人に近いのだ。いたるところでプルーストは、シーニュと兆候の世界を属性の世界に対立させ、またパトスの世界をロゴスの世界に、象形文字と表意文字の世界を分析的表現、表音文字、合理的思考の世界に対立させているのだ。つねに弾劾されているもの、それはギリシャ人から受け継がれた大いなる主題、友愛《フィロス》、知《ソフィア》、対話、ロゴス、声《フォネー》である。私たちの悪夢の中には、「キケロばりの雄弁をふるう」ネズミがいるだけだ。シーニュの世界は五つの観点から見てロゴスに対立するのである。シーニュが世界に発見する諸部分の形態によって、シーニュが啓示する法則の本性によって、シーニュが要求する諸能力の使用法によって、シーニュに由来する統一

（4）P$_1$, III, 88.〔III, 596. 十巻・一九〇—一頁〕
（5）JF$_1$, I, 433, 497-499.〔I, 424-5, 488-90. 三巻・二七、一六三頁〕
（6）CG$_2$, II, 260.〔II, 556. 六巻・一九七頁〕。「ド・ノルポワ氏はもろもろの事件がどんな様相を見せるか気にかけながらも、事件が彼にとって何か意味を持つのは〈平和〉という言葉のせいでも、〈戦争〉という言葉のせいでもないということをよくわきまえていた。そういう言葉は見かけ上は凡庸で、恐ろしく、あるいは喜ばしいのだが、外交官は暗号の助けを借りながら、即座にそれを読みとくことができるであろう。そしてそんな言葉に対して、フランスの威厳を確保するために彼は別の同じくらい凡庸な言葉で答えるのだが、その背後に敵国の大臣はたちまち〈戦争〉を見抜くことであろう」。
（7）CG$_1$, II, 114.〔II, 412-13. 五巻・二四六—四八頁〕

性のタイプによって、シーニュを翻訳し解釈する言語の構造によって。諸部分、法則、使用法、統一性、スタイルというこれらすべての観点から、シーニュとロゴス、パトスとロゴスを対決させ、対立させなければならない。

しかしながらプルーストのプラトン主義というものがあったことを私たちは見てきた。つまり『失われた時』の全体が、もろもろの想起と本質の実験なのである。そして諸能力の無意志的行使におけるその分散的な使用法に関しては、それの模範がプラトンの中にあるということを私たちは知っている。シーニュの暴力に対して開かれる感受性、シーニュを解釈しその意味を見出す記憶する魂、本質を発見する知的思考を、この模範は確立しているからである。しかしここに明白な差異が介入する。プラトン主義的な想起はもろもろの質、または感覚的関係の中に出発点を見出し、こうした質や関係は互いの内に把握され、それらの生成、それらの変化、それらの不安定な対立、それらの「相互的融合」において把握されるのである（こうして等しいものはある観点からは不等であり、大きなものは小さくなり、重たいものは軽いものと不可分である……）。しかしこの質的生成は物の一状態、世界の一状態を表象しており、状態は良かれ悪しかれ、みずからの力にしたがって〈理念〉を模倣するのである。そして〈理念〉は想起の到達点として安定的な〈本質〉であり、もの自体であって、これらは相対立するものを分離し、全体の中に正しい尺度を導きいれるのである（もっぱら等しいものである等価性……）だからこそ〈理念〉はいつも「前もって」、つねに前提されている。あとでしか発見されないとしても前提されているのだ。出発点はすでに到達点を模倣するその能力によって重要なだけである。したがって諸能力の分散的使用法は、それらを同一のロゴスの中に全部いっしょに統合する弁証法への「前奏」に過ぎない。いわば円弧の構築が円全体の円周を準備するようなものだ。こうしてプルーストは弁証法に対する彼の批判を要約しようとして言うのだ。〈知性〉はいつも前もってやってくると。

『失われた時』ではすべてが異なっている。質的になること、相互的融合、「不安定な対立」は、ある魂の状態の中に登録されるのであって、もはや物や世界の一状態の中に登録されるのではない。ある黄昏の斜めの光線、ある香り、ある味、あるすきま風、あるかりそめの質的複合はそれらの価値を、それらが侵入する「主観的側面」に負うだけである。だからこそ想起が介入するのだ。なぜなら質は主観的連合作用の連鎖と切り離せず、それを感受する最初の機会を体験することを私たちは免れないからである。たしかに主体という側面は『失われた時』の決定的要素ではない。自分の魂の状態の虜になり、ヴァントゥイユの小楽節を、彼がオデットに対して抱いた愛に、あるいはまた彼がそれを聞いた〈森〉の葉叢に結び付けて、単なる連合作用に執着したままであることは、スワンの弱みである。[8] 主観的、個人的連合作用はそこで〈本質〉にむけて乗り越えられるためのものでしかない。スワンさえも予感するのである、芸術の享楽は「愛のそれのように純粋に個人的である代わりに」、ある「高次の現実」に属するということを。しかし本質のほうは、もはや世界を一つの全体に統合し、そこに正しい基準を導入するような安定的本質、視覚的理念性ではない。先に私たちがそれを証明しようと試みたように、プルーストによれば、本質とは見られる何かではなく、一種の高次の観点なのだ。それは還元不可能な観点であり、同時に世界の誕生と一世界の起源的性格を意味している。この意味において芸術作品はいつも世界の始まりを構成し、また再構成するのだが、それはまた他の世界とは絶対に異なる特別な一世界を形成し、一つの風景を内包し、あるいは私たちがそんな世界を把握した場所とはまったく区別される非物質的な場所を内包するのだ。[9] おそらくプルーストをヘンリー・ジェイムズに近づけるのは、このような観点の美学である。しかし重要なことは、観点は個人を超越し、同じく本質は魂の状態を超越するということである。つまり観点はそこに位置する人物よりも高次にあり続け、あるいはそこにたどり着くあらゆる人物の同一性を保証するのである。これは個体的ではなく、反対に個体化の原理なのである。まさにこれこそプルースト的想起の独創性なのだ。それは一つの魂の一状態から、またその連合作用の連鎖から、創造的あるいは超越的観点にいたるのであって、——もはやプラトンのように世界の一状態から視覚的客観性にいたるのではない。

　したがって客観性の問題の全体は統一性の問題と同じく、現代文学にとって本質的な「現代的」というべき意味で変容されるのである。秩序を再生産するとみなされていた世界の諸状態においても、同じくその秩序を賦活するとみなされたもろもろの本質あるいは〈理念〉においても、秩序は崩壊したのである。世界は粉々になり、カオスとなった。まさに想起が主観的連合作用から起源的観点に移るので、客観性はもはや芸術作品の中にしか存在しえないのだ。つまり客観性は世界の諸状態としての意味的内容の中にも、安定的な本質としての理念的意味作用の中にも、もはや存在しないのだ。それはただ作品の意味的形式的構造の中に、つまりスタイルの中に存在するだけである。もはや重要なのは、創造することが新たに追憶することであるという点ではなく、新たに追憶することが創造することであるという点なのだ。それは連合作用の連鎖が断ち切られ、構成された個体の外に逸脱し、個体化する世界の誕生に転換されるようなあの地点にたどり着くことなのだ。そして重要なのは、もはや創造することは思考することである、という点ではなく、思考することは創造すること、まず思考の中に思考する行為を創造することであるという点である。思考すること、それは思考させることである。新たに追憶すること、それは創造することであり、追憶を創造するのではなく、まだあまりにも物質的なままの追憶の精神的等価物を創造すること、あらゆる連合作用にとって有効な観点を創造すること、あらゆるイメージにとって有効なスタイルを創造すること

（8）〔一四五頁〕 CS2, I, 236 ; JF1, I, 533. 〔I, 232. 二巻・一二三—二四頁／I, 523. 三巻・一三二—三四頁〕

（9）CS2, I, 352 ; P2, III, 249 ; TR2, III, 895-896. 〔I, 346. 二巻・三六一—六三頁／III, 753-54. 十一巻・一三五—三九頁／IV, 473-74. 十三巻・四八九—九一頁〕

なのである。スタイルこそが、経験に代えて経験について語る方式を、または経験を表現する定式をもたらし、世界における個体の代わりに世界に対する観点をもたらし、そして想起を、実現された創造に変えるのである。

シーニュは、ギリシャ世界の中に見出される。『パイドロス』『饗宴』『パイドン』というプラトンの偉大な三部作、それは錯乱、愛、そして死である。ギリシャ世界は単に美しい全体としてのロゴスの中に表現されるのではなく、箴言の対象としての断片や切れ端の中に、半ば剝落した象徴の中に、また神託のシーニュや、占い師の錯乱の中にも表現される。しかしギリシャ的魂はいつも次のような印象を持っていたのだ、シーニュすなわち事物の暗黙の言語は、一つのロゴスの引き裂かれた可変的欺瞞的な体系であり、その残骸であり、このロゴスは弁証法において修復され、フィリアによって和解させられ、ソフィアによって調和化され、先回りする〈知性〉によって統治されなければならなかった。ギリシャの最も美しい彫像たちの憂愁は、彼らに生気を吹き込むロゴスが破壊されて断片になることの予感である。クリテムネストルに勝利を告げる炎のシーニュ、女性のためになる嘘つきの断片的な言語に対して、指揮者は別の言語を、幸福と真実という正しい基準において〈全体〉を〈一者〉に集める使者のロゴスを対立させるのだ。[10] シーニュの言語においては反対に、真実は欺くために作られたものの中、真実を隠すものの蛇行の中、嘘と不幸の断片の中にしかない。真実とはもっぱら暴露されるもの、つまり敵によって委ねられ、横顔や断片によって暴露されるだけだ。まさにスピノザが預言を定義して言っているとおりだ。ロゴスを奪われたユダヤの預言者にはもはやシーニュの言語しかなく、神のシーニュが欺瞞ではないと確信するためには、いつも、あるシーニュを必要とする。なぜなら神さえも彼を欺こうとすることがありうるからだ。

一つの部分がそれ自体で重きをなすとき、一つの断片がそれ自体で何かをものをいうとき、一つのシーニュが立ち上がるとき、これには非常に異なる二つの仕方がありうる。一方はみずからが抽出されてくる全体を探り当て、みずからの属する有機性や地位を再構成し、またみずからに適合する他の部分を探し出すことを可能にする仕方である——他方は反対に、それに対応する別の部分がなく、それが参入することのできる全体がなく、それが引き離されては復帰することのできる統一性もないという仕方である。第一の仕方はギリシャ人のものである。もっぱらこの形式において、彼らは「箴言」を受け入れるのである。最小の部分もやはり一つのミクロコスモスでなければならず、こうして人は一つのマクロコスモスのより広大な全体に所属していることを認知するのだ。シーニュは巨大な〈生物〉を構成するもろもろの類似や分節にしたがって編成されている。これは中世やルネッサンスのプラトン主義の中にまだ見られる通りである。シーニュは世界の一秩序の中に、

(10) Cf. アイスキュロス『アガメムノン』。Eschyle, *Agamemnon*, 460-502 (アンリ・マルディネは、これらの詩句について、シーニュの言語とロゴスとの対立を分析しながら注釈している。Henri Mardiney, *Bulletin Faculté de Lyon*, 1967)。

意味的内容と理念的意味作用の組織網の中におさまっていて、まさにシーニュがロゴスを粉砕する瞬間にも、これらはまだロゴスの存在を証している。そして私たちはソクラテス前派の断片を引き合いに出してみても、これからプラトンにとってのユダヤ人を作り上げることはできない。時間は彼らの作品を断片的状態に導きいれたのだが、この状態を一つの意図に好都合なように仕向けることはできないのだ。

それどころか一つの作品は対象として、あるいはむしろ主体として、〈時間〉を備えている。作品は、もはや修復不可能な断片に、同じパズルの中に入らない破片に関わり、自分といっしょにこれを引きずっている。断片は一つの前提された全体性に属するのではなく、一つの失われた統一性から流出するものでさえない。おそらくこれこそが時間なのだ。すなわちこれは、異なる寸法と形式をそなえた諸部分からなる最終的実在であり、これらの部分は、適合させられることがなく、また同じリズムで展開されることがなく、スタイルの流れが同じ速度で牽引するものでもない。コスモスの秩序は、連合作用の鎖と、通じあうことのない観点とにおいて、崩壊し寸断された。シーニュの言語はみずからに語り始め、不幸と嘘の源泉に還元される。もはやそれは存続する〈ロゴス〉に支えられることがない。芸術作品の形式的構造のみが、外部に参照するものもなく、寓意的または類似的格子もなしに、それが使用する断片的素材を解読することができる。想起における先覚者を探し求めてプルーストはボードレールを引用しているが、方法をあまりにも「意志的な」使用法にしてしまったこと、つまりロゴスの宿る世界において、あまりにもプラトン主義的な客観的類似と分節を探し求めたことを、ボードレールに対して非難しているのだ。反対に彼がシャトーブリアンの一節において好んでいることは、ヘリオトロープの香りが運ばれてくるのは「故郷のそよ風によってではなく、ニューファンドランド島の野生の風によってであり、追放された植物との関係はない、想起や陶酔の共感もないのである」。[11] ここにプラトン主義的な想起はないということを理解しよう。なぜならまさに、一つの全体における統合としての共感があるのではなく、使者そのものが不揃いな一部分であり、これは彼のメッセージと対ではなく、送り先になる誰かとも対ではないからである。プルーストにおいてはいつもこうなのだ。そしてこれこそは想起についての全く新しい、または現代的な発想なのだ。不揃いな連合作用の鎖は、創造する者の観点によってしか統一されることがなく、この観点そのものが、集合において不揃いな部分の役割を果たすのである。このような作法こそが出会いや偶然の純粋性を保証し、知性を押し返し、それが前もって到来することを妨げるのである。各部分が全体を決定し、そして全体が諸部分を決定するという有機的全体性としての芸術作品に対する陳腐な言及（芸術作品の弁証法的発想）を、プルーストの中に探しても無駄であろう。フェルメールの絵さえも〈全体〉として価値をもつのではなく、やはり別世界の断片

（11）シャトーブリアン〔『墓の彼方の回想』〕からの引用は TR2, III, 920.〔I, 498. 十四巻・二四頁〕

としてそこに定着された黄色い壁の小さな片隅によって価値をもつのだ。[12]「さしはさまれた挿話的な」ヴァントゥイユの小楽節もこの例にもれず、それについてオデットはスワンに言うのだ、「ほかに何が必要なのかしら、これが私たちの宝なのよ」[13]。そしてバルベックの教会は、その総体に「ほとんどペルシャ的な動き」を探そうとするなら、がっかりするにしても、反対にその不調和な部分の一つにおいては独特の美をあらわにするのであって、それはまさに「ほとんどシナ風のドラゴン」を表象しているのだ。[14]バルベックのドラゴン、フェルメールの壁の片隅、小楽節、もろもろの神秘的な観点は、シャトーブリアンの風と同じことを私たちに告げている。つまりそれらは「共感」なしに働きかけ、作品を一つの有機的全体性にするのではなく、むしろある結晶化を規定する一断片として機能するのである。私たちは気づくであろう。プルーストにおいて、植物的なものというモデルが、芸術においてもまた性愛においても、動物的全体性というモデルにとって代わったのは偶然ではないということを。時間を主体とするこのような作品は、箴言の形で書く必要さえない。まさにアンチロゴスのスタイルの蛇行と円環において、最終的な断片を拾い上げ、異なる速度であらゆる断片を牽引するために必要なだけ、それは様々に迂回するのだ。その断片の一つ一つは異なる集合に関わり、あるいはいかなる全体の集合にも関わらず、あるいは他のいかなる集合にも関わらず、ただスタイルの集合に関わるのである。

（12）PI, III, 186-187.〔III, 691-93. 十巻・四一三—一九巻〕
（13）CSI, I, 218-219.〔I, 215. 二巻・八六頁〕
（14）JF_3, I, 841-842.〔II, 198. 四巻・四三四頁〕

第二章　箱と器

プルーストが『失われた時』の予定された統一性について、ほとんど混乱した観念を持っていたとか、あるいは彼は後になって統一性を発見したが、それは始めから全体に生気を吹き込むものとしてあったとか主張するのは、呪いでもかけるように『失われた時』を読むこと、彼がまさに拒んでいる有機的全体性の既成の指標をそれに当てはめること、彼が創造しつつあった統一性の実に新しい発想に対して自分を閉じることになる。というのもまさにこの発想から出発すべきであるからだ。つまり『失われた時』の諸部分の不均衡、共約不可能性、細分化、そしてその最終的な多様性を保証するもろもろの断絶、亀裂、空白、間隙から出発することである。この点に関して二つの根本的形象が存在する。一方はより特殊的に容器−内容の関係に関わり、他方は部分−全体の関係に関わる。第一は入れ子状、内包、包含の形象である。つまり事物、人物、そして名前とは箱であり、そこから人はまったく別の形態、まったく別の本性を持つ何かを、法外な内容を抽出するのである。

「私は屋根の線や石のニュアンスを正確に思い出すことにこだわっていた。なぜかわからないまま、それらは充実して、みずからを開こうとし、何かを私に委ねようとしているように感じられ、それらはその何かの覆いに過ぎなかったのだ……」[1]。ド・シャルリュス氏、「厚化粧した太鼓腹の秘密だらけの人物は、異国のいかがわしい場所からもってこられた何かの箱に似て」、自分の声の中に乙女たちの群れや、後見役の女性的な魂たちを匿っている[2]。固有名は半開きになった箱であり、それが指示する存在に、その箱のもろもろの質を投影する。「そのときのゲルマント家の名前は、人が酸素や別の気体を入れておいたあの小さな風船の一つのようなものでもある」、あるいは適切な色を「引き出し」てくるためのあの「小さなチューブ」の一つのようである[3]。そしてこの第一の内包の形象にかかわる話者の活動は、解明すること、すなわち襞を開き、容器に対して共約不可能な内容を展開することである。第二の形象はむしろ複合の形態である。つまり今度は非対称的で、通じあうことのない諸部分の共存にかかわるのだ。諸部分ははっきり分割された半分として組織されたり、対立しあう「方面」や道として方向づけられたり、決まった取り分をもたらし、ときにはそれをかきまぜる福引の輪のように、回転し渦を巻き始めたりするのである。話者の活動はそのとき選

（1）CS1, I, 178-179.〔I, 176. 一巻・三八二頁〕
（2）SG2, II, 1042.〔III, 429. 九巻・四二六頁〕
（3）CG1, II, 11-12.〔II, 312. 五巻・二六―二七頁〕

別し、選択することである。少なくともそれが見かけ上の活動である。というのも多くの様々な力それ自体が彼の中に複合されて行使され、彼の疑似的な意志を規定し、複雑な構成の中の何らかの部分を、不安定な対立の中の何らかの方面を、もろもろの暗黒の渦巻の中の何らかの取り分を選択させるのである。

第一の形象は半開きになった箱のイメージによって決定され、第二は閉じた器のイメージによって決定される。第一の形象（容器－内容）は、共通の尺度を持たない内容の設定によって成立し、第二のそれ（部分－全体）は、通じあうことのない隣接における対立によって成立する。そしておそらく二つはかなり恒常的に混合しあい、一方から他方へと移動する。例えば、アルベルチーヌは二つの様相を呈するのである。一方で彼女は自分の中に多くの人物、多くの乙女を複合させており、彼女らはそれぞれ異なる光学装置によって観察されるので、欲望の状況やニュアンスにしたがって装置を選ぶことを知っていなければならない。他方では、彼女は浜辺と波を内に折りこみ、あるいは内包し、「海に関する系列のあらゆる印象」を結びつけて掌握している。そんな印象を、綱を繰り出すように広げ、展開することを知っていなければならないのだ[4]。しかし『失われた時』の大カテゴリーのそれぞれは、やはりこれらの形象のどちらかに対する好みや所属を示しており、みずからの起源を構成してはいない形象に二次的に合流することさえあるのだ。だからこそ私たちは、二つの形象の一つの中に、それぞれの大カテゴリーを認知することができるのであって、ある一つの形象は他の形象にみずからの分身を持ち、おそらくすでにこの分身によってかきたてられ、この分身は同じものでありながら、同時にまったく別のものでもある。これは言語に関しても言えることである。つまり固有名はまず箱として、あらゆる能力を備え、そこから内容が引き出され、そしてひとたび失望によって空っぽになると、普遍的歴史を「閉じ込め」、「幽閉し」ながら、またみずからを相互の関連において組織するのである。しかし普通名詞は、解釈者によって選ばれる嘘と真実の、通じあうことがない断片を言説の中に導入することによって、みずからの価値を獲得するのである。あるいはまた諸能力の観点から見れば、無意志的記憶はむしろ箱を開けること、隠された内容を繰り広げることを活動とし、一方別の極においては欲望が、あるいはより正確には睡眠が、閉じた器や円の周辺を回転させ、睡眠の何らかの深みに、覚醒の何らかの近傍に、愛の何らかの度合に最もよく適合するものを選別するのだ。あるいは愛それ自体において、欲望と記憶は結び合って嫉妬の沈殿物を形成するのだが、一つはまず互いに通じ合わない数々のアルベルチーヌを増殖することにいそしみ、もう一つはアルベルチーヌから共約不可能な「追憶の諸領域」を抽出しようといそしむのだ。

したがってそれぞれの特殊な多様性を規定するためにも、私たちは二つの形象の一つ一つを抽象

（4） CG2, II, 362-363.〔II, 657-59. 七巻・五七―六〇頁〕。二つの様相は「他方」によって強調されている。

的に考察することができる。まず容器とは何か、そして内容とは正確には何なのか、一方の他方に対する関係は何か、「解明」の形態は何か。容器の抵抗または内容の漏出のせいで、その形態はどんな困難に出会うのか、そしてとりわけ二つの間の共約不可能性、対立、亀裂、無化、切断、等々はどこで介入するのか、と問わねばならない。マドレーヌの例においてプルーストは、碗の中に浸され、延ばされ、広げられ、つまりみずからの襞を開く日本の小さな紙細工を引き合いに出している。「今や同じように私たちの庭のあらゆる花々、スワン氏の庭園の花々、ラ・ヴィヴォンヌの睡蓮、村の気のいい住民たち、彼らの小さな家、教会、コンブレー全体と周りの土地、これらすべてが形をとり堅固になったが、町も庭もすべて私の茶碗から出現したのである[5]」。しかしこれは大まかな真実でしかない。本当の容器とは碗ではなく、感覚的な質であり味覚なのだ。そして内容はこの味覚に結びついた一つの連鎖や、コンブレーで出会った事物や人々の連鎖ではなく、本質としてのコンブレー、純粋な〈観点〉としてのコンブレーであり、それはこの観点そのものから体験されたすべてのものに優越しており、ついにそれ自体として、またその栄光において、それに向かってまだ道半ばしか進んでいなかった連合作用の鎖との関係が切断される中で出現するのだ[6]。内容は決して所有されたことがないまま、すっかり失われてしまったので、それをとりもどすことは一つの創造なのである。そしてまさに個体化を行う観点としての〈本質〉は、個体的な連合作用の鎖をすべて乗り越え、その鎖と断絶するがゆえに、鎖全体を体験した自我をまさに強力に回想する能力を持つだけでなく、さらには自我が決して体験したことのない純粋な実存によって、自我を改めて個体化しながら、自我をそれ自体として復活させる能力を持つのだ。何かのあらゆる「解明」はこの意味で一つの自我の復活なのである。

愛される存在は感覚的質に似て、それが内包するものによって卓越するのである。もしその目が一つの世界を、またはもろもろの可能世界、風景や場所、生の諸様式を表現していないとすれば、その目は単に石ころであり、その身体は肉の塊に過ぎない。そのような生の諸様式を、あの日本の小さな紙細工のように解明し、つまりその襞を開き、繰り広げなければならないのだ。ステルマリア嬢とブルターニュ、アルベルチーヌとバルベックもその例にもれない。愛と嫉妬はこの解明の活動によって厳密に指揮されている。ここには二重の運動のようなものさえあり、それによって一つの風景は一人の女の中に巻き込まれることを求め、同じく女は自分の身体の中に閉じこめ「収容し」ているもろもろの風景と場所を繰り広げることを求めるのである。(7) 表現性とは一存在の内容な

（5）CSr, I, 47.〔I, 47. 一巻・一一七頁〕
（6）私たちはすでにマドレーヌが成功した解明の一例であることに注目した（例えば、内容が永遠に失われたままである三つの木とは反対に）。しかし半分だけ成功したのにすぎない。というのも〈本質〉がすでに召喚されているのに、話者は連合作用の鎖にとどまったままで、これは「なぜこの追憶が（彼を）こんなに幸福にしたのか」まだ説明してはいない。ただ『失われた時』の最後になって、〈本質〉の理論と経験はその規定を見出すのである。
（7）CSr, I, 156-157.〔一巻・三三九—四五頁〕

のである。ここでもやはり私たちは信じてよいだろう。内容と容器の間には連合の関係だけがあるということを。しかしながら連合作用の鎖が厳密に必然的であるとしても、それ以上の何かがあって、プルーストはそれを欲望の不可分な性格として定義している。欲望は一つの素材に一つの形態を与え、そして素材で形態を満たそうとする。(8) しかしさらに連合作用の鎖は、それを断ち切ることになる一つの力に関わることによってのみ存在するということを示しているのは、ある奇妙なねじれであり、これによって人は自分自身、恋人によって表現される未知の世界に捉えられ、彼は自分自身から抜き取られ、この別の宇宙の中に吸い込まれるのである。(9) したがって見られるということは、恋人によって自分の名前が口にされるのを聞くのと同じ効果をもたらす。その口の中に裸で捕まるという効果のことである。(10) 話者の精神における風景と恋人の連合作用は、それゆえ恋人が風景に対して持つ一つの〈観点〉に味方して断ち切られるのである。たとえそこから追放され押し戻されることになるとしても、話者自身はこの観点に閉じ込められてしまうのだ。しかし今度は、連合作用の鎖の断裂は、ある〈本質〉そのものの出現によっては克服されず、むしろ話者の自我を彼自身に取り戻してやる空無化の操作によって深められるのだ。というのも愛しつつ嫉妬する話者－解釈者は、恋人を閉じ込め、幽閉し、監禁して、もっとよく「彼女を解明し」、つまり彼女が内包するあらゆる世界を彼女から無化しようとするからだ。「アルベルチーヌを閉じ込めながら、私は同時にそのあらゆる玉虫色の煌めく翼を宇宙に返してやっていた……その翼が世界の美を形作ってい……それはかつてアルベルチーヌの翼であったのだ。アルベルチーヌはすべての色彩を失った……彼女は徐々にあらゆる美を失ってしまっていた……灰色の女囚となり、自身自分の名前に還元されて、彼女にはあの煌めきが必要だったのであり、そのなかで彼女に色彩を取り戻してやろうとして、私は過去を思い出していたのである」[11]。そして嫉妬だけが一瞬彼女を宇宙で満たし、今度はゆるやかな解明が行なわれ、それを空にしようとするであろう。話者の自我を彼自身に返してやり、あるいは復元してやろうとするのか。結局まったく別のことが問題なのだ。アルベルチーヌを愛した数々の自我の一つ一つを無化し、死の法則にしたがってそれを終着点につれていかねばならないのだ。〈失われた時〉が〈見出された時〉と絡み合うように、この法則は復活の法則と絡み合う。そしてもろもろの自我は、やはりかたくなに自死をもとめ、おのれ自身の終わりを反復－準備し、また別のものにおいて再生し、それらの生を反復－追想するのである[12]。

(8) CS1, I, 87.〔I, 86. 一巻・一九九―二〇〇頁〕。「……それは単なる思考の連合作用のせいではなかった……」。
(9) JF2, I, 716 ; JF3, I, 794.〔II, 75-6. 四巻・一七五頁／II, 152. 四巻・三三七―三三九頁〕
(10) CS2, I, 401.〔I, 393-94. 二巻・四六四―六五頁〕
(11) P1, III, 172-173.〔III, 678-79. 十巻・三八六―八七頁〕
(12) JF2, I, 610-611〔I, 600. 三巻・三九八頁〕:「私がいつも途切れることなく明察をもって望んでいたのは、私の内部でジルベルトを愛していた自我の長きにわたる残酷な自殺であったが、この明察は私が現にしていたことのみならず、そこから未来に生ずることも見抜いていた」。

固有名自体は、その音節の質と不可分で、また固有名が組み込まれる自由な連合作用とも不可分な内容を持っている。しかしまさに連合されるその内容全体を現実の人物や場所に投影することなしには、私たちは箱を少しも開くことができないので、逆に人物や場所の凡庸さによって強いられる全く異なる制約された連合作用が、最初の系列を歪曲させ、切断し、今度は内容と容器の間に、まさに亀裂を穿つことになる。『失われた時』のあの最初の形象のあらゆる側面において、それゆえいつも内容の不適合性、その共約不可能性が明白になる。[13] それはすなわち失われた内容であり、かつての自我を蘇らせる、ある本質の栄光の中に見いだされるものである。あるいは空無化された内容であり、自我を死へと導くもの、あるいはまた分離された内容であり、これは避けがたい失望に人を陥れるのだ。一つの世界が階層的そして客観的に組織されることは決してありえない。そしてそれに最小限の安定や秩序をもたらす主観的連合作用の鎖さえも、超越的な、しかし変化可能で暴力的なまでに絡み合った諸観点に味方して切断される。ある観点は不在の真実、また失われた時の真実を表現し、別の観点は現前の真実、あるいは見出された時間の真実を表現するのである。名称、存在そして事物は、それらを破裂させる内容で、はちきれそうになっている。そして私たちは内容による容器のこの種の爆発に立ち会うだけではなく、内容それ自体の破裂にも立ち会うのだ。このとき内容は襞を開かれ解明されて、唯一の形象を形成するのではなく、それらの間で和合するよりも、まだ破片となって戦いあう不均質な諸真実を形成するのである。過去が本質において取り戻されるときでさえ、現在の瞬間と過去の瞬間の結合は、和合よりも闘争に似ている。そして私たちに与えられるのは全体性でも永遠性でもなく、「純粋状態の少しの時間」つまり一つの破片なのだ。[14] フィリア〔友愛〕によっては決して、何も平定されることはない。もろもろの場所と瞬間について言えるように、結び合う二つの感情はただ闘争しながらフィリアを形成し、この闘争において、少々持続するだけの不規則な身体を形作るのである。芸術的〈観点〉のように本質の最も高度な状態においてさえ、始まる世界はもろもろの音響を不調和な最終的断片として戦わせるのであって、世界はその上に定着するのだ。「やがて二つのモチーフは対決しながら戦いあったのであり、ときには一方が完全に消滅し、次にはもはや別のモチーフの破片しか知覚されなかった」。

おそらくこれこそが『失われた時』における不協和な諸部分の、あの例外的な引力を説明している。これは還元不可能な展開のリズムや解明の速度を備えているのだ。つまりそれらの部分は一緒

（13）逆方向における二つの連合的運動については、JF2, I, 660〔II, 20-21. 四巻・六四—六六頁〕を参照。まさにこの失望は、解消されることはないままに、固有名の系譜や語源の歓びによって償われる。cf. Roland BARTHES, *Proust et les noms* (To Honor Roman Jakobson, Mouton édit.) et Gérard GENETTE, *Proust et le langage indirect* (*Figures II*, Editions du Seuil).〔ロラン・バルト「プルーストと名前」、『新＝批評的エッセー』花輪光訳、みすず書房、一九七七年。ジェラール・ジュネット「プルーストと間接的言語」、『フィギュールII』花輪光監訳、書肆風の薔薇、一九八九年〕

（14）TR2, III, 872.〔IV, 451. 十三巻・四四三頁〕

に一つの全体を構成していないだけではなく、様々な宇宙の間の一種の対話の内にあって、各部分が全体から切り離されてくるというような、他の部分の全体とも異なるある全体を証しているのでもない。そうではなく諸部分はある力とともに世界の中に投影され、それらの輪郭が合致しないにもかかわらず、互いに暴力的に挿入され、その力によって諸部分は互いに部分として認知され、にもかかわらず隠された全体を構成することも、失われた全体性から出現することさえもないのだ。断片を断片に挿入することによって、プルーストは私たちにそれらすべてを思考させる手段を発見するのだが、それらを生み出す統一性にも、あるいはそれらから生み出される統一性そのものにも依拠することはないのだ。(15)

『失われた時』の第二の形象、つまりもっと特殊的に部分－全体の関係に関わる複合の形象については、それ自体がもろもろの言葉に、存在に、事物に、すなわち時間と場所に適用されるのを私たちは見るのである。部分と交通なき隣接との対立を示す閉じられた器のイメージは、ここで半開きの箱のイメージにとって替わるのであるが、この箱のイメージは容器と共通の尺度を持たない内容のありようを示していた。こうして『失われた時』の二つの方面、メゼグリーズの方面とゲルマントの方面は並置されたままであり、「閉じた器の中にあって、別々の午後という二つの器の間に交通はなく、互いを知り合うことはできない(16)」。ジルベルトの言うとおりにすることは不可能である。「私たちはメゼグリーズを通ってゲルマント家に行くことができるでしょう」。見出された時の最後の啓示さえもそれらを結合することはなく、またそれらを収束させることもなく、それ自体通じあわない数々の「横断線」を増殖するだけだろう。[17] 同じく人物たちの顔は「決して通じ合うことがない逆方向の二つの道」のように、少なくとも非対称的な二つの側面を持っている。例えばラッシェルの場合は一般性の側面と特異性の側面、あるいはあまりに近くから見られた不定形の混沌、そして適度な距離から見られた素晴らしい均整という側面。あるいはアルベルチーヌなら、信頼に

(15) ジョルジュ・プーレはまさに言っている。「プルースト的宇宙は破片からなる宇宙であり、その破片はそれらもまた破片からなる別の宇宙を含んでいる……時間的不連続性はそれ自体もっと根本的な不連続性によって、つまり空間のそれによって先行され、さらには指令されてさえいる」(*L'espace proustien*, Gallimard, pp. 54-55〔『プルースト的空間』山路昭・小副川明訳、国文社、一九七九年、四八―四九頁〕)。しかしながらプーレは、プルーストの作品の中に、ある連続性と、ある統一性の諸権利を認めており、それらの実に特別な独創的性格を定義しようとはしないのだ (p. 81, p. 102〔七二―七三頁〕)。つまり他方で彼は、プルースト的時間の独創性や特殊性を否定しようとしている (この時間がベルクソン的持続と無関係であるという理由で、彼はそれが空間化された時間であると断言するのである。cf. pp. 134-136〔一一七―一一九頁〕)。
　破片からなる世界という問題は、最も広汎な意味で、モーリス・ブランショによって定義された (とりわけ *L'entretien infini*, Gallimard〔『終わりなき対話』(Ⅰ・Ⅱ・Ⅲ) 湯浅博雄他訳、二〇一六―二〇一七年、筑摩書房〕)。この世界は、ある全体を前提とすることも形成することもない、とひとたび言われるならば、そのような世界の統一性または非統一性はどんなものであるのか知ることが問題である。「破片について語るものは、単に既に実在するある現実の断片化について語るべきではなく、まだ来るべきものである全体の契機についても語るべきではない……破片の暴力においては、まったく別の関係が私たちに与えられる」、「〈外〉との新しい関係」、「統一性に還元されない肯定」は箴言的形式に還元されはしない。
(16) CS1, I, 135.〔I, 133. 一巻・二九八頁〕
(17) TR2, III, 1029.〔IV, 606. 十四巻・二六一頁〕

答える顔と、嫉妬深い疑惑に反応する顔[18]。それでもやはり二つの道、あるいは二つの側面は、統計的な方向にすぎない。私たちは複雑な総体を形成することができるが、それらのほうもやはり分割されることなしには決して総体を形成することができず、今度はまるで無数の閉じた器の中に分かれたようなのだ。だからアルベルチーヌの顔は、口づけしようとして、それ自体に凝集させようと思っても、唇が彼女の頬に近づく間に、一つの面から別の面へと飛躍し、数々の閉じた器の中に十人のアルベルチーヌがいて、最後の瞬間には誇張された近さにすべてが解体するのだ[19]。そしてそれぞれの器において、断続的に生き、知覚し、欲望しそして追憶し、目覚めあるいは眠り、死に、自殺し、断続的に甦る一つの自我がある。つまりアルベルチーヌの「細分化」、「分裂」があり、これに自我の増殖が対応している。同一の包括的な知らせ、つまりアルベルチーヌの出発は、これらのあらゆる別々の自我によって通知されなければならず、おのおのが別々の壺の底に入っているのだ[20]。

別の水準では、世界すなわち統計的現実についても、同じことが言えるのではないか。その背後で「もろもろの世界」は無限遠に離れた天体のように分割されており、それぞれが独自のシーニュと階層性を備え、それによって一人のスワンあるいは一人のシャルリュスは決してヴェルデュラン家の人々に認知されることがないまま最後の巨大な混沌に至るのだが、話者はその新しい法則を把握することを放棄するのだ。あたかも彼は、このときもまたすべてが解体し混沌に戻ってしまう、あの近さの閾に到達したかのようだ。同じように結局もろもろの言説や発語は、言葉の統計的配分を実行するのであって、解釈者はその背後に、互いに非常に異なる階層や親族や所属や借用などを識別し、それらは語る人物の関係や、彼の交際や、秘密の社交などを証するのだ、あたかもそれぞれの語が、ロゴスの偽りの統一性を超えて、何らかの仕方で彩色され何かの魚類を閉じ込めた水槽に張り付いているかのようだ。こうしてアルベルチーヌの以前の語彙にはなかったある種の言葉は、彼女が新たな年齢層にさしかかり新たな関係に入ることでより近づきやすくなったことを話者に頷かせるのである。あるいは「……を割ってもらう」という恐るべき表現は、話者に一つのおぞましい世界を暴露するのである。[21] だからこそ嘘はシーニュの言語に属し、またロゴス‐真理の対極に属する。不揃いなパズルのイメージに一致して、言葉それ自体が同じ世界の別の断片と同調する世界の断片であるが、この断片は別の世界の他の断片とは、たとえ隣接させられようと同調しないのだ。[22] したがってここでは言葉の中に、嘘つきの心理学にとっての地理学的かつ言語学的根拠のよ

(18) AD, III, 489. Et CG1, II, 159, 174-175.〔IV, 71. 十二巻・一六六―六七頁。II, 457, 472-73. 五巻・三四五、三七八―八〇頁〕
(19) CG2, II, 365-366〔II, 660-61. 七巻・六三頁〕:「これらのうとましいシーニュから、ついにアルベルチーヌの類に接吻しているところだと、私は気づかされた」。
(20) AD, III, 430.〔IV, 13-14. 十二巻・四四―四六頁〕
(21) CG2, II, 354-357 ; P2, III, 337-341.〔II, 649-53. 七巻・三六―四七頁／III, 840-44. 十一巻・三三五―四四頁〕
(22) CS2, I, 278 ; P1, III, 179.〔I, 273-74. 二巻・二一二―一三頁／III, 684-85. 十巻・三九八―四〇一頁〕。オデットについても、同じくアルベルチーヌについても、プルーストはこれらの真実の断片を引き合いに出しているが、それらは嘘を真実にす

うなものがある。

これこそは、まさに閉じた器が意味していることである。全体性とは根本的意味を欠いた統計的なものでしかないのだ。「私たちが、愛であり嫉妬であると信じているものは、同一の連続的で分割不可能な情念ではない。それらは無限数の変わりゆく愛、異なる嫉妬からなるもので、みんな一時的なものであるが、たえまない多様性によって連続性の印象を、また統一性の幻覚を与える」[23]。しかしながらこれらのあらゆる閉じた部分の間には、ある移行のシステムが存在するのだ。それでも、これを直接的交通や全体化の手段と混同してはならない。メゼグリーズの方面とゲルマントの方面の間のように、作品の全体がもろもろの横断線を確立することから成り立っていて、そんな線によって私たちはアルベルチーヌの一つの横顔から別のそれに、一人のアルベルチーヌから別のそれに、一つの世界から別のそれに、一つの語から別のそれに飛躍し、決して多を一に回帰させることはなく、決して多を一全体に集積することがなく、まさにこの多に属する非常に独創的な統一性を肯定し、〈全体〉には還元不可能なこれらのあらゆる断片を、統合することなく肯定するのである。嫉妬は愛の多様体の横断線であり、旅とはもろもろの場所の多様体の横断線、睡眠とはもろもろの瞬間の多様体の横断線である。閉じられた器はときには分離した諸部分において組織され、ときには対立する方向において、また別のときには（ある種の旅または睡眠においてそうであるように）円形に組織される。しかし円さえも何かを囲むのではなく、全体化するのでもなく、むしろ迂回や曲折を引き起こし、円は中心からずらされ、左にあったものを右に、中心にあったものを脇に移動させるのだ。そして汽車の旅のあらゆる眺めの統一性は、その閉じた部分を保つ円そのものにおいて成立するのではなく、みずからの部分を多数化する観察された事物においても成立せず、「一つの窓から別の窓に」移りながら私たちがたどり続ける横断線の上に成立するのである。(24) ことほど左様に旅は数々の場所を交通させるのではなく、統一するのでもなく、それらの差異それ自体だけを共通に肯定するのである（この共通の肯定は、肯定された差異とは別の次元において、——横断線において成立するのだ）。(25)

るために恋人によって導入されたもので、結果として反対に嘘を暴くことになる。しかし一つの物語の真実あるいは虚偽にかかわる前に、この「不一致」は言葉自体にかかわり、言葉は一つの文に集められながらも実にさまざまな由来と射程にかかわるのだ。

（23） CS$_2$, I, 371-373.〔I, 366. 二巻・四〇一頁〕

（24） JF$_2$, I, 655.〔II, 15-16. 四巻・五五頁〕。「汽車は方向を変えた……そして私は薔薇色の空の一帯を見失ったことを残念がったが、また新たに正面の窓に、今度は赤くなった空を見つけた。その空は鉄道の二番目のカーブで窓から離れてしまったのである。したがって私は窓から窓へと走りながら時を過ごし、私の移り気な美しい緋色の朝の断続的で対立しあう数々の断片を近づけ、修復し、それらの全体的な眺めと連続的な絵を手に入れようとしたのである」。この文章はまさに一つの連続性と全体性を引き合いに出しているが、本質的なのは、これらが形成されるのは観点においてではなく、見られた事物においてでもなく、窓から窓への横断線においてであるということだ。

（25） JF$_1$, I, 644〔II, 5. 四巻・二九頁〕：「旅の特別な喜びは……出発と到着の間の差異をわずかにするのではなく、可能なかぎり深くすること、この差異を無垢な全体性において痛感することである」。

話者の活動とは、もはや一つの内容を解明し繰り広げることではなく、通じあわない部分、閉じられた器を、そこに見出される自我とともに選別し、選択することである。集団の中にしかじかの乙女を、この乙女の中にしかじかの断面や凝結した平面を選択し、彼女が言うことの中にしかじかの言葉を、彼女が私たちに感じさせることの中にしかじかの苦しみを選択することである。そしてこの苦しみを体験するために、言葉を解読するために、この娘を愛するために、しかじかの自我を選択し、可能なあらゆることの間にその自我を生きさせ、あるいは蘇生させることである。複合に対応する活動とはそのようなものである。[26] 最も純粋な形態におけるこの選択の活動、私たちは、それが覚醒の瞬間に実行されるのを見るのであるが、このとき睡眠が、あらゆる閉じた器を、あらゆる閉じた部屋を、眠る者が訪れる数々の幽閉されたあらゆる自我を流転させていたのである。ここには薬を選んでいる途中の不眠者の目の前で、ぐるぐる回る睡眠の様々な部屋があるだけではなく（「朝鮮アサガオの、インド大麻の、エーテルの様々なエキス……による眠り」）――、人は誰でも「自分の周りに円環状に、時間の糸、歳月と世界の秩序を携えて」眠るのだ。覚醒の問題はこの睡眠の部屋から、またそこで繰り広げられることから、実際に私たちがいる部屋に移動すること、さっき夢の中に登場していたあらゆる人物の間に、私たちはそんな人物でありえたかもしれず、あるいはまさにそんな人物であったのだが、そこに覚醒中の自我を見出すこと。そしてまた覚醒の問題は、最後に睡眠の高次の〈観点〉から離れつつ、私たちを現実に引き留める連合作用の鎖を見出すことである。[27] 誰が選択するのか私たちは問わないだろう。確かにそれはいかなる自我でもない。なぜなら私たち自身が選択されたもので、「私たち」が愛すべき存在や体験すべき苦しみを選択するたびに、何らかの自我が選択されるからであり、この自我は生きることにも、または蘇生することにも驚き、そして待たされながらも、呼びかけに答えることにも驚くからである。こうして睡眠から出るときには「人はもはや誰でもない。そのとき紛失した物を探すように自分の思考や人格を探しながら、最後に人はまったくの他人ではなくむしろ自分固有の自我を見出すのではないか。思考を再開するとき、自分の中に体現されるのは、なぜ前とは別の人格ではないのか。私たちは何が選択を命ずるのか、どうして私たちがなりうる無数の人々の間で、昨夜私たちがそれであった当の人物を見つけ出すのかわからない」[28]。ほんとうは一つの活動が、一つの純粋な解釈行為、純粋な選択行為が存在するのであって、それは客体も主体も持たないのだ、なぜならこの活動は解釈者と同時に解釈するべき事物を選び、シーニュと同時にそれを解読する自我を選ぶからである。解釈にと

(26) AD, III, 545-546.〔IV, 126. 十二巻・二八四―八五頁〕。「肉体的苦しみにおいて、私たちは少なくとも自分で苦痛を選ぶわけにはいかない。病がそれを規定し、私たちに強いるのである。しかし嫉妬において私たちは、自分にふさわしいものたりうると見える苦しみにこだわる前に、いわばあらゆる種類、あらゆる規模の苦しみを試みなければならないのだ」。
(27) Cf. 睡眠と覚醒の名高い描写。CSı, I, 3-9 et CGı, II, 86-88.〔I, 3-9. 一巻・二五―三六頁、II, 385-88. 五巻・一八〇―八八頁〕
(28) CGı, II, 88.〔II, 387. 五巻・一八七―八八頁〕

って「私たち」とはこのようなものだ。「しかし私たちは、私たちとさえ言わない……それは内容を持たないはずの、ある私たちなのだ[29]」。まさにこのことによって、睡眠は記憶よりも深いのである。なぜなら、たとえ無意志的であっても記憶は、それを要求するシーニュに密着し、そして記憶が蘇生させるはずの、すでに選ばれた自我に密着したままだからである。ところが睡眠とは、あらゆるシーニュの中に巻き込まれ、あらゆる能力を通じて展開される純粋な解釈行為のイメージなのだ。解釈行為は横断線の統一性を持つにすぎない。それだけが神的であり、万物はその破片なのだ。しかしその「神的形態」はもろもろの破片を集積することも修復することもない。反対に破片を最も高次の、最も鋭い状態に導き、破片が全体を構成することも、全体から離脱することも妨げるのである。『失われた時』の「主体」は結局いかなる自我でもなく、内容なきこの私たちであり、これがスワン、話者、シャルリュスを配分し、彼らを全体化することなく配分し、または選択するのである。

先に私たちは、シーニュの客観的素材、その主観的連合作用の鎖、それを解読する能力、それと本質との関係などによって区別されるもろもろのシーニュを見てきた。しかし形式的には、シーニュは、そのあらゆる種類に見いだされる二つのタイプを備えている。すなわち解明すべきあれらの半開きになった箱、そして選択すべきあれらの閉じた器である。そしてもしシーニュがいつも全体化も統一化も受けつけない破片であるならば、それは内容と容器のあいだの共約不可能性のすべての力によって、内容が容器に依存するからであり、器が近傍に対して維持する非交通のあらゆる力によって、器が近傍に依存するからである。共約不可能性は非交通と同じく、もろもろの距離であるが、それは一方を他方の中に挿入し、こうして隣接させる距離なのである。そして時間は別のことを意味するのではない。それはつまり空間的ではない距離のこのシステムであり、隣接それ自体に、あるいは内容それ自体に固有のこの距離である、つまり間隙のないもろもろの距離である。この点において、隣接する事物の間に距離を導入する失われた時間と、反対に離れた諸事物の隣接性を確立する見出された時間は、それが忘却であるか追憶であるかにしたがって相補的に機能するのであり、忘却にせよ追憶にせよ、「断片化された不規則な内挿」を行うのだ。というのも失われた時間と見出された時間の差異はまだそこにはないのである。そして一方がその忘却、病、そして年齢の力によってもろもろの断片を分散したものとして肯定するように、他方は追憶と蘇生の力によってそれらを肯定するのである。[30] いずれにしても、ベルクソンの定式によれば、全体が与えられているわけではないということを時間は意味するのだ。つまり〈全体〉は与えうるものではないのだ。

（29）SG2, II, 981.〔III, 371. 九巻・三〇一―二頁〕
（30）AD, III, 593.〔IV, 172-73. 十二巻・三八九頁〕。ここで断片的な内挿の力を持つのは忘却であり、それが私たちと最近の出来事の間に距離を導入するのだが、一方 SG1, II, 757〔III, 154-55. 八巻・三五五―五六頁〕においては、内挿されて、離れた事物に隣接性を導入するのは追憶なのである。

それが意味するのはベルクソンが理解するように、あるいは全体化のプロセスを支持する弁証法的思想家たちが独自に理解するように、全体がまさに時間的なものである別の次元において「成立する」ということではない。そうではなく、時間という最終的な解釈者、最終的な解釈行為は、もろもろの断片を同時に肯定する奇妙な力を持っており、断片は空間において一つの全体を形成することもなければ、時間における継起によって全体を形成するわけでもないのだ。時間はまさに可能なあらゆる空間の横断線であり、もろもろの時期の横断線でもある。

第三章　〈探求〉の水準

　このように断片化された宇宙においては、あらゆる断片を収拾するロゴスは存在せず、それゆえ断片を全体に結びつける法則も、見出すべき、さらには形成すべき全体さえもないのだ。それでも一つの法則が存在するのだが、法則の本性、その機能、その関係が変化したのである。ギリシャ的世界は、法則が常に二次的であるような世界である。つまり全体を包括し、それを〈善〉に依拠させるロゴスに対して、この法則は二次的な力能なのだ。法則、あるいはむしろ諸法則は、もろもろの部分を統制し、それらを適合させ、近づけ、そして接合し、それらにおいて相対的に「より良いもの」を確立するだけである。したがって諸法則が重要になるのは、ただそれらを超越するものについて何か私たちに知らせるからであり、そしてそれらが「より善いもの」の一形象を規定するからである。すなわちこの形象はしかじかの部分、領域、瞬間との関連で〈善〉がロゴスにおいて呈する様相なのだ。アンチロゴスの現代的意識によって、法則は根本的革命を受け入れるようになったと思われる。全体化不可能で全体化されることがない断片の世界を統制する限り、法則は第一の力能となる。法則はもはや何が善であるか言うのではなく、法則が言うところのものこそが善である。この結果、法則は驚異的な統一性を獲得するのだ。もはや何らかの仕方で明示される法則があるのではなく、他に明示などないまま法則そのものがあるだけだ。まさにこの驚異的な統一性は、絶対に空虚で単に形式的である。なぜならこの法則はいかなる判明な対象も、いかなる全体性も、基準となるいかなる〈善〉も、それを参照するいかなるロゴスも私たちに知らせはしないのだ。部分を併合し適合させるどころか、法則は反対にそれらを分離し仕切り分けし、隣接のうちに非交通を、容器のうちに非共約性を導入するのだ。私たちに何も知らせないままに、法則はそれが何であるかを教えるのだが、同時に私たちの肉に刻印し、すでに私たちに制裁を下している。そしてここには途方もない逆説がある。罰を受ける前には、私たちは法が何を欲していたかわからず、したがって有罪であることによってしか法にしたがうことができず、私たちの有罪性によってしか法に答えることができない。なぜなら法は分散的なものとしての部分にしか適用されず、部分をさらに分散させ、身体をバラバラにし、四肢をもぎ取ることによってのみ適用されるのである。厳密に言うなら不可知であり、法は私たちの処刑される身体に最も過酷な制裁を科すときにだけ、認知されるのである。

法の現代的意識はカフカにおいて特に鋭い形をとっている。まさに「万里の長城」においては、長城の断片的性格、その建設の断片的方式、そして法の不可知の性格、有罪性の制裁に一致するその規定などの間に根本的脈絡が描かれている。しかしながらプルーストにおいて法は別の形象を表すのだ。なぜならば有罪性はむしろ、より根本的な断片的現実を隠す外観のようなもので、それ自体は、離脱した断片が私たちをそこに導いていく、あのより根本的な現実ではないのである。カフカにおいて現れるような法の抑鬱的な意識には、この意味でプルーストの指摘した法の分裂的意識が対立する。しかしながら一見すると有罪性は、プルーストの作品において、その本質的対象とともに大きな役割を演じている。この対象とはすなわち同性愛である。愛のすべては証拠についての推論であり、私たちが図らずも有罪だと知ってしまう人物について下された無罪の判断なのであるが、愛することは愛される者の有罪性を前提としている。愛とはしたがって有罪性の二つの確信の間に張り渡される想像的無罪の宣告であり、一つの確信は先天的に愛を条件づけ、愛を可能にし、もう一つは愛を閉鎖し、その実験的な終わりを画するのである。こうして話者は、この有罪性の先天性を把握したのでなければアルベルチーヌを愛することはできず、彼はすべてに反して彼女が潔白であることを自分に納得させることによって、彼のあらゆる経験においてその有罪性を空無にするであろう（この納得はぜがひでも必要なもので、啓示するものとして作用するのだ）。「そもそも私たちが彼女らを愛している間の彼女らの過失より以上に、彼女らを知る前に彼女らの過失は存在するのであり、中でも第一の過失は彼女らの本性なのだ。このような愛が苦しみに満ちたものになるのは、まさに女性の一種の原罪がその前にあらかじめ存在し、私たちが彼女らを愛するようにしむける罪が存在しているからで……」(1)。「彼女を選ぶこと、彼女を愛すること、実はそれは私の理性がまったく否認しているにもかかわらず、アルベルチーヌを、彼女のあらゆる醜悪さとともに知ることではなかったか……私たちがこの存在に魅了されるのを感じること、彼女を愛し始めること、この存在がいかに潔白だと私たちが言い張ろうと、それはすでに別の解釈において、その裏切りとその過失のすべてを読み取ることである」(2)。そして有罪性の先天的確信それ自体がその行程を完遂したとき、アルベルチーヌがあらゆる事情にもかかわらず潔白であるという経験的な信念を追い払ってこの確信のほうが経験的になったとき、愛は終わるのだ。すなわち一つの観念が「徐々に意識の根底を形作りながら、アルベルチーヌが潔白であるという観念に取って代わっていった。それは彼女が有罪であるという観念であった」。したがってアルベルチーヌの過失の確信が話者において現れるのは、それらの過失がもはや話者の関心を引かず、疲労と習慣に打ち負かされて彼が愛することをやめたときでしかない(3)。

なおさらのこと有罪性は、同性愛の系列において浮上してくる。プルーストが力を込めて、呪われた種族として男性の同性愛の肖像を描くときのことを私たちは思い出す。「呪いが重くのしかかる種族、そして嘘と背徳において生きなくてはならぬ種族……母なき息子、友情なき友人……壊れやすい名誉しかなく、罪の発覚に至るまでのかりそめの自由しかなく、不安定な地位しかなく」、ギリシャ式つまり同性愛－ロゴスに対立する同性愛－シーニュ。(4) しかしこの罪悪性は現実的というより外観上のものだ、という印象を読者は抱くのだ。そしてプルースト自身が彼の構想の独創性について語り、彼自身がいくつかの「理論」の間を移っていったと公言しているのは、ある呪われた同性愛を他から特別に分離することに彼が甘んじてはいないからである。呪われた、あるいは罪深い種族という主題の全体は、そもそも植物の性愛における無罪性の主題と絡み合っている。プルーストの理論は、いくつかの水準にまたがっているから非常に複雑なのだ。第一の水準には、対照と反復とともにある両性間の愛の集合がある。第二の水準において、この集合はそれ自体二つの系列あるいは方向に分割される。一つはゴモラのそれであり、愛される女のそのたびに暴露される秘密を隠しており、もう一つはソドムのそれで、愛する男のもっと深く埋もれた秘密を抱えている。まさにここでは過失あるいは有罪性の観念が支配するのだ。しかし厳密には、この第二の水準が最も根本的であるというわけではない。なぜならこの水準自体はこれが解体する集合と同じく、統計的なものにすぎないからだ。つまり有罪性はこの意味で道徳的なあるいは内面化されたものというよ

(1) Pr, III, 150-151.〔II, 657. 十巻・三三七頁〕
(2) AD, III, 611.〔IV, 190. 十二巻・四二五—二六頁〕
(3) AD, III, 535.〔IV, 116-17. 十二巻・二六三—六四頁〕
(4) SGr, II, 615.〔III, 16-17. 八巻・五〇—五一頁〕。および『サント＝ブーヴに反論する』第十三章：「呪われた種族」。

りも、はるかに社会的なものとして生きられるのである。一般的規則としてプルーストの中に認められることは、与えられた集合は単に統計的価値を持つだけでなく、二つの非対称的な方面あるいは二つの大局的方向を持ち、二つに分割されるということである。例えばアルベルチーヌを愛する話者の中の、あらゆる自我からなる「軍隊」あるいは「群衆」は、第一の水準の集合を形成する。しかし「信頼」そして「嫉妬の疑惑」という二つの下位集団はやはり統計的方向からなる第二の水準にあって、さらに第三の水準の運動を、特異な微粒子や数々の自我のそれぞれの動揺を覆い隠しており、これらはしかじかの方向において、群衆や軍隊を構成しているのだ[5]。同じようにメゼグリーズの方面とゲルマントの方面は、それら自体元素的形象の一群からなる統計的な方面とだけ受け取られるべきである。同じく結局ゴモラの系列とソドムの系列そしてそれらに対応する有罪性は、おそらく異性愛のおおまかな外観よりはずっと微妙なものであるが、やはり最終的水準を隠しているのであって、これは素粒子と器官との振る舞いによって構成されるものだ。

すでに二つの同性愛的系列においてプルーストの関心を引くもの、そしてそれらを厳密に相補的なものとするのは、それらが成し遂げる分離の予言なのである。つまり「両性はそれぞれ自分の側で死に絶えるであろう[6]」。いやそれ以上に、両性が同じ個人の中に現前し分離しているということを考慮するならば、箱または閉じた器の隠喩は全幅の意味を帯びるであろう。つまり始原的な両性具有の神秘において、それらは隣接しているが、仕切られて通じあうことがないのだ。ここでこそ植物的主題が、あるロゴス－大いなる〈生物〉と対立しながら全幅の意味を帯びるのだ。要するに両性具有は、今日では失われた動物的全体性の特性ではなく、同一の植物における両性の現働的な仕切りなのである。「オスの器官は仕切りによってメスの器官と分離されている」[7]。そしてまさにここに、第三の水準が位置付けられることになる。与えられた性をもつ一個体は（といっても与えられた性に属するということは、包括的あるいは統計的な意味にすぎない）みずからのうちに別の性を含んでいても、与えられた性は直にそれと交通することができない。シャルリュスのうちにはなんと多くの娘たちが潜んでいることか、そしてこの娘たちはまた祖母たちにも変身するだろう[8]。「ある人物たちにおいて……女性は単に内面的に男性に結合されているのではなく醜悪にもあからさまになり、彼らはヒステリーの痙攣の中で、両ひざと両手を痙攣させる鋭い笑いによって色めき立つのである」[9]。第一の水準は異性愛の統計的集合によって定義されていた。第二の水準はやはり統計的な二つの同性愛的方向によって定義されており、この方向にしたがって先の集合の中に捉え

（5）AD, III, 489〔IV, 71. 十二巻・一六七頁〕：「二つの群衆において、これらの要素のなしうることは……」。
（6）SG1, II, 616.〔III, 17. 八巻・五二頁〕
（7）SG1, II, 626, 701.〔III, 28, 100. 八巻・七六、二三四頁〕
（8）SG2, II, 907, 967.〔III, 299-300. 九巻・一三一—三五頁〕。ロジェ・ケンプの注釈を参照：Roger Kempf, *Les cachotteries de M. de Charles*, Critique, Janvier 1968.〔『シャルリュス氏の隠しごと』〕
（9）SG1, II, 620.〔III, 21. 八巻・六〇頁〕

られた一個人は同じ性の別の個人たちに送り返され、男性であればソドムの系列に加わり、女性であればゴモラのそれに加わったのだ（オデット、アルベルチーヌのように）。しかし第三の水準は横断的性愛であり、（「大間違いなことに、それは同性愛と呼ばれるのであるが」）個人も集合も超越するのである。それは個体における二つの性の断片の、つまり通じ合うことのない部分対象の共存を指示している。したがってそれには植物と同じことが当てはまる。つまり両性具有者は、女性の部分が受精し、あるいは男性の部分が受精させるためには、第三者（昆虫）を必要とする。[10] 仕切られた両性の間の横断的次元において変則的交通が成立するのだ。あるいはむしろ事態はもっと複雑である。というのも私たちはこの新しい平面において、第二と第三の水準の区別を再発見することになるからだ。実際に起きうるのは、包括的にオスとして規定された個体は、自分の女性的部分と自分では交わることが出来ないが、この女性的部分を受精させるために、自分と包括的に同じ性を持つ一個体を求めるということである（女性とその男性的部分に関しても同じことが起きる）。しかしもっと根本的な事例においては、包括的にオスと規定された個体は、それら自体は部分的である諸対象によって、みずからの女性的部分を受精させるであろうが、この対象は女性の中にも男性の中にも見いだされうるのである。まさにここに、プルーストによる横断的性愛理論の根拠がある。二つの系列の分離において、男性が男性に関わり、女性が女性に関わるような、包括的そして特殊的な同性愛はもはやない。代わりに局所的であって非特殊的な同性愛があり、その中で男性は女性において男性に属するものを、女性は男性において女性に属するものを求め、そしてこれは部分対象としての二つの性の仕切られた隣接性において起きることなのだ。[11]

だからこそ一見曖昧に見える文章で、プルーストは包括的で特殊的な同性愛に、局所的で非特殊的なこの同性愛を対立させている。「ある者たち、おそらく非常に内気な子供時代を過ごした者は、快楽を男性の顔に結びつけることが可能であれば、自分の受け取る物質的な種類の快楽にはあまり執着しない。ところがおそらくもっと鋭い感覚を持つ別の者たちは、自分の物質的快楽に極端な局所化をもたらすのである。こういう人々はおそらく彼らの告白によって大抵の人々を驚かせるだろう。彼らはたぶん土星という星のもとで、さほど排他的にではなく生きている。というのも彼らにとっては、第一種の人びとにとってのように女性は全面的に排除されるべきではないからだ……いや第二種の人びとは、女性を愛する女性を求めるのであって、彼女らは彼らに一人の若い男性を与えることができ、彼らがこの男性と一緒に過ごすときの快楽を増大することができるのである。そのうえ彼らは同じように、一人の男性とともに味わうのと同じ快楽を、彼女たちとともに味わうこ

(10) SGɪ, II, 602, 626.〔III, 4, 27-28. 八巻・二四—二五、七五頁〕

(11) ジイドは同性愛 - ロゴスの諸権利のために戦うのだが、プルーストに対しては倒錯と女性化の例しか考慮していないと非難している。ジイドは第二の水準にとどまっており、プルーストの主張を理解しているとは全く思えない（プルーストにおける有罪性の主題にこだわる人々も同じことだ）。

とができる。だからこそ第一種の人びとを愛する者たちにとって、嫉妬がかきたてられるのは、この種の人びとが一人の男性とともに味わう快楽によってでしかなく、それだけが彼らには裏切りと感じられる。なぜなら彼らは女性たちへの愛をともにするのではなく、ただ習慣によって結婚の可能性を確保するためにそれを実践しただけで、結婚が与える快楽を少しも思い浮かべることがなく、彼らの愛する男が快楽を味わうことだけが耐えられないのだ。ところが第二の人々は、彼らの女性との愛によって嫉妬をかきたてる。というのも彼らが彼女らと持つ関係において、彼らは女性たちを愛する女性のために別の女性の役割を演じ、そしてその女性は彼らがほぼ男性に見出すものを同時に彼らに与えるからである……」[12]。もし私たちがプルースト的理論の最終的水準としてこの横断性愛の意味を理解し、またこれともろもろの仕切り分けの実践との関係を理解するならば、植物的隠喩が明らかになるだけでなく、プルーストが実行しなければならなかったという「移し替え」〔訳注1〕の度合を問題にすることはまったく愚劣なことになる。それはアルベールという名の誰かをアルベルチーヌに変えるためだったと人々は信じているのだ。プルーストが女性たちと何らかの愛情関係を持ったに違いないという発見を、新事実として発表することなど、なおさら愚劣である。それはまさに人生は作品に、あるいは理論に、何ももたらさないと言うべき事例だったのだ。というのも作品や理論は、あらゆる伝記の絆よりもずっと深い絆によって秘密の生に結ばれているからである。プルーストがソドムとゴモラについての彼の偉大な考察において説明していることを辿るだけで十分である。横断性愛、つまり局所的であって非特殊的な同性愛は、もろもろの性‐器官あるいは部分対象の隣接する仕切り分けの上に築かれるのであり、それはもろもろの性‐人格または集合の系列の独立性の上に築かれる包括的かつ特殊的な同性愛の下に発見されるのである。

嫉妬はシーニュに固有の錯乱である。そしてプルーストにおいて、私たちは嫉妬と同性愛の間の根本的絆の確証を見出すことになるが、この絆はむしろ全く新しい解釈をそれについてもたらしているのだ。愛される存在が数々の可能世界を含むのにしたがって（ステルマリア嬢とブルターニュ、アルベルチーヌとバルベック）、これらの世界を解明し、襞を開くことが問題になる。しかしまさにこれらの世界は、愛される者がそれらに対して持つ観点、そしてそれらがその者にいかに巻き込まれるかを規定する観点によってはじめて成立するのだから、愛する者は同時に、これらの世界から排除されることなしには十分にこれらの世界に取り込まれることが決してできないのだ。なぜならこの人物は、見られた事物という資格によってこれらの世界に属するだけで、したがってこの事物はかろうじて見られたものに過ぎず、注目されることはなく、高次の〈観点〉からは排除されて

(12) SGI, II, 622.〔III, 23-24. 八巻・六六―六八頁〕

〔訳注1〕 アルベールという名の誰か：『失われた時』における話者の恋人アルベルチーヌのモデルとなったのは、プルーストが秘書として雇ったアルフレッド・アゴスティネリ Alfred Agostinelli という男性であり、彼はプルーストのもとを去り、飛行機を操縦しているとき遭難死した。しかし他にもアルベールという名の男性二人や女性も、アルベルチーヌのモデルになっていると言われる。

いるのだが、選択はこの観点から行われるのである。愛される者のまなざしは、不可侵の観点から私を締め出すことによってのみ、風景とその近辺の中に私を組み込むのであるが、風景とその付近は、この観点にしたがって、愛される者の存在において組織されているのだ。「彼女が私を見たならば、私は彼女にとって何を表象していたのか、どんな宇宙の中から彼女は私を見分けていたのか。それを言うのは難しかっただろう。望遠鏡のおかげで、隣の惑星の中に、ある特殊性が見えたとき、その特殊性からして、そこに人類が住んでいて、彼らが私たちを見ていると結論し、私たちの眺めが彼らの中にどんな観念を呼び覚ますことができたか結論することは難しいのと同じことである」[13]。同じく恋人が私に授けるはずの贔屓や愛撫は、もろもろの可能世界のイメージを描きながら私に向かってくるのだ。可能世界では、他のものたちが好まれた、または好まれている、または好まれるであろう。[14]だからこそ第二の場合は、嫉妬はもはや単に愛される者において内包された可能世界の解明ではなく（そこでは私に似た他人たちが見られ、かつ選ばれうるのである）、不可知の世界の発見であり、それは愛される者自身の観点を表象し、その同性愛的系列の中に展開されるのだ。ここで愛される者は、自分と似ていながら、私とは異なる者たちとだけしかもはや関係しない。この者たちは、私にとっては未知で体験することのできない快楽の源泉なのだ。「私がたどり着いたのは恐るべき未知の領域であり、そこに開ける予想外の苦しみの新しい段階であった[15]」。最後に第三の場合には、嫉妬は愛される者の横断性愛を、包括的に規定された外観上の彼の性の傍らに隠されたすべてのものを、隣接しながら通じあうことのない他の性を発見し、それでもこれらの方面を交通させる役割を引き受ける奇妙な昆虫たちを発見するのだ。要するに競合しあう人物たちの発見よりもはるかに残酷な部分対象の発見である。

半開きになった箱と閉じた器の論理にほかならない嫉妬の論理がここにある。嫉妬の論理は、恋人を監禁し幽閉するということによって貫かれる。スワンがオデットに対する愛の終わりに予感する法則はこのようなものであり、話者はすでにそれを母に対する愛の中で察知していたが、まだそれを適用する力を持たず、ついにアルベルチーヌへの愛においてそれを適用するのである。[16]『失われた時』のあらゆる秘密の系譜、闇の中の囚われ人たち。監禁すること、それはまず愛される存在から、それが内包するあらゆる可能世界を除去すること、これらの世界を解読し解明することである。しかしそれはまたそのような世界を内包の点に結びつけ、その世界が愛される者に所属することを示す襞に結びつけることでもある。[17]ついでそれは愛される者に属する未知の世界を構成する同性愛の系列を切断することである。それはまた愛される者の原罪として同性愛を発見することで

（13）JF₃, I, 794.〔II, 152. 四巻・三三六頁〕
（14）CS₂, I, 276.〔I, 271-72. 二巻・二〇八―一一頁〕
（15）SG₂, II, 1115.〔III, 500. 九巻・五八三頁〕
（16）JF, I, 563. Et AD, III, 434.〔I, 553. 三巻・三〇二頁、IV, 17-18. 十二巻・五三―五四頁〕
（17）P₁, III, 172-174.〔III, 677-80. 十巻・三八四―八五頁〕

あり、この者を監禁しながら人は罪人を罰するのである。最後に、監禁することは、隣接する方面、両性、そして部分対象が、昆虫（第三者的対象）の訪れる横断的次元において交通することを妨げるのだ。それは呪われた交換を妨害しながら、それぞれを自分の中に閉じ込めることなのだ。しかしそれはまた、そのような対象を互いのすぐそばにおき、それらが独自の交通システムを作り出すがままにしておくのであり、このシステムはいつも私たちの期待を不意打ちし、奇蹟的な偶然を創造し、そして私たちの疑いをそらすのである（シーニュの秘密）。嫉妬から始まる監禁、覗こうという情念、そして冒瀆行為、これらの間には驚くべき関係がある。監禁、のぞき見、そして冒瀆とはプルーストの三位一体である。というのも監禁することは、まさに見られることなく見るという位置に自分を置くことであり、つまり他者の視点によって邪魔される危険なしに見ることであって、この他者は私たちを内包するのと同じくらい、私たちを世界から締め出していたのである。アルベルチーヌが眠るのを見るとは、そのようなことである。見ることは、まさに他者を構成しつつも通じないまま隣接するもろもろの方面に他者を還元することであり、横断的交通の様式を期待することであり、これらの仕切られた半分は、そのような様式を設ける手段を見出すことになるのだ。したがって見ることとは、見させること、見るべきものを与えることの誘惑において、たとえ象徴的にすぎなくても、自分を乗り越えるのだ。見させること、それは奇妙な、おぞましい、醜悪な見世物の隣接性を、誰かに強要することであろう。それは単に閉じられ隣接するもろもろの器を見ること、その間に自然にもとる交合が生ずることになる部分対象を見ることを彼に強要するだけでなく、まるで彼がこれらの対象の一つであり、横断的に交通するはずの隣接するこれらの方面の一つであるかのように彼自身を扱うのである。

プルーストにとって親密な冒瀆という主題はここから出てくる。ヴァントゥイユ嬢は彼女の性的戯れと隣接するところに父の写真を置いておく。話者は一家の家具を娼館に運ばせる。母の部屋の隣でアルベルチーヌに抱かれ、彼はアルベルチーヌの身体に隣接する部分対象（舌）の状態に母を貶めることができる。あるいはまた夢の中で、彼は傷ついたネズミのように両親を檻の中に入れるのだが、ネズミは自分らを貫いて飛び上がらせる横断的運動に翻弄される。いたるところで、冒瀆することは母（あるいは父）を部分対象として機能させること、すなわち母を細分化し、隣接する見世物を見させ、この見世物の中で彼女を右往左往させることでさえある。そんな見世物を彼女はもはや止めさせることが出来ず、そこから抜け出ることもできず、見世物に隣接させられるだけだ。(18) 第フロイトは法との関連において二つの根本的不安を指定していた。一方では、愛される存在に対する攻撃性は愛の喪失の脅威を伴い、他方では反転して自己に対する有罪性を伴うのである。第

(18) 彼の作品と人生において頻出するあの冒瀆の主題を、プルーストは一般に「信頼」という言葉で示している。例えば CS1, I, 162-164.〔I, 160-62. 一巻・三四九―五四頁〕。むしろそれは閉じられた器の間の隣接性、仕切り分け、そして交通などのあらゆる技術に関わるものと思われる。

二の形象は法に抑鬱的な意識を与えるが、第一のそれは法の分裂的意識なのだ。ところがプルーストにおいて、有罪性の主題は道徳的であるよりもむしろ表面的、社会的なままで、話者において内面化されるよりもむしろ他者たちに投影され、統計的系列において配分されるのである。逆に愛の喪失は、まさに運命または法を定義するのだ。つまり愛されることなく愛すること。なぜならば愛は、愛される者におけるこれらの可能世界の把握を伴い、これらは私を捕獲すると同時に私を追放し、同性愛の不可知の世界において頂点に達するからである。――しかしそれはまた愛するのをやめることでもある。なぜならば諸世界を無にすること、愛される者を解明することは、愛する自我を死に至らせるからである。(19)「自分が愛する者に対して、つらく悪賢く振舞うこと」、なぜならば肝心なのは、その者を監禁すること、その者があなたをもはや見ることができないときにその者を見ることであり、仕切られた舞台をその者に見せてやることであるからだ。この者はその恥ずべき劇場であり、あるいはまた単に憤慨する観客なのだ。監禁すること、覗くこと、冒瀆することは、愛の法則の全体を要約している。

つまりロゴスから引きはがされた世界において、一般に法則というものは全体なき諸部分を統括するのであり、そんな部分の半開きの、または閉じられた本性を私たちは見たのである。そして同一の世界においてそれらを統合し、または接近させるどころか、この法則はそれらのずれ、隔たり、距離、仕切り分けを測定し、通じあわない器の間のとてつもない交通や、あらゆる全体化を嫌うもろもろの箱の間の横断的統一性を確立するだけで、一つの世界に別の世界の断片を力ずくで挿入し、様々な距離の無限の空虚の中に諸世界と雑多な観点を推進させるのだ。だからこそ法則はすでにその最も単純な水準から、社会的あるいは自然的法則として望遠鏡を通じて現れるのであって、顕微鏡を通じて現れるのではない。なるほどプルーストは、無限小のものという語彙を採用することがある。アルベルチーヌの顔、またはむしろ数々の顔は「無限小の線の彎曲」によって異なり、集団の乙女たちの顔は「線の無限に小さな差異」[20]によって異なる。しかしこのときでさえ線のわずかな彎曲は、色彩をもたらすものとして重要なだけであり、それらは次元を変えながら、たがいの間でずれ、遠ざかってゆくのだ。『失われた時』の道具は望遠鏡であって顕微鏡ではない。なぜなら無限の距離がいつも無限小の諸引力の根底に横たわるからであり、望遠という主題は遠くから見えるもの、諸世界の間の衝突から見えるもの、諸部分の互いの中への折り畳みから見えるもの、というプルーストの三つの形象を統一しているからだ。「やがて私はいくつかの素描を見せることが出来た。それを見て誰も何も理解しなかった。もろもろの真実についての私の知覚に好意的だった人々、

(19) 愛されることなく愛すること：JF3, I, 927.〔II, 279-80. 四巻・六〇四―六〇六頁〕。愛するのをやめること：JF2, I, 610-611; P1, III, 173.〔I, 599-601. 三巻・三九八―九九頁／III, 678-79. 十巻・三八六―八九頁〕。自分が愛する者に対して、つらく悪賢く振舞うこと：P1, III, 111.〔III, 618-19. 十巻・二三八―二三九頁〕

(20) CG2, II, 366 ; JF3, I, 945-946.〔II, 661. 七巻・六六頁／II, 297. 四巻・六三九頁〕

やがて私はそんな真実を時間の中に刻み付けようとしたのだが、彼らはそれを私が「顕微鏡」で発見したというわけで祝福してくれた。反対に私は望遠鏡を用いて、実は非常に仔細な事物を認知しようとしたのだ。それらは遠く離れた距離に位置し、それぞれが一つの世界であったからだ。私が大きな法則を探求していたのに、人は重箱の隅をつつく者と私を呼んだのである」[21]。レストランの部屋にはテーブルの数だけ惑星があり、その周りで給仕たちが革命を起こしている。乙女たちの集団は見たところ不規則な運動をしており、その法則は我慢強い観察者によってのみ発見されうる。「情念の天文学」。アルベルチーヌの中に内包された世界は、「望遠鏡のおかげで[22]」惑星上に見えてくるものの特性を持っている。そしてもし苦しみが一つの太陽であるとすれば、それはその光線がもろもろの距離を無化することなく一足飛びに距離を踏破するからである。そしてこれはまさに隣接性について、隣接する事物の仕切り分けについて、私たちが見たことである。つまり隣接性は距離を無限小に還元するのではなく、間隙のない距離を肯定し引き延ばすのであり、この距離は常に天文学的な、常に望遠鏡的な法則に合致し、この法則は宇宙の不揃いな諸断片を統括している。

（21）TR₂, III, 1041.〔IV, 618. 十四巻・二八七―八八頁。訳注：この引用でドゥルーズは「私はそんな真実を時間（temps）の中に刻み付けようとしたのだが……」としているが、NRF版 TR₂, p. 221、プレイヤッド叢書旧版新版のいずれでも、「時間」ではなく「聖堂」（temple）となっている。〕
（22）JF₃, I, 794, 810, 831.〔III, 152, 167-68, 187-88. 四巻・三三六、三七二、四一二頁〕

第四章　三つの機械

ところで望遠鏡は機能するのである。ある「情念の天文学」のための心理的望遠鏡として『失われた時』は、プルーストが制作すると同時に使用する一つの道具であるだけではない。それは他者にとっての道具であり、他者はその使用法を学習しなければならないのだ。「彼らは私の読者というわけではなく、彼ら自身を独自に読むものであり、私の本は、コンブレーの眼鏡屋がお客に提供するものに似た一種の拡大鏡に過ぎなかった。私の本によって、私は彼らに自分自身の内側を読む手段を提供していたのだ。したがって私は彼らに私を賞賛することも非難することも求めはしないで、単にそれがあたっているかどうか、彼らが自分の内に読む言葉はまさに私が書いたとおりの言葉であるかどうか言ってくれることを求めていた（それにこの点に関してありうる見解の相違は、いつも私の過ちからくるはずはなく、ときには読者の目が、自分の内を正しく読むのに私の本が助けになるような人々の目ではないことから来ていた）」(1)。そして『失われた時』は、単なる道具ではなく一つの機械なのである。現代の芸術作品は人が望むあらゆるもの、これであり、それであり、またあれでもある。それが作動するからには、人が望むあらゆるものであること、人が望むことについて多元的決定を行うことはその特性でさえある。つまり現代の芸術作品は一つの機械であり、その資格において機能するのだ。マルカム・ラウリーは自分の小説について、めざましいことを言っている。「それは一種の交響楽、あるいはまた一種のオペラ、あるいはウエスタン・オペラなんかだと言ってもいい。それはジャズ、詩、歌、悲劇、喜劇、笑劇、等々……それは予言、政治的予告、暗号文、いかがわしい映画、そしてメネ－テケル－ファレス〔訳注1〕……それを一種の機械仕掛けと受け取ってもいい、そしてそれは機能する、間違いなく、私はやってみたんだ(2)」。プルーストは彼の作品を読むことではなく、むしろ私たちが自身の内側を読むためにそれを用いることを薦めながら、別のことを言おうとしているわけではない。『失われた時』の中にソナタや七重奏曲があるのではなく、まさに『失われた時』そのものがソナタであり七重奏曲であり、そしてオペラ・コミックでもある。さらにはプルーストが付け加えているように、一つのカテドラル、そして一つのドレスでもある。(3)そして両性に関する予言、ドレフュス事件と一九一四年の戦争の根底から私たちに伝わってくる政治的予告、社会的、外交的、戦略的、愛欲的、美学的なあらゆる言語を解読し暗号化する一つの暗号文、一つの西部劇あるいは『囚われの女』についてのいかがわしい映画、どこかのメネ－テケル－ファレス、社交の手引き、形而上学入門、シーニュまたは嫉妬の錯乱、様々な能力の調教訓練。全体を機能させることなら何だっていい、そして「それは機能する、間違いない」。ロゴス、器官、そしてオルガノンは、それが所属する全体の中に意味を発見するしかないが、アンチロゴス、機械、そして機械仕掛けはそれに対立し、その意味（あなたの望むものすべて）はただ機能にかかっており、そして機能は分離された部分にかかわっている。現代芸術の作品に意味の問題はなく、使用の問題があるだけである。

なぜ一つの機械なのか。それはこのように理解された芸術作品が本質的に生産的であり、ある種の真実を生産するからである。プルースト以上に次のことを強調したものはいない。真実は生産されるということ、それは私たちの内で機能する諸機械の数々の秩序によって生産され、私たちの印象から抽出され、私たちの生の中に穿たれ、一つの作品の中に委ねられるのだ。だからこそプルーストは、生産されたのではなく単に発見された真実、あるいは反対に創造されたものにすぎな

（1）TR2, III, 1033. Et III, 911.〔IV, 610. 十四巻・二六九頁、IV, 490. 十三巻・五二二頁〕。「しかし（倒錯のような）別の特殊性のせいで、読者は正しく読むためにあるやり方で読むことを必要とするようになるかもしれない。作者はそれで憤慨するにはおよばず、反対にこう告げながら、読者に最大の自由を委ねるべきなのだ。もし、こっちの眼鏡が、いやあっちのが、いや別のがよく見えるなら、それを使ってあなた自身をご覧なさい」。

〔訳注1〕旧約聖書「ダニエル書」五－二五の「メネ、メネ、テケル、ウパルシン」参照。ダニエルは、神がしるしたこの文字の意味を、王に対して解き明かす。

（2）Malcom Lowry, *Choix de lettres*, Denoël édit. pp. 86-87.

（3）TR2, III, 1033.〔IV, 610. 十四巻・二七〇頁〕

い真実の状態を頑なに拒否し、かつ知性を前面に出してみずからを前提する思考の状態、発見や創造に対応する意志的使用の中にあらゆる能力を結集する思考の状態（ロゴス）を拒否するのである。「純粋な知性によって形成される諸観念は、論理的真実しか可能的真実しか持つことがなく、それらの選択は恣意的である。私たち自身によって記されたものではない形象化された文字からなる書物だけが私たちの本である。私たちが形成する諸観念が論理的に正しいことはありえないからではない。ただ私たちはそれらが真実なのかどうかを知らないのだ」[4]。そして創造的想像力も、発見し観察する知性より優れているわけではない。

私たちはプルーストが創造することと－追憶することのプラトン主義的な等価性をどのように革新していたか見てきた。しかし要するに、追憶することと創造することはもはや同じ生産の二つの側面でしかない──「解釈すること」、「解読すること」、「翻訳すること」は、ここで生産過程そのものなのである。まさに芸術作品は生産であるからこそ、意味ではなく使用という特別な問題を提起するのだ[5]。思考することさえも思考の中に生み出されなければならない。あらゆる生産は印象から出発する。なぜなら印象だけが出会いの偶然と結果の必然を、印象が私たちに被らせる暴力を、自分の内に結集するからである。あらゆる生産はそれゆえ一つのシーニュから出発し、無意志的なものの深さと曖昧さを前提としている。「想像力、思考はそれ自体で賞賛すべき機械でありうるが、それらは不活性的であるかもしれない。そのときは苦しみがそれらを起動させるのである」[6]。私たちが見たように、そのときシーニュはその本性にしたがって何らかの能力に揺さぶりをかけるが、決して全能力を一緒に揺さぶるのではなく、その能力を無意志的な分散された行使の限界にまで導くのであり、これによってその能力は意味を生み出すのである。シーニュのある種の分類法が私たちに示唆していたのは、何らかの場合に作用を開始する諸能力であり、そして生産される意味の種類であった（とりわけ一般的諸法則、あるいは特異な諸本質）。いずれにしてもシーニュの強制のもとで選択された能力こそが、解釈行為を構成するのだ。そして解釈行為は場合に応じて意味、法則、あるいは本質を生産するが、それらはいつも一つの生産物なのだ。つまり意味（真実）は決して印象の中にも、追憶の中にさえもなく、追憶または印象の「精神的等価物」と一体であり、これは解釈の無意志的機械によって生産されるものである。[7] まさにこの精神的等価物の概念が、追憶することと創造することの新しい絆を基礎づけ、また芸術作品としての生産過程の中にそれを基礎づ

（4）TR2, III, 900.〔IV, 479. 十三巻・五〇二頁〕。「感受性豊かに生まれながら想像力を持たないかもしれない人間が、にもかかわらず素晴らしい小説を書くこともあろう」。
（5）文学との関係における生産の観念については、ピエール・マシュレー『文学生産の理論』〔内藤陽哉訳、合同出版、一九六九年〕を参照。Pierre Macherey, *Pour une théorie de la production littéraire*. Maspéro édit.
（6）TR3, III, 909.〔IV, 487. 十三巻・五一七頁〕
（7）TR 2, III, 879.〔IV, 457. 十三巻・四五五頁〕。まだあまりに物質的な記憶さえも「精神的等価物」を必要とする。Cf. P2, III, 374-375.〔III, 876-78. 十一巻・四一八—二二頁〕

けるのだ。

『失われた時』はまさに探求された真実の生産なのだ。そこにまだ真実はないが、生産の秩序としての真実の秩序がある。そして見出された時の諸真実と失われた時の諸真実がある、と言っても十分ではない。というのも大いなる最終的な体系化は、真実について二つの秩序ではなく、三つの秩序を区別しているからである。確かに第一の秩序はまさに見出された時に関わるように思われる。それは自然的想起と美学的本質のあらゆる実例を包括しているからだ。そして第二と第三の秩序は失われた時の流れの中で溶け合い、単に副次的な真実を生産するにすぎないように見える。そんな真実は第一秩序の真実を「挿入し」たり、「象嵌し」たり、「固定し」たりすると言われるのだ[8]。とところが素材の規定と文章の運動は、三つの秩序を区別するように私たちを強いるのだ。出現する第一の秩序は想起と本質によって、つまり最も特異なものによって、そしてそれらに対応する見出された時間の生産によって、この生産（自然的そして芸術的シーニュ）の状況と動因によって定義される。第二の秩序もやはり芸術と芸術作品に関わる。しかしこの秩序が集合させるのは、みずからの十全性をおのれの内に持つのではなく別のものに依拠するような快楽と苦痛なのだ。たとえこの別のものとその指向性は感知されないままであろうとも。それは社交的シーニュおよび愛のシーニュであり、要するに一般的法則にしたがい、失われた時間の生産に介入するあらゆるものである（というのも失われた時間もまた生産に関わる事柄であるからだ）。最後に第三の秩序もやはり芸術に関わるが、それは普遍的な変質、死、そして死の観念、災厄の生産によって定義される（老化、病、死のシーニュ）。文章の運動について言うならば、次のことは決して同じように起きるのではない。つまり第二秩序の真実が一種の対応物を、別の生産領域における反証を与えながら、第一秩序の真実を補助し、あるいは「挿入する」。そして第三秩序の真実がおそらく第一秩序の真実を「象嵌し」「固定する」ことになるが、それらに真の「反駁」を突きつけ、この反駁はこれら二つの生産秩序の間で克服されねばならないだろう。(9)

すべての問題はこれら三つの秩序の本性の中にある。見出された時の提示の秩序は最終的表出の観点から、この時間に必然的に優越性を与えるものなのだが、もし私たちがそれに従わないならば私たちは、十全ではなく指向性が不確定で一般的法則にしたがう苦痛と快楽を始原的秩序と考える

（8）TR₂, III, 898, 932, 967.〔IV, 477. 十三巻・四九六頁、510. 十四巻・五一頁、545. 十四巻・一二五頁〕

（9）「ゲルマント夫人宅におけるマチネ」からの『見出された時』の組織は、したがって次のようなものである。（a）芸術作品の第一次元としての特異な想起と本質の秩序、TR₂, III, 866-896.〔IV, 444-75. 十三巻・四二九―九二頁〕（b）全体的芸術作品の諸要求にしたがう苦しみと愛における転換、III, 896-898.〔IV, 475-77. 十三巻・四九二―九六頁〕（c）第一次元を肯定する芸術作品の第二次元としての快楽と苦しみの秩序、そしてそれらの一般法則、III, 899-917.〔IV, 477-96. 十三巻・四九六―五三七頁〕（d）第一次元への転換、回帰、III, 918-920.〔IV, 496-99. 十四巻・二一―二六頁〕（e）第一次元に反発しながらも矛盾を克服する芸術作品の第三次元としての変質と死の秩序、III, 921-1029.〔IV, 499-606. 十四巻・二六―二六〇頁〕（f）三つの次元を備えた〈書物〉、III, 1029-1048.〔IV, 606-25. 十四巻・二六〇―三〇三頁〕

しかない。ところが奇妙なことにプルーストは、ここで社交生活の価値をその気まぐれな快楽とともに、愛の価値をその苦しみとともに、そして睡眠の価値さえもその夢とともに一括するのである。一文学者の「使命」において、それらの価値はすべて一つの「学習」を構成し、すなわち最終的生産物において後になって初めて認知されるしかない生《なま》の素材との親密性を構成するのである。(10) おそらくそれらは極端に異なるシーニュであり、とりわけ社交的シーニュと愛のシーニュである。しかしそれらの共通点は、それらを解釈する能力の中にあるということを私たちは見た——それは知性なのであるが、前に来るのではなく、後にやってくる知性であり、シーニュの強制によって迫られるものだ。そしてこれらのシーニュに対応する意味の中には、いつもある一般的法則があり、この法則が社交生活におけるように一集団の法則であろうと、あるいは愛におけるように愛される存在の一系列の法則であろうと変わりはない。しかしこれはまだ粗雑な類似に関することでしかないのだ。第一種の機械をもっと厳密に考察するならば、それが何よりもまず部分対象の生産によって定義されることがわかってくる。先に定義されたように、それは全体性なき断片、寸断された部分、通じあわない器、仕切られた舞台などである。そのうえで、もし相変わらず一般法則があるとすれば、プルーストにおいて法則が持つ特別な意味においてであり、それは一つの全体に収集するのではなく、反対に距離、へだたり、仕切り分けを調整するものなのである。もし睡眠中の夢がこの集団の中に現れるとすれば、それは断片を相互浸透させる能力、異なる宇宙を流転させる能力、そしてそれらの「膨大な距離」を無にすることなく飛び越える能力によってである。[11] 私たちが夢に見る人物たちは、彼らの包括的性格を失い部分対象として扱われる。彼らの一部分が私たちの夢によって天引きされるかもしれないし、彼らはまるごと、このような部分として機能するかもしれない。ところで社交的な素材が私たちに与えるのはまさにこのようなことであった。つまり気まぐれな夢の中のように、一人の人物の両肩の動きや、別の人物の首の動きを、それらを全体化することなく、むしろ仕切り分けするために天引きする可能性である。[12] なおさらこれは愛の素材に当てはまることで、愛される存在たちのそれぞれが、部分対象として、ある神性の「断片的反映」として機能するのであり、包括的人格の下に、仕切られた性を私たちは見出すのだ。要するにプルーストにおける一般的法則の観念は、部分対象の生産、そして集団的真実の、またはそれに対応する系列の真実の生産と切り離せない。

第二のタイプの機械は共振を、共振の効果を生産する。最もよく知られているのは無意志的記憶の効果であり、それは現在と過去という二つの瞬間を共振させるものである。しかし欲望そのものが共振の効果なのである（したがってマルタンヴィルの鐘楼は想起の一例ではない）。それ以上

（10）TR₂, III, 899-907.〔IV. 477-86. 十三巻・四九七—五一四頁〕
（11）TR₂, III, 911.〔IV, 490. 十三巻・五二三頁〕
（12）TR₂, III, 900.〔IV, 479. 十三巻・五〇一頁〕

に芸術は、記憶に属するものではない共振を生み出すのである。「おぼろげな印象たちがときどき……これらの想起のようにして私の思考を求めたが、それはかつての感覚ではなく、新しい真実、貴重なイメージを隠していたのであり、人が何かを思い出そうと努めるのと同じ種類の努力によって私はそれらを発見しようとしていた[13]」。つまり芸術は「単語のつながりの描写しがたい脈絡によって[14]」、二つの離れた対象を共振させるのである。この新たな生産秩序が、部分対象の先行する生産を前提とし、部分対象から出発して確立されると考えてはならない。それでは二つの秩序の間の関係を見誤ることになろう。この関係は基礎づけの関係ではない。関係とはむしろ充実した時間と空虚な時間の間にあるようなもので、あるいは生産物の観点からすれば、見出された時間の真実と失われた時間の真実の間にあるようなものである。共振の秩序はそれが作動させる抽出あるいは解釈の能力によって区別され、またその生産物の質によって区別されるが、この質はまた生産の様式でもある。もはやそれは集団あるいは系列の一般的法則ではなく、想起のシーニュの場合には、ある特異な局所的または局所化する本質であり、芸術のシーニュの場合には、個体化する本質である。共振は部分対象によって与えられる数々の断片の上に成り立つのではない。共振は他からそれにやってくる断片を全体化するのではない。それ自体がみずから固有の断片を抽出し、自身の指向性にしたがって断片を共振させるのだが、断片を全体化することはない。なぜならいつも肝心なことは、一つの「対決」、一つの「闘争」あるいは「戦闘」だからである[15]。そして共振の過程によって、共振させる機械において生産されるものとは特異な本質であり、共振する二つの瞬間よりも高次の〈観点〉であり、一方から他方にわたる連合作用の鎖とは断絶している。体験されたことのないものとしての、みずからの本質におけるコンブレー、決して見られたことがない、〈観点〉としてのコンブレー。

先に私たちが確かめたように、失われた時と見出された時は、同じ断片化あるいは細分化の構造を持っている。二つの時間はそれによって区別されるわけではない。失われた時をその秩序において非生産的なものとして示すことは、見出された時をその秩序において全体化するものとして示すことと同じように誤りだろう。反対にここには二つの相補的な生産過程が存在し、それらが細分化する断片によってそれぞれが定義されるのである。その体制と、その生産物、そこに定着する充実した時間、あるいは空虚な時間など。だからなおさらプルーストは二つの間に対立を見るのではなく、共振の生産を補助し、さらにそれを挿入するものとして部分対象の生産を定義しているのだ。

(13) TR2, III, 878.〔IV, 456. 十三巻・四五四頁〕
(14) TR2, III, 889.〔十三巻・四七七―四七八頁。訳注：この引用はNRF版 TR2, p. 36 によっている。プレイヤッド叢書の旧版・新版では採用されなかった異文として、この部分が紹介してあるが、「描写しがたい」(indescriptible) は、「不滅の」(indestructible) としてある。〕
(15) P2, III, 260 ; TR2, III, 874.〔III, 764. 十一巻・一六一頁、IV, 453. 十三巻・四四七頁〕

こうして文学者の「使命」は単に学習あるいは不確定な指向性（空虚な時間）から成るのではなく、恍惚あるいは最終的目標（充実した時間）からなるのだ。[16]

プルーストにおいて新しいこと、マドレーヌの永遠の成功そして永遠の意味作用を生んだもの、それは単にこれらのもたらす恍惚または特権的な瞬間の存在ではない。そんな瞬間なら文学には数えきれない実例がある。[17] かといって、それはプルーストが固有のスタイルでそれらを提示し分析するあの独創的な手法のせいだけでもない。むしろ彼がそれらの瞬間を生産し、それらがある文学機械の効果となっているという事実が新しく永遠なのだ。『失われた時』の末尾のゲルマント夫人宅におけるもろもろの共振の増殖はここからきている。あたかも機械が、その十全な体制をそこに見出すかのように。もはや肝心なのは文学者が報告する、あるいは彼が利用する文学外の体験ではなく、文学によって生じる芸術的実験であり、電気的、電磁気的〈効果〉などについて人が語るような意味において、一つの文学的〈効果〉なのだ。これはまさに「それは機能する」と言うべき実例なのだ。芸術が生産する機械であり、とりわけ効果を生み出す機械であるということ、プルーストはそれを非常に強く意識している。それは他者に対する効果のことで、読者または観客は彼自身の内部に、また彼らの外部に、芸術作品が生み出しえたものと類似した効果を発見し始めるからである。「女性たちはかつての女性と異なる存在として道を通っていくようになる。それはルノワール風の人物たちだからで、このルノワールの人物たちの中にかつて私たちは女性を見ることを拒んでいたのである。車もまたルノワール風になる、そして水も空も」[18]。まさにこの意味でプルーストは、彼自身の書物が眼鏡であり光学器具であると言うのだ。プルーストを読んだ後で、彼が描出している共振に類似する現象に気づいた、というようなことは馬鹿げていると思うのは愚か者だけである。それは記憶錯誤、既視感、記憶過多などの症例ではないかと問うたりするのは、一部の知ったかぶりにすぎない。ところがプルーストの独創性とは、彼以前には存在しなかった切断と力学を古典的領域の中に切り開いたということなのだ。しかし重要なことは、単に他者たちに対して生み出される効果だけではない。まさに芸術作品こそが自分自身の内に、そして自分自身に対して固有の効果を生み出し、それによってみずからを満たし、みずからを養う。すなわち芸術作品はみずからが生み出すもろもろの真実によってみずからを養うのである。

よくわきまえておかねばならないのは、生産されるものとは、単にプルーストがこれらの共振現象について与える解釈（「もろもろの原因の追求」）ではないということである。あるいはむしろすべての現象それ自体が解釈なのである。もちろん現象の客観的側面が存在する。客観的側面とは、例えば二つの瞬間に共通の質としてのマドレーヌの味である。当然ながら主観的側面もまた存在す

（16）共振の恍惚的性格については、cf. TR2, III, 874-875.〔IV, 452-54. 十三巻・四四六―四九頁〕
（17）ミシェル・スリオーによるすぐれた分析を参照。Michel SOURIAU, La matière, la lettre et le verbe, *Recherches philosophiques*, III.
（18）CG2, II, 327.〔II, 623. 六巻・三四二頁〕

る。体験されたコンブレー全体をこの味に結びつける連合作用の鎖がそれである。しかし共振がこのように客観的かつ主観的条件を持つとしても、それが生み出すのはまったく別の本性に属するもの、つまり本質、精神的〈等価物〉なのである。なぜなら、このコンブレーこそは決して見られたことがなく、主観的な連鎖とは断絶しているからである。だからこそ生産することは、発見することとも創造することとも別の何かなのだ。そして『失われた時』の全体が、徐々に事物の観察からも主観的想像力からも遠ざかっていく。ところが『失われた時』がこの二重の放棄、この二重の純化を実行するにつれて、話者はなおさら気づくのである。共振は美学的効果を生み出すものであるのみならず、それ自体が生み出されうるもので、それ自体が一つの芸術的効果でありうるということを。

そしておそらく話者は、このことに最初は気づいていなかったのである。それにしても『失われた時』の全体が、芸術と生の間のある論争を、またこの本の最後でやっと答えを受け取る芸術と生の関係という問題を内に含んでいる（厳密に言えば、芸術は単に発見者あるいは創造者ではなく生産者である、ということの発見においてその答えは与えられる）。『失われた時』の進展につれて、恍惚としての共振が生の最終的目標として確かに現われるとしても、芸術がそれに何を付け加えることが出来るのか私たちにはわからず、そして話者は芸術に関して最大の疑問を感じる。そのとき共振はある種の効果を生産するものとして現れうるのだが、それは与えられた客観的、主観的な自然的条件において、また無意志的記憶の無意識的機械を通じて現れるのだ。しかし最後に私たちは、芸術が自然に何を付け加えることができるか理解するのだ。すなわち芸術は共振そのものを生産する、なぜならスタイルは何らかの二つの対象を共振させ、そこから一つの「貴重なイメージ」を抽出するからだ。無意識的自然的生産物の限定された条件の代わりに、芸術的生産の自由な条件を設けることによって。[19] このときから芸術はその正体を見せ、生の最終目標を現わすのであり、それは生がそれ自体では実現しえないものである。そして無意志的記憶は与えられた共振しか使用しないので、もはや生における芸術の始まりにすぎず、第一の段階にすぎない。[20] 自然あるいは生は、まだあまりに重く、芸術において、やっとみずからの精神的等価物を見出したのである。無意志的記憶さえもみずからの精神的等価物を、生産され、かつ生産する純粋な思考を、ここに発見したのである。したがってあらゆる関心は、特権的な自然的瞬間から、そのような瞬間を生み出しあるいは再生し、それを増殖しうるような芸術的機械に移るのだ。この機械とは〈書物〉なのである。この点で比較可能なのはジョイスと彼の公現《エピファニー》〔訳注2〕機械だけである。というのはジョイスもまた対象の側に、意

（19）TR₂, III, 878, 889.〔IV, 456-57. 十三巻・四五四―五五頁、467-68. 十三巻・四七六―七八頁〕

（20）TR₂, III, 889.〔IV, 468. 十三巻・四七八頁〕。「この観点から見れば、自然それ自体が私を芸術の道に導いたのではなかったか。それこそが芸術の始まりではなかったか」。

〔訳注2〕　公現（エピファニー）：もとはキリストの「公現」を意味する言葉だが、J・ジョイスにとっては、初期の作品に

味する内容または理念的意味作用の中に、次には審美家の主観的経験の中に、公現《エピファニー》の秘密を探ることから始めているのだ。意味する内容と理念的意味作用が、断片とカオスの多様性を優先して崩壊したときだけ、また混沌とした多様な非人称性を優先して主観的形態が崩壊したときだけ、芸術作品はその全幅の意味を獲得し、つまり正確に言えば、人が欲するあらゆる意味を、その機能にしたがって獲得する――本質的なことはそれが機能することだ、間違いなく。このとき芸術家は、そして次に読者は「分解し（disentangles）」、そして「また組み立てる（re-embodies）」ものである。二つの対象を共振させながら彼は公現を引き起こし、それを規定する自然的条件から貴重なイメージを抽出し、ついには選ばれた芸術的条件においてそれを新たに肉化するのである。[21]「意味するものと意味されるものは、詩的な意味では必然的な短絡によって、しかし存在論的には無根拠で予測されない短絡によって溶解する。暗号化された言語は、作品の外部の客観的宇宙を参照するのではない。その理解は作品の内部でしか価値を持たず、作品の構造によって決定されるものである。〈全体〉としての作品は、それが従属する新たな言語学的約定を提案し、それ自体がみずからに固有の暗号の鍵となる[22]」。そのうえ作品が一つの全体であるのは、新しい意味においてであり、もっぱらこれらの新しい言語学的約定のおかげである。

まだ第三のプルースト的秩序が残っている。それは普遍的な変質と死の秩序である。ゲルマント夫人のサロンが招待客たちの老化とともに立ち会わせるのは、顔の部分の歪み、身振りの分断、筋肉の不協和、色彩の変化、身体の上にできた苔、地衣類、脂ぎったシミ、壮絶な変装、壮絶なまでに耄碌した人物たちである。いたるところに死の接近、ある「恐るべきもの」の現前という感じ、最後の終わり、さらには脱落した世界を襲う最終的破局の印象があり、この世界は忘却に支配されるのみならず時間によって蝕まれている（「弛緩し、あるいは粉砕され、抑圧的機械のばね仕掛けはもはや機能していなかった」……）。[23]

ところがこの最後の秩序は他の二つの秩序に挿入されるようなので、なおさら問題を生じるのだ。恍惚の下にはすでに抜かりのない死の観念が潜んでおり、過去の瞬間は忍びこんできても全速力で

おいて創作のモチーフとなった重要な概念である。「エピファニーという言葉で彼は突然の精神的顕現を意味していた。言葉や身振りの卑俗性においてであれ、精神そのものの忘れがたい位相においてであれ」（J. Joyce, *Stephen Hero*, Jonathan Cape, p. 216）。ジョイスは「エピファニー」と題した短い散文、素描を数々書いて、その一部を作品の中に組み込んだ。

（21）ジョイス『スティーヴン・ヒーロー』参照（プルーストにおいても同じことがあてはまり、芸術において、本質それ自体が、与えられた自然的条件に依存する代わりに、みずからの体現の条件を決定するということを私たちは見た）。

（22）Umberto Eco, *L'Œuvre ouverte*, Editions du Seuil, p. 231.〔ウンベルト・エーコ『開かれた作品』（新装版）篠原資明・和田忠彦訳、青土社、一九九七年。ただしこの訳書には、「ジョイス論」は収録されていない。ドゥルーズは一九六五年刊行の仏訳を参照しているが、この邦訳書は一九六七年刊行の第二版を底本としており、そこに「ジョイス論」は含まれていなかった。またこのジョイス論は「開かれた詩学」（米川良夫訳、丸谷才一編『ジェイムズ・ジョイス――現代作家論』改装版、早川書房、一九九二年）として翻訳されているが、これも部分訳でドゥルーズが引用している箇所は含まれていない。〕

（23）TR2, III, 957.〔IV, 535. 十四巻・一〇二頁〕

すぐ遠のいて行ったのではないか。こうして話者が半長靴のボタンをはずそうとしてかがんだとき、すべてが確かに恍惚の中にあるかのように始まり、現在の瞬間は過去の瞬間と共振して、かがんでいる姿の祖母を生き返らせたのである。しかし喜びは耐えがたい苦痛に場所を譲り、二つの瞬間の結合は、死と無の確信において、過去の瞬間の死に物狂いの逃走に加勢して解体してしまった[24]。同じく数々の愛において、あるいは一つ一つの愛においてさえ、別々の自我の継起は、すでにもろもろの自殺や死の長々とした行列を含んでいた[25]。しかしながら最初の二つの秩序はそれらの和解という特別な問題を生ずることはなく、一方は空虚な時間を、他方は充実した時間を表象し、一方は失われた時を、他方は見出された時を表象していたが、今は反対にこの第三の秩序と他の二つとの間に見出すべき和解と克服すべき矛盾がある（だからプルーストはここで自分の企みに反する「最も深刻な反駁」について語っているのだ）。つまり第一秩序の諸対象と数々の部分的自我は互いに対して、また互いの関係において死をもたらし、各人は他者の死に対して無関心なままである。それゆえ彼らはまだ死の観念をはっきりさせてはいない。これはあらゆる断片を例外なく包み込み、それらを最後の普遍的終末に向けて導いていくような死の観念なのだ。なおさら第二秩序の残存と第三秩序の無の間には、また「追憶の固着性」と「諸存在の変質」の間、恍惚のうちの最終的目標と最後の破局的終末との間には、一つの「矛盾」があらわになる[26]。これは祖母の思い出の中では解決されていない矛盾であるが、なおさらある種の深化を要求するのだ。「苦しみに満ちて今は不可解なこの印象、私はそこからいつか少々の真実を引き出すことになるのかちっともわからなかったが、もしこの少々の真実を仮に引き出すことができるにしても、それはあの実に特別で、実に自発的な印象から来るものでしかなく、それは私の知性によって与えられたのではなく、私の臆病さによって損なわれたものでもなく、死それ自体が、死の唐突な啓示が、落雷のように、超自然的かつ非人間的図式によって私の中に二重の神秘的な痕跡を刻みこんでいたのである」[27]。ここで矛盾は最も鋭い形態において現れる。最初の二つの秩序は生産的であった。まさにそのことによってそれらの間の和解は特別な問題にならなかった。しかし死の観念によって支配される第三の秩序は絶対に破局的で不毛であると感じられる。私たちはこのタイプの苦痛に満ちた印象から何かを抽出し、そして何らかの真実を生産しうる機械を思い描くことが出来るだろうか。それを思い描かずには、芸術作品は「非常に深刻な反駁」に出会うことになる。

それならば第一の秩序の攻撃性とは全く異なるこの死の観念は、何からなるものか（それは精神分析において死の本能が部分的破壊衝動と区別されるのに少し似ている）。それは〈時間〉のある

（24）SG1, II, 758.〔III, 155. 八巻・三五五―五六頁〕
（25）TR2, III, 1037.〔IV, 614-15. 十四巻・二七八―二八〇頁〕
（26）SG1, II, 759-760 ; TR2, III, 988.〔III, 156-57. 八巻・三五九―六〇頁／IV, 565. 十四巻・一七一頁〕
（27）SG1, II, 759.〔III, 156. 八巻・三五八―五九頁〕

種の効果からなるのである。同一人物の二つの状態があって、一つは私たちが追憶する過去の状態で、もう一つは現在の状態であるとすれば。一方から他方への老化の印象は、結果として古い状態を「はるか遠くのほとんどありえない過去の中に」遠のかせる、まるで地質学的時代が過ぎていったに違いないかのように。[28] というのも「流れた時間の評価において肝心なのは第一歩だけなのだ。まず私たちはこれほどの時間が過ぎたということ、ついで、それ以上には過ぎなかったということを思い浮かべるのに大変苦労する。人は十三世紀がそれほど遠い過去だとは思ったこともなかった。そしてあとでは十三世紀の教会がまだ存在しうるなどとは、ほとんど信じることが出来ないのだ」[29]。このように時間の運動、ある過去からある現在への運動は、逆方向においてもっと大規模の強制された運動に裏打ちされており、それが二つの瞬間を解消しその隔たりを強調し、時間の中のはるか遠くに過去を押しやってしまう。この第二の運動こそが時間の中に一つの「地平」を構成するのである。これを共振の残響と混同してはならない。この「地平」は時間を無限に膨張させるが、一方共振は時間を最高に凝縮するのである。したがって死の観念はある切断というよりも、むしろ混合や混同の効果なのである。なぜならば強制された運動の規模は、生者だけでなく死者によっても、あらゆる瀕死のもの、なかば死んだ、あるいは墓に駆け込むあらゆる人々によっても占められるからである。[30] しかしこの半分死んだ状態は、巨人たちの身の丈を備えてもいる。なぜなら法外な規模のただ中に、私たちは怪物的存在として人間を描くことが出来るからである。それは「空間においてみずからに予定されたあれほど狭い場所とは別様に考慮すべき一つの場所、反対に法外に拡張された場所を〈時間〉の中に占めている。なぜなら彼らは巨人たちのように、歳月の中に潜りながら彼らの生きた様々な時代に同時にかかわるからだ。それらの時代は遠く離れており、その間に実の多くの日々が挟まれていたのである――つまり時間の中に」[31]。まさにこのことによって、反駁あるいは矛盾の解決に私たちは近づいている。死の観念は一つの「反駁」ではなくなる。私たちがそれを生産の秩序に再結合し、ゆえに芸術作品の中に位置づけることができるかぎりは。広大な規模の強制的運動は遠のきの効果を、または死の観念を生産する一つの機械である。そしてこの効果において感覚可能になるのは時間そのものである。「平素は不可視の〈時間〉が可視的になろうとして、もろもろの身体を要求し、そしてそんな身体に出会ういたるところで、その身体を自分のものにして、そこに時間の幻燈を映して見せようとする」[32]、その「途方もない次元」にしたがって、老いていく顔の断片や特徴を引き裂きながら。第三秩序の機械は二つの先行する機械に合流することにな

(28) TR₂, III, 939-940.〔IV, 519. 十四巻・六八頁〕
(29) TR₂, III, 933.〔IV, 512. 十四巻・五三―五四頁〕
(30) TR₂, III, 977.〔IV, 555. 十四巻・一四七―四八頁〕
(31) TR₂, III, 1048.〔IV, 625. 十四巻・三〇三頁〕
(32) TR₂, III, 924.〔IV, 503. 十四巻・三四頁〕

り、強制的運動を生み出し、そしてその運動によって死の観念を生み出すのだ。

祖母の思い出において何が起こったのか。強制運動はある共振に連動するのである。死の観念を孕んだ運動の規模は、共振する諸瞬間そのものを一掃したのである。しかし見出された時と失われた時の間の実に暴力的な矛盾は、二つのそれぞれがみずからの生産秩序に結びつけられるかぎりで解決を見る。『失われた時』の全体が、〈書物〉の生産において三種類の機械を機動させている。すなわち部分対象の機械（もろもろの欲動）、共振の機械（エロス）、強制運動の機械（タナトス）。それぞれの機械がもろもろの真実を生産するのは、真実とは生産されるものであり、時間の効果として生産されるものであるからだ。すなわち失われた時は部分対象の断片化によって、見出された時は共振によって、別様に失われた時は強制運動の規模によって。この喪失はそのとき作品の中に移動し、その形式の条件となるのだ。

第五章　スタイル

　しかし正確に言うなら、この形式とは何か。生産または真実の諸秩序はどのように組織されるのか。諸機械は他の機械の中にどのように組織されるのか、どれ一つとして全体化の機能を持ってはいない。本質的なことは『失われた時』の諸部分は、何も欠くことがなく、断片化され細分化されたままであるということだ。すなわち永遠に部分的にとどまる部分は時間に導かれ、箱は半開きであり、器は閉じられ、全体を形成することも前提とすることもなく、この分裂の中にあって何も欠い、い、い、くことがなく、そこに有機的統一性を導入しようとしても、そんなものはすべて前もって弾劾されている。プルーストが自分の作品を大聖堂やドレスと比べるとき、それは麗しい全体性としてのロゴスを標榜するためではなく、反対に未完成、裁縫、そして継ぎはぎに対して、ある権利を尊重するためである。[1] 時間とは一つの全体ではない、その理由は、単にそれ自身が全体を妨げる審級であるということなのだ。世界は何か意味する内容を持ちはしないので、それによって私たちは世界を体系化することなどできない。また世界は理念的意味作用を持つわけでもなく、それによって世界を秩序づけ階層化することもできない。主体はまた、世界を包囲しうる、あるいはその統一性に代わりうる連合作用の鎖を持つこともない。主体のほうに注目することは、対象を観察すること以上に有益なわけではない。つまり「解釈すること」は、どちらも等しく解消するのである。そのうえ、あらゆる連合作用の鎖は、主体よりも高次の〈観点〉を優先して切断されるのである。しかし世界に対するこれらの諸観点、真の諸〈本質〉にしても、ある統一性や全体性を形成するわけではない。むしろ一つの宇宙はそれぞれの観点に対応し、他の観点と交通することがなく、天文学的世界の差異と同じくらい根本的な、還元不可能な差異を肯定するといえるだろう。芸術においては諸観点が最も純粋であるが、その芸術においてさえも「それぞれの芸術家は、こうして彼自身に忘れられた知られざる祖国の市民のように感じられ、これは他の偉大な芸術家がそこから〈大地〉を目指して出発するであろう祖国とは異なっている」(2)。そしてまさにこのことこそが本質の規定を定義すると私たちには思われた。つまりそれは連合作用の鎖と断絶した、個体そのものよりも高次の個体化する観点であって、本質は、これらの鎖の傍らに、閉じた部分において体現され、それが支配するものに近接し、それが見せるものに隣接しているのである。〈教会〉さえも風景に優越する観点としてこの風景を仕切り分けする効果を持ち、それによって定義される系列に近接する仕切られた最終的部分として、道の曲がり角にそれ自体出現するのである。つまり諸本質は、諸法則と同じく、みずからを統合し全体化する権能を持っていない。「一つの都市の数々の橋の下を流れる川は、それが全体的に分散して出現するがままに一つの観点からとらえられた、ここでは湖になって広がり、あちらでは糸のように細くなり、別のところでは天辺に林のある丘が挟まって途切れながら出現していたのである。そんな丘に市民は夕方になると黄昏の涼気を吸いに行くのだ。そしてこの動揺する都市のリズムそのものが、鐘楼の不屈の垂直線によってだけ確固としたものになっていたが、鐘楼は上に昇るのではなく、むしろ測深鉛の紐にしたがって、勝利の行進の時のようにテンポを刻みながら自分の下に宙づりに、より混沌とした家々の塊全体を支えているように思われた。そんな家々が霧の中で、押しつぶされ解けた流れに沿って、階段状に重なりあっていた[3]」。

プルーストはいくつかの水準で問題を提起している。作品の統一性をなすものは何か。一つの作

(1)〔二一五頁〕TR₂, III, 1033-1034.〔IV, 610-11. 十四巻・二七〇頁〕

(2) P₂, III, 257.〔III, 761. 十一巻・一五二頁〕。これはまさに芸術の力能である。「ただ芸術によってのみ私たちは自分から出ることができ、私たちの宇宙と同じものではないその宇宙の他者が見るものを知ることができる。その宇宙の風景は月世界にありうる風景と同じくらい、私たちにとって未知なままだったかもしれないのだ。芸術のおかげで、ただ一つの世界、私たちの世界を見る代わりに、それが多数化するのを私たちは見るのである。そして独創的芸術家が数々存在するのと同じほど、私たちの意のままになる数々の世界があり、それらは無限の中を流転する諸世界よりも、互いにいっそう異なっているのだ……」(TR₂, III, 895-896〔IV, 474. 十三巻・四九一頁〕)。

(3) JF₃, I, 839-840.〔II, 195. 四巻・四二六頁〕

品と私たちを「交通させる」ものは何か。芸術の統一性が存在するとすれば、それは何によって生じるのか。私たちは部分を統合する統一性、断片を全体化する全体を探求することを放棄したのである。というのも論理的統一性としても有機的全体性としても等しく〈ロゴス〉を排斥するということは、部分または断片の特性であり本性なのだ。しかしこの〈多〉そのものの、この多様性そのものの統一性である一つの統一性が、これらの断片そのものの一つの全体として存在し、存在しなければならない。すなわちそれはある〈一〉であり、またある〈全体〉であり、原理ではなく、反対にそれは多数のものとその解《ほど》けた部分の「効果」なのである。〈一〉と〈全体〉、それは効果として、諸機械の効果として機能するのであって、原理として作用するのではない。原理として措定されるものではなく、諸機械の作用から、そしてそれらの分解された部品から、それらの通じあわない諸部分から生ずるであろう交通なのだ。哲学的にはライプニッツこそが最初に、閉じられた部分、あるいは通じあわないものから生ずる交通の問題を提起したのである。つまり扉も窓もない「モナド」の間の交通をいかに理解するか。ライプニッツの詐術めいた答えは次の通りだ。閉じられたモナドはすべて同じ備蓄を備え、みずからの術語の無限の系列において同じ世界を内包し表現しており、それぞれが他のモナドの地帯とは区別される明晰な表現の地帯を持つことで自足している。それゆえあらゆるモナドが同じ世界に対する異なる観点であり、神はそれらの観点に世界を内包させている。ライプニッツの答えは、こうして神の形態をまとって先行する一つの統一性と一つの全体性を確立しており、神はそれぞれのモナドの中に、世界のまたは情報の同じ備蓄を忍びこませ(「予定調和」)、そして神はそれらの孤独の間に自発的な「応答」を確立するのである。プルーストに従えば、もはやそのようなことはありえない。彼にとって、様々な世界は、世界に対する様々な同数の観点に対応し、彼にとって、統一性、全体性、交通は諸機械から生ずるものでしかなく、予定された備蓄を構成するものではない。[4]

繰り返すが芸術作品の問題は、ある統合性そしてある全体性の問題なのだが、統合性と全体性は、論理的なものでも有機的なものでもない。つまり失われた統一性あるいは断片化された全体性として諸部分によって前提されたものではないし、また論理的発展あるいは有機的進化につれて、諸部分によって形成され予示されるようなものでもない。プルーストはこの問題の由来を指摘しており、なおさらこの問題に意識的である。バルザックこそがそれを提起しえたのであり、まさにそのことによって新しいタイプの芸術作品を実在させることができたのだ。というのもバルザックの天才についても同じ誤解や、同じ無理解があって、そのせいで私たちは信じさせられているからだ。彼は

(4) 哲学の授業の時でしかなかったにしても、プルーストは確かにライプニッツを読んでいた。サン＝ルーは、戦争と戦略に関する自説においてライプニッツ主義的理論の特定の部分を引き合いに出している。(「僕たちがバルベックで一緒に読んでいたあの哲学書を覚えているだろう……」CGi, II, 115-116〔III, 413-15. 五巻・二四九—五三頁〕)。さらに一般的にいえば、プルーストの特異な諸本質は、プラトン主義的本質よりもライプニッツ主義的モナドにより近いように思われた。

人間喜劇の統一性について漠然とした論理的観念を前もって持っており、あるいはこの統一性は作品が進むにつれて有機的に成立するものであるなどと。ほんとうは、統一性は結果として生ずるもので、バルザックによって彼の書物の効果として発見されるのだ。一つの〈効果〉は錯覚ではない。つまり「それらに回顧的な照明を投じながら、突然彼は気づいた。同じ人物たちが戻ってくる連作にまとめれば、それらはもっと美しくなるだろうと。そして彼は、この手直しにおいて最後の最も崇高な一筆を作品に付け加えた。人為的ではない事後の統一性……虚構ではない、後に付け加えたので、たぶんなおさら現実的な統一性……」[5]。統一性の意識または発見は、後にやってきても、この〈一つのもの〉それ自体の本性と機能を変更するものではない、と信ずることは誤りである。バルザックにとっての一なるもの、あるいは全体はまったく特別なもので、部分の断片化や不調和を変質させることなしに部分から生まれるのである。バルベックのドラゴンやヴァントゥイユの楽節のように、それらは他の部分の傍らにあり、他の部分に近接する一つの部分としてそれ自体価値をもっている。統一性は「別に編成されたしかじかの断片として出現する（しかし今度は総体に当てはまる）」。全体にニスを塗るようにではなく、局所的な最後の一筆のように。したがってある意味において、バルザックはスタイルを持たないのだ。サント＝ブーヴが信ずるように、バルザックが「すべて」を言うからではない。そうではなく沈黙と言葉の断片、彼が言うことと言わないことは、ある断片化において配分されるのであり、それを全体が追認することになるのだ。なぜならば全体は断片化から生ずるのであって、それを修正することも超越することもないからだ。「バルザックにおいては、まだ実在せず、出現するはずのあるスタイルの全要素が消化されることなく、まだ変形されることもなく共存している。スタイルは暗示するのではなく、反映するのでもない、それは解明するのだ。そもそもスタイルは最も魅力的なイメージの助けを借りて解明するのだが、それらのイメージは自余のものと溶け合うことはなく、もし人が卓抜な会話をするならばそんな会話において理解させるように、自分の言いたいことを理解させるのである。調和に気を遣うこともなく、邪魔しないように気遣うこともなく[6]」。

プルーストもやはりスタイルを持たないといえるのだろうか。プルーストの模倣不可能な、あるいはあまりにも模倣しやすい文章、とにかくあらゆるものの間で識別可能な、実に特別な構文と語彙を備えた文章、プルーストの固有名で名指されるべき諸効果を生み出すあの文章は、それでもスタイルなしであると言えるのか。そしてスタイルの不在はここで、どのようにして、新しい文学の

(5) Pr, III, 161.〔III, 660-67. 十巻・三六〇頁。訳注：ドゥルーズはNRF版 Pr, p. 199 にしたがっているが、プレイヤッド叢書版では「虚構ではない」(non fictivee) のかわりに、「人為的ではない」(non factice) を繰り返している。〕

(6) *Contre Sainte-Beuve*, pp.207-208. Et p.216〔『サント＝ブーヴに反論する』出口裕弘・吉川一義訳、保苅瑞穂編『プルースト評論選　I文学篇』ちくま文庫、二〇〇二年、一二四―一二六、一三〇頁〕：「首尾のととのわないスタイル」。このくだり全体がまさに光学的効果に類似する文学の効果を強調している。

天才的力となるのか。『見出された時』の最後のくだりをバルザックの序言と比べてみなければならない。すなわち植物の体系が、バルザックにとって〈動物〉が果たしていた役割を引き継いだのだ。諸世界が環境にとってかわり、諸本質がもろもろの性格に取って代わる。沈黙のうちの解釈が「卓抜な会話」にとって代わったのである。しかし受けつがれ、新しい価値に導かれるもの、それは「おそるべき混乱」であり、とりわけ全体や調和の配慮を欠いている。スタイルはここで描写することも暗示することも引き受けようとしない。バルザックの場合のように、それは解明的であり、イメージによって解明するのである。それが非スタイルであるのは、主体なき純粋な「解釈行為」と一体であり、文の内部で文に対する諸観点を増殖するからである。文はそれゆえに河のようなもので、「全体的に分散して、ここでは湖になって広がり、あちらでは糸のように細くなり、別のところでは丘が挟まって途切れながら」出現する。スタイルとは、異なる展開速度を持つシーニュの解明であり、それぞれのシーニュに固有の連合作用の鎖にしたがい、それぞれのために〈観点〉としての本質の断絶点を獲得するのだ。ここから生ずるのは偶発事の、従属的な事柄の、比較の役割であり、それらは一つのイメージの中にその解明のプロセスを表現しており、イメージはよく解明するものならば良いものであり、常に不調和であり、総体の自称する美のために決して自分を犠牲にすることはない。あるいはむしろスタイルは、二つの異なる対象、たとえ隣接していても離れている対象とともに始まるのである。この二つの対象は客観的に相似して同じ種類に属することがありうる。これらが連合作用の鎖によって主観的に結びつけられることがありうる。スタイルは川床の数々の素材を押し流すようにして、これらすべてを引きずって行かねばならないだろう。しかし本質的なことはそこにはない。本質的なのは、二つの対象のそれぞれに固有の〈観点〉に文が到達するときである。しかしまさにそれは、対象に固有のものと言わねばならぬ観点である。なぜなら対象はすでに観点によって分解され、あたかも観点は通じあわない様々な無数の観点に分割されるかのようであるからだ。したがって別の対象に対して同じ操作が行われるときに、諸観点はたがいの中に挿入されることができ、一方が他方と共振することができるようになる。エルスティールの絵において、いわば海と大地がそれぞれの観点を交換するようなものである。解明的スタイルの「効果」とはまさに次のようなものだ。二つの対象が与えられるとき、その効果は部分対象を生み出し（効果はたがいの間に挿入しあう部分対象として対象を生み出す）、また共振効果を生み出し、強制された運動を生み出す。イメージとはこのようなもの、スタイルの産物である。この純粋状態における生産を、私たちは芸術に、絵画、文学、あるいは音楽、とりわけ音楽に見出す。そして芸術のシーニュから自然の、愛の、さらには社交界のシーニュへと本質の度合を下降していくにつれて、客観的描写と連合的暗示の最小限の必要が改めて導入される。しかしそれはもっぱら本質がそこで物質的な体現の条件を備えているからであり、このときこの条件はジョイスが言っていたように[7]芸術的、精神的な自由な条件に取って代わるのである。しかしスタイルは決して人間に属するものではなく、いつも本質（非スタイル）に属するのだ。スタイルは決して観点に属するのではなく、同じ文における諸観点の無限の系列の共存からなり、これらの観点にしたがって対象は分断され、共鳴し、あるいは増幅する。

したがって統一性を保証するのはスタイルではなく、スタイルは別のところからその統一性を受け取らなくてはならない。統一性を保証するのは本質でもないのだ。なぜなら観点としての本質はたえず断片化し、断片化されるからである。それならどんな「統一化」にも還元されない統一性の非常に特別なこの様式とは何なのか。この統一性は後になって生じるもので、諸本質の交通として諸観点の交換を保持し、それ自体他の部分の傍らの一部分として、最後の一筆あるいは局所化された破片として、本質の法則にしたがって生じるものなのである。答えは次のようなものだ。数多のカオスに他ならない一つの世界にあって、芸術作品の形式的構造だけが、他のものに依存しないかぎり統一性として寄与することが出来る――それは事後的にである（あるいはエーコが言っていたように「全体としての作品は、それが従属する新たな言語学的約定を提案し、それ自体がみずからに固有の暗号の鍵となる」）。しかしすべての問題は、この形式的構造が何に基づくのか、この構造はいかにして部分とスタイルに統一性を与えるのか、ということで、その構造なしには部分とスタイルは統一性を獲得しえないのだ。ところで先に私たちは、じつに様々な方向においてプルーストの作品における横断的次元、すなわち横断性の重要性を見たのである。(8) これこそがあの列車において、一つの風景のもろもろの観点を統合するのではなく、その独自の次元にしたがって、その独自の次元において、諸観点を交通させることを可能にする。ところが諸観点は、それら自体にしたがうならば通じないままなのだ。横断性こそが、メゼグリーズの方面とゲルマント家の方面の特異な統一性と全体性を、それらの差異や距離を消し去ることなく生み出すのである。つまり「これらの道の間にもろもろの横断線が成立していた」[9]。これこそが冒瀆行為を基礎づけ、マルハナバチが頻繁にやって見せることであり、この横断的昆虫はそれ自体仕切られているもろもろの性を交通させる。これこそが一つの宇宙から別の宇宙へと光の伝達を可能にするのだが、これらの宇宙は天文学

（7）〔二二三頁〕イメージについてのプルースト的発想を後期象徴主義者の別の発想と比較しなければならないだろう。例えばジョイスの公現〔エピファニー〕、あるいはエズラ・パウンドのイマジスムと「ヴォーティシズム」〔渦巻派〕。次の特徴は共通しているように思われる。異なるものとしての二つの具体的対象の自律的脈絡としてのイメージ（イメージ、具体的方程式）、同一の対象に対する諸観点の多様性としての、またいくつかの対象に対する諸観点の交換としてのスタイル、普遍史を構成する固有の諸変化を統合し包含するものとしての、また固有の声にしたがってそれぞれの断片を語らせるものとしての言語、生産としての、効果の生産機械の作動としての文学、教育的意図ではなく巻き込みと繰り広げの技術としての解明、表意文字的手法としてのエクリチュール（プルーストは繰り返しこれを標榜している）。

（8）精神分析学研究との関係において、フェリックス・ガタリは、無意識のもろもろの交通と関係を説明しようとして、「横断性」という大変豊かな概念を形成した。Cf. La transversalité, *Psychothérapie institutionnelle*, n°.1〔「横断性」。ガタリ『精神分析と横断性』（杉村昌昭・毬藻充訳、法政大学出版局、一九九四年）に収録されている〕。

（9）TR₂, III, 1029.〔IV, 606. 十四巻・二六一頁〕

的諸世界と同じように様々である。新しい言語学的約定、また作品の形式的構造はしたがって横断性であり、書物全体においてあらゆる文を横断し、一つの文から他の文へと移動し、プルーストの書物を彼が愛する書物に結びつけさえもする、ネルヴァル、シャトーブリアン、バルザック……。というのも、もし一つの芸術作品が読者と通じあい、それ以上に読者を形成するならば、もし作品が同じ作家の他の作品と通じあい、それらを喚起するならば、もし作品が他の作家の作品と通じあい、その登場を促すならば、これはいつもこの横断性の次元においてであり、そこでは統一性と全体性が、もろもろの対象と主体を統一し全体化することなしに、それ自体として成立するのである。[10]それは『失われた時』の人物、出来事そして部分が占めている諸次元に付け加えられる補足的次元である。時間の中にあるこの次元は、それらが空間の中で占めている諸次元と共通の尺度を持つのではない。この次元は諸観点を浸透させあい、閉じた器どうしを、閉じたままでも通じさせるのである。オデットとスワン、母と話者、アルベルチーヌと話者、それから最後の「一筆」としてのゲルマント公爵と老いたオデット――それぞれが囚われ人でありながら、だれもが横断的に通じあう。[11]時間とは、話者の次元とは、このようなものであり、部分を全体化することがないままに、これらの部分の全体である力能をもち、部分を統一しないままに、これらのあらゆる部分の統一性である力能をもつのである。

(10)『失われた時』における芸術に関する偉大な文章を参照。一つの作品と読者との交通（TR_2, III, 895-896〔IV, 474. 十三巻・四九一頁〕）。同一の作者の二つの作品の間の交通、例えばソナタと七重奏曲（P_2, III, 249-257〔III, 753-61. 十一巻・一三五―五二頁〕）。異なる芸術家たちの間の交通（CG_2, II, 327, P_1, III, 158-159〔II, 622-23. 六巻・三四〇―四二頁、III, 664-62. 十巻・三五三―五四頁〕）。

(11) TR_2, III, 1029.〔IV, 606. 十四巻・二六一頁〕

結論　狂気の現前と機能、蜘蛛

私たちはプルーストの作品における芸術と狂気の問題を提起しようとは思わない。この問いはおそらくそれほど大きな意味を持たない。もっと無意味なのは、プルーストは狂人だったのか、という問いである。この問いは確かに何の意味も持たない。肝心なことはただプルーストの作品における狂気の現前と、この現前の配分、用法、あるいは機能なのである。

というのも狂気は少なくとも出現するのであり、シャルリュスとアルベルチーヌという二人の主要人物において、異なる様相をもって機能するからである。シャルリュスが最初に登場するときから、彼の奇妙なまなざし、彼の目は、スパイや泥棒や商人や刑事、あるいは狂人のもののように描かれるのである。[1] 最後にモレルはシャルリュスが自分に対して犯罪的な狂気に搔き立てられている

（1）JF2, I, 751.〔II, 111. 四巻・二四六頁〕

と思い出して、まさに根拠のある恐怖を感じる。[2]そして人々はシャルリュスの中に、いたるところろ狂気の現前をかぎ分けるのだが、それによって彼は単に背徳的あるいは倒錯的で、罪深く、あるいは有責であるよりも、はるかに恐るべき存在になるのだ。悪癖は「恐れをいだかせる、なぜなら人はそこに背徳による以上に、狂気が露出するのを感じるからである。ド・シュルジ夫人はまったく未発達な道徳観の持ち主であった。そして彼女は、息子たちが好奇心に唆され堕落するままになっても何でも許しただろう。万人にとってわかりやすいことなら何でも！　しかし彼女は息子たちがド・シャルリュス氏と頻繁に会い続けることは禁止した。彼が反復する時計仕掛けのように、訪れる度にいやおうなく息子たちの顎をつまみ、息子たちにもたがいに顎をつまませるということを知ってからは。彼女は肉体的謎の引き起こすこの不安な感情を味わったのだが、それによって自問したのである。この隣人とは良好な関係を結んでいるけれど、彼は人肉食の趣味に取りつかれているのではないかと。そして、もうすぐ若者たちに会えないものだろうかね、という男爵の繰り返される問いに、彼女は蓄えていた怒りを意識しながら答えた、息子たちは授業で、旅行の準備で、とても忙しくしている、などと。人が何と言おうと、無責任なことは過失、そして罪悪さえも深刻にする。ランドリューは（彼がほんとうに彼の妻たちを殺したと仮定して）、趣味によって殺人を実行したならば、これには反発することもできるが、彼が恩赦されることもありうる。しかしこれが抗しがたいサディズムによるものであったならば恩赦はありえない[3]」。過失の責任をはるかに上回るのは、罪の潔白性に等しい狂気である。

シャルリュスが狂人であること、最初からそれは蓋然性であるが、最後にはほとんど確実性となる。アルベルチーヌの場合は、むしろ事後的蓋然性が懐古的に彼女の身振りと言葉に対して、彼女の全生涯に対して、新たに不穏な光を投げかけるのであり、モレルはやはりそれに絡んでいる。「心底で彼女は、それが一種の犯罪的狂気であると感じていたのよ。それで私はしばしば自問したの。あんな出来事の後、ある家族の中に自殺者まで出してしまったので、彼女自身が死んでしまったのじゃなかったかと」[4]。この狂気－犯罪－無責任－性愛の混合は何なのか。それはおそらくプルーストにとって親密な父殺しの主題に関わるのだが、しかしあまりにも周知のオイディプス的図式に還元されるものではないであろう。それは狂気による罪における一種の潔白性であり、なおさら耐えがたく、自殺さえその例外ではないのではないか。

まずシャルリュスの場合を考えてみよう。シャルリュスは即座に強烈な人格、堂々たる個性として登場する。しかしまさにこの個性は一つの帝国であり、多くの未知のものを隠し、または内に含む星雲である。シャルリュスの秘密とは何か。この星雲の全体は、目であり声である二つの輝く特

（2）TRI, III, 804-806.〔IV, 383-85. 十三巻・二九四—九九頁〕
（3）PI, III, 205.〔III, 709-10. 十一巻・三六—三八頁〕
（4）AD, III, 600〔IV, 180. 十二巻・四〇四頁〕（これはアンドレの自説のひとつである）。

異点の周りに構成される。目は睥睨する煌めきに横切られ、詮索好きな動きに貫かれ、熱に浮かされた活動の中にあったり、物憂い無関心の中にあったりもする。声はといえば、話の男性的内容と表現の女性的なわざとらしさを共存させている。シャルリュスは法外な点滅するシーニュ、巨大な光学的また音声的な箱として現前する。シャルリュスに耳を傾け、あるいは彼のまなざしに出会うものは、発見すべき秘密、見破って解釈すべき謎の前に自分を見出し、最初からそれが狂気にまで至りうるのを予感する。そしてシャルリュスを解釈する必要は、つまりシャルリュス自身が解釈し、解釈することをやめないということからくるのだ。あたかもこれが彼に固有の狂気であり、あたかもこれがすでに彼の錯乱であり、解釈の錯乱であるかのように。

シャルリュスという星雲から、揺らめくまなざしによってリズムを与えられた一連の言説が流出してくる。話者に向けられる三つの大いなる言説、それはシャルリュスが解釈するシーニュの中に機会を見出すのであり、シャルリュスは預言者であり易者であるが、これらの言説は、シャルリュスが話者に提案するシーニュの中に宛先を見出すものでもあり、話者は弟子または生徒の役割に切り詰められるのだ。しかしながらこれらの言説の本質は他のところに、意志的に組織された言葉の中に、完璧に編成された文章の中に、みずからが使用するシーニュを計算し超越する、ある〈ロゴス〉の中にあるのだ。要するにシャルリュスはロゴスの達人なのだ。そしてこの観点から見ると、三つの大言説は、リズムと強度は異なっていても、共通の構造を持っているように見える。まず否認の第一期、そこでシャルリュスは話者に言うのだ。あなたに興味はない、あなたが私の興味をひいているなんて思わないでください。でも……距離化の第二期、あなたと私の間には無限の距離がありますが、でもきっと私たちはそれを埋めることができる、私はあなたにある契約を提案します……そして予期されぬ第三期、そこで突然ロゴスは迷走し始め、もはや統制不可能な何かによって横切られるかのようだ。それは別種の力能によってかきたてられている。怒り、侮辱、挑発、冒瀆、サディックな幻想、狂った身振り、狂気の侵入によって。それはまったく高貴な温情によって生み出されていた第一種の言説にも、すでに当てはまることである。しかしそれも翌日には浜辺で、シャルリュス氏のやくざな預言調の示唆の中に唐突な結論を見出すのだ。「婆さんのことなんかほっとけよ、そうだろ、かわいいごろつき君……」。第二種の言説は滑稽な場面を想像するシャルリュスの気まぐれに引き継がれる。その場面の中で、ブロックは父親と喧嘩し何度も母親を人でなしとして罵るのだ。「こんなおぞましい、そしてほとんど狂った言葉を吐きながら、シャルリュス氏は私の腕を痛いほどしめつけた」。最後に第三種の言説は、踏みつぶされ、形の崩れた帽子の暴力的試練の中に注ぎこむ。確かに今度はシャルリュスではなく話者が帽子を踏みつけるのだ。それでも私たちはいかに話者が狂気に踏み込むか見るであろうし、これは他のあらゆる狂気に劣らず、シャルリュスのそれとも、アルベルチーヌのそれとも通じ合い、それらに取って代わりうるもので、そんな狂気を追い越して効果を波及させるのである。(5)

シャルリュスが、見かけ上はロゴスの達人であるとしても、彼の言説はやはり無意志的シーニュによって動かされており、このシーニュは言語の至高の組織に抵抗し、単語と文において統御されるのではなく、ロゴスを逃走させ、別の領域に私たちを連れて行く。「自分の憎悪を彼がどんなに美しい言葉で彩ろうと、たとえそこには傷ついた傲慢や裏切られた愛、あるいは遺恨、サディズム、冷やかし、固定観念、などいろいろあるにしても、この男は人を殺しかねない……と人は感じていた」。暴力と狂気のシーニュ、それは「論理と優美な言葉」によって整えられた意志的シーニュに対して、またそのシーニュの下に潜んで、あるパトスの全体を構成している。このパトスこそが、いまやシャルリュスの登場において、それ自体として暴露されることになる。ここで彼は、彼の至高の組織の高みから話すことが次第になくなり、長きにわたる社会的、肉体的腐敗につれてますます自分を暴露するのだ。これはもはや言説の世界ではなく、もろもろの規則や地位の階層制を表現する垂直的交通の世界でもなく、逸脱する横断的交通とともにある無政府的出会いの、暴力的偶然の世界なのだ。例えばシャルリュスとジュピアンの出会いがそうであり、その時あれほど解明が待たれていたシャルリュスの秘密が、つまり同性愛が暴かれる。それにしてもこれは秘密なのか。というのも発見されるのは、ずっと前から予見され見抜かれていた同性愛であるよりも、この同性愛をもっと深い普遍的狂気の特別な一例とする一般的体制なのだ。そんな狂気においては、いずれにしても無罪と有罪が絡み合っている。発見されるもの、それは人がもはや話すことのない世界、植物的な沈黙の宇宙、〈花々〉の狂気であり、その断片化された主題がジュピアンとの出会いをリズム化することになる。

ロゴスは大いなる〈動物〉であり、そのもろもろの部分が全体において統一され、一つの原理または指導的観念のもとで結合される。しかしパトスは仕切られた部分からなる植物であり、これらの部分は無限遠に離れておかれた部分の中で間接的にしか通じない。したがっていかなる全体化も、いかなる統一化もこの世界を統合することはできず、この世界の最終的断片にはもはや何も欠けてはいない。これは閉じた箱、仕切られた部分からなる分裂的宇宙であり、そこでは隣接性そのものが一つの距離なのだ。すなわち性の世界。これこそシャルリュスが彼の言説を超えたところで私たちに教えていることである。それぞれの個体が二つの性を持ちながら「一つの仕切りによって分離されており」、八つの要素からなる星雲的全体を、私たちは導入しなければならない。そこでは男性または女性のオスの部分またはメスの部分が、別の女性あるいは別の男性のメスの部分あるいはオスの部分との関係に入ることが出来る（八つの要素にとって十の組み合わせ）。[6] 閉じた器の間の

（5）〔二三三頁〕シャルリュスの三つの言説：JF_2, I, 765-767 ; CG_2, II, 285-296 ; CG_3, II, 553-565.〔II, 123-26. 四巻・二七三―七五頁／II, 581-92. 六巻・二五一―七六頁／II, 841-54. 七巻・四六〇―八八頁〕

（6）基本的組み合わせは、一個体のオスまたはメスの部分と、他の個体のオスまたはメスの部分との出会いによって定義される。したがって、男性の中のオスと女性の中のメス、また女性の中のオスと男性の中のメス、ある男性の中のオスと別

変則的関係、花々を交配させ動物に固有の価値を失うマルハナバチ、このときそれはその花々に対してもはや傍らに構成された断片でしかなく、植物の再生産装置において不調和な断片にすぎない。

おそらくここには『失われた時』の至るところに見出される構成が横たわっている。私たちは見かけ上は限定された統一化可能また全体化可能な集合を構成する第一の星雲から出発するのだ。この最初の集合から一つ、あるいは複数の系列が浮かび上がる。そしてこれらの系列自体が新たな星雲の中に飛び出る。今度は非中心化されあるいは脱中心化され、回転する閉じた箱や動き続ける不調和な断片からなる星雲があり、これらの箱や断片は横断的逃走線をたどるのである。シャルリュスの場合がそうであり、彼の目、彼の声が煌めく第一の星雲があり、ついでもろもろの言説の系列があり、最後にシーニュと箱、そして入れ子状になっては分離するシーニュからなる不穏な最終的世界がある。このようなシーニュがシャルリュスを構成し、老いてゆく天体とその衛星たちの逃走線にそって、半開きにされ、あるいは解釈されるのである（「ド・シャルリュス氏は彼の巨体全体で立ち回り、これらのならず者や乞食たちの一人を望まずして後ろに従えていた。今は彼が通ると、一見して無人の一角からでさえ、こうした連中が必ず出現したのであった……」）[7]。ところが同じ構成が、アルベルチーヌの物語をも支配するのである。アルベルチーヌが徐々にそこから浮かび上がってくる乙女たちの星雲。アルベルチーヌにとっての継起する二つの嫉妬の大系列。最後にアルベルチーヌが自分の嘘の中に閉じこもり、また話者によっても閉じ込められるあらゆる箱の共存、この新しい星雲が独自に第一の星雲を再構成するのだ。なぜなら愛の終わりは、乙女たちの最初の未分化状態への回帰に似ているからである。そしてシャルリュスの逃走線に比べられるアルベルチーヌの逃走線。さらにはアルベルチーヌへの接吻をめぐる典型的なくだりにおいて、身構える話者はアルベルチーヌの顔から出発するが、そこは特異点としてほくろの輝く動的集合なのだ。やがて話者の唇が頬に近づくにつれて、欲望される顔は、沢山のアルベルチーヌがそれに対応する相次ぐ平面の系列をたどってゆき、ほくろは一つの平面から他の平面に跳躍するのだ。ついに最終的混沌があり、そこでアルベルチーヌの顔は脱落し解体し、話者は彼女の唇、目、鼻をどう使っていいかわからず、「これらの疎ましいシーニュによって」彼が恋人に口づけしている最中であることを認めるのである。

この構成と解体の大法則が、もしアルベルチーヌにも、同じくシャルリュスにも当てはまるとすれば、それが愛と性欲の法則であるからだ。もろもろの異性愛そしてとりわけアルベルチーヌに対する話者の愛は、決して見かけのものでなく、プルーストはそこに自分の同性愛を隠しているわけではない。それどころか異性愛は出発点の集合を形成し、そこから第二の段階でアルベルチーヌに

の男性の中のメス、ある男性の中のオスと別の男性の中のオス……等々の出会いがあるだろう。
(7) Pr, III, 204.〔III, 709. 十一巻・三五頁〕

よって、またシャルリュスによって代表される同性愛の二系列が抽出されていくのである（「両性はそれぞれ自分の側で死に絶えるであろう」）。しかし今度はこれらの系列が、横断的性の宇宙の中に飛び出てゆく。そこでは仕切られ、入れ子状になったもろもろの性がそれぞれの性において新たに結集され、変則的な横断的経路にしたがって別の宇宙のもろもろの性と交通するのである。ところで表面上の一種の正常性が第一の水準または第一の集合の特徴であることが確かなら、第二の水準に浮かび上がる諸系列は、神経症と呼ばれるもののあらゆる苦悩、不安そして罪悪性によって特徴づけられる。つまりオイディプスの呪いとサムソンの預言。しかし第三の水準は、一つの世界における免責的な機能を狂気に割り当てながら、解体において植物的無罪性を再構成するのであり、そんな世界において数々の箱は爆発し、あるいは再び閉じられ、犯罪と監禁はプルースト式のやり方で「人間喜劇」を構成するのだ。それを通じて、他のあらゆるものを転覆する新たな最後の力能が発展するのであって、このまったく狂った力能とは、刑事と狂人、スパイと商人、解釈者と要求者を結合するものとして、『失われた時』そのものの力能でもある。

アルベルチーヌの物語とシャルリュスの物語が同じ一般法則に呼応するとしても、二つの場合において狂気はやはりかなり異なる形態と機能を持っており、同じ仕方で配置されるのではない。私たちはシャルリュスの狂気とアルベルチーヌの狂気の間に三つの原理的差異を見るのである。第一はシャルリュスが堂々たる個性のようにして高次の個体化を思いのままにすることである。シャルリュスの困惑は、それ以後には、交通に関するものとなる。「シャルリュスは何を隠しているのか」、「彼が自分の個性の中に隠している秘密の箱とは何か」という問いは、発見すべき交通に、これらの交通の変則性に関わるのだ。したがってシャルリュスの狂気があらわになり、何かを解釈すること、そしてそれ自体が解釈されることが可能になるのは、新しい環境にかかわって、偶然の唐突な出会いに乗じる場合だけである。そんな環境にシャルリュスは潜り込むのだが、その環境は暴露するもの、誘導するもの、交通するものとして作用するであろう（話者との数々の出会い、ジュピアンとの出会い、ヴェルデュラン家の人々との出会い、娼館での出会い）。アルベルチーヌの場合は異なっている。彼女をめぐる混乱は個体化そのものに関わっているからである。乙女たちのうちの誰が彼女なのか、乙女たちの見分けのつかない集団からいかに彼女を抽出し選別するのか。ここではまず彼女をめぐるもろもろの交通が現れるのだが、隠されたものとはまさに彼女の個体化の謎なのだといえよう。そしてこの謎が見破られうるのは、これらの交通が力づくで中断され阻止されるかぎりにおいてである。幽閉され監禁された虜のアルベルチーヌ。そこから第二の差異が登場する。シャルリュスのほうは言説の達人である。彼においてすべては言葉を経由するのだが、反対に言葉の中では何も起きない。シャルリュスの備給は何よりもまず言葉によるもので、したがって事物や対象はそれら自体、言説に歯向かう無意志的シーニュとして出現しながら、言説を脱線させたり、出会いの際の沈黙と失語において展開される一種の反言語を構成するのである。アルベルチーヌと言語の関係は反対につつましい嘘からなるもので、堂々とした逸脱からなるものではない。つまり彼女の場合、備給は言語そのものにおいて表現される事物または対象の備給にとどまり、それらの意志的シーニュを断片化し、そしてそれらを嘘の法則に従わせるということがそのための条件なのである。嘘はそれらに無意志的なものを挿入するのだ。こうしてすべては（沈黙も含めて）言語の内部で生起しうる。それはまさに何も言語を通過することはないからである。

最後に第三の大きな差異がある。十九世紀末から二〇世紀初頭にかけて、精神病理学は、シーニュをめぐる二種類の妄想の間に、大変興味深い区別を設けていた。パラノイア型の解釈妄想と、色情狂または嫉妬の型の要求妄想である。最初の妄想は密かに始まり、徐々に発展するのだが、これは本質的に内因的な力に依存し、言語による備給の総体を結集する一般的組織網において拡張されるのである。第二の妄想はもっと唐突に始まり、現実のあるいは想像上の外的機会に関係している。それらはある限定された対象に関わる一種の「要請」に依存し、限定された配置の中に入る。それらは言語による備給の拡張された体系を通過する諸観念の妄想というよりは、対象の強度な備給によって引き起こされる行為の錯乱である（例えば色情狂は、愛されているという妄想的幻覚としてではなく、むしろ愛の対象の妄想的追跡として出現する）。この第二の妄想群は、限定された線的プロセスの継起を形成するのだが、他方第一のそれは放射状に広がる円形の集合を形成していたのだ。私たちが言いたいのは、プルーストが登場人物たちに対して、同時代に形成された精神病理学的分類を応用しているということでは決してない。そうではなくシャルリュスとアルベルチーヌは『失われた時』の中で、それぞれに非常に厳密な仕方で、この分類に対応する軌跡を記しているということなのだ。シャルリュスという大いなるパラノイア患者について、私たちはそれを示そうと試みた。その最初の症状は秘められたもので、妄想の発達と加速は恐るべき内因的力を示すのであり、彼はまさに言語による解釈の狂気によって、それに作用する非言語のもっと謎めいたシーニュを覆うのである。要するにシャルリュスという巨大な組織網。そして一方の側にはアルベルチーヌ。彼女自身が対象であり、あるいは自分自身でも対象を追いかけている。彼女にとって親密なものである要請を発しながら、あるいは自分が犠牲となる出口のない要請の中に話者によって閉じ込められながら（必然的に、そして先天的に有罪であるアルベルチーヌ、愛されることなく愛すること、自分が愛するものに対して非情で残酷で偽善的であること）。色情狂にして嫉妬狂、たとえ彼女にこのような自分を見せつけるのは、同じく、そしてとりわけ話者であるとしても。そしてアルベルチーヌに関する二つの嫉妬の系列があり、これは継起する過程を構成しながらも、それぞれの場合において外的機会と不可分である。そして言語と非言語のシーニュはここで互いの内に挿入されて、嘘の有限な配置を構成している。行動と要求の妄想の全体、これはシャルリュスの観念と解釈の妄想とは異なるものだ。

それにしてもアルベルチーヌと、彼女に対する話者の振る舞いとを、同じ場合として一体にしなければならないのはなぜか。確かにすべてが私たちに告げているとおり、話者の嫉妬は、彼女自身の「対象」に深く嫉妬するアルベルチーヌという一存在に向かっている。そしてアルベルチーヌに対する話者の恋愛妄想（愛されているという幻覚はないまま恋人を錯乱的に追跡すること）は、アルベルチーヌ自身の恋愛妄想によって引き継がれるのだが、それは長い間疑われ、やがて話者の嫉妬を掻き立てていた秘密として確かめられる。そして話者の要求、つまりアルベルチーヌを監禁し幽閉することは、アルベルチーヌのもろもろの要求を隠しているのだが、これが見抜かれたのはあまりにも遅きに失したのだ。シャルリュスの場合がこれに似ているということもまた確かである。シャルリュス自身の解釈妄想の作業を、話者がシャルリュスにむけてする妄想の解釈の長きにわたる作業と区別する余地はない。しかしまさに私たちが問うのは、これらの部分的同一化の必要はどこから来るのか、『失われた時』におけるその機能は何かということである。

アルベルチーヌに嫉妬しシャルリュスを解釈する話者とは、結局のところ、彼自身にとって何者なのか。話者と主人公を、二つの主体つまり言表行為の主体と言表の主体として区別する必要があるとは、私たちはあまり思わない。というのもそれは『失われた時』を、それと無縁の主体性（二重化され引き裂かれた主体）の体系に帰することになるからだ。[8] 一人の話者がいるというよりも『失われた時』という一つの機械があり、一人の主人公ではなく、もろもろのアレンジメントがあって、その中では機械が何らかの布置のもとで、何らかの分節にしたがって、何らかの使用法のために、何かの生産のために機能するのである。もっぱらこの意味において、主体として機能することのない話者‐主人公とは何か、と私たちは問うことができるのだ。——少なくとも読者は、プルーストがこの話者を、見ることも、知覚することも、追憶することも、理解すること……等々もできないものとして示そうとする、その執拗さに驚かされる。これはゴンクールあるいはサント＝ブーヴの方法とは大いに対立するところである。『失われた時』の変わらぬ主題、それはヴェルデュラン家の館の庭において頂点に達する（「あなたは隙間風をお好みのようですね……」）[9]。ほんとうは話者は器官をもたず、あるいは自分が必要とするであろう、また願望したであろう器官を決して持つことがないのだ。彼はアルベルチーヌとの最初の接吻の場面で自分自身そのことに気づく。そのとき彼はそんな行為を実現するためにふさわしい器官を私たちが持たないことを嘆くのである。唇を集中させ、鼻をふさぎ、目を閉じるというこの行為を。ほんとうは、話者は一つの巨大な〈器官なき身体〉なのだ。

（8）『失われた時』における主人公‐話者の区別については Cf. Genette, *Figures*, III, Ed. du Seuil, pp. 259 sq.〔『物語のディスクール——方法論の試み』花輪光、和泉涼一訳、書肆風の薔薇、一九八五年、二九七頁以降〕。しかしジュネットはこの区別には数々の保留を示している。

（9）SG2, II, 944.〔III, 335. 九巻・二一八頁〕

それにしても一つの器官なき身体とは何なのか。蜘蛛もやはり何も見ず、何も知覚せず、何も追憶することがない。ただ自分の巣の片隅で、蜘蛛は自分の身体に強度の波動として拡散するほんの少しの振動でも捕獲し、それによって必要な場所に飛びかかるのだ。目もなく、鼻もなく、口もなく、蜘蛛はただシーニュに応答するのであり、波動として身体を横断し餌に飛びかからせるほんのわずかなシーニュに貫かれるのだ。『失われた時』は大聖堂のようにでも、ドレスのようにでもなく、蜘蛛の巣のように構築されている。話者－蜘蛛、その張り巡らされた巣そのものが、形成される途上の、しかじかのシーニュによって震えるそれぞれの糸とともに編まれる途上の『失われた時を求めて』なのである。つまり巣と蜘蛛、張り巡らされた巣と身体はただ一つの同じ機械なのだ。確かに話者は極端な感受性、たぐいまれな記憶に恵まれているかもしれない。ところが彼は、これらの能力のおよそ意志的かつ組織的な使用法を剝奪されているかぎり、器官を持たない。反対に一つの能力がそうするようにせまられ強制されるとき、その能力は彼の中で行使される。そしてこれに対応する器官が彼の上に出現するのは、もっぱら波動によって喚起された強度的兆候としてなのである。この波動こそが、この兆候の無意志的使用を促すのだ。無意志的感受性、無意志的記憶、無意志的思考とは、何らかの本性を持つシーニュに対して、そのたびに器官なき身体が強度に包括的に反応するようなものである。まさにこの身体－巣－蜘蛛はうごめきつつ、小さな箱を一つ一つ少し開いては閉じ、箱は『失われた時』の粘つく糸にぶつかることになる。話者の奇妙な可塑性。

話者のこの身体－蜘蛛、スパイ、刑事、嫉妬する者、解釈する者、そして要求する者――狂人――普遍的な分裂症者が、パラノイア症者シャルリュスに向けて糸を伸ばし、色情狂アルベルチーヌに向けて別の糸を伸ばすことになる。こうして自分自身の妄想の数々のマリオネットが、同じくみずからの器官なき身体の強度的力能が、みずからの狂気の数々の輪郭が、そこから生み出されるのである。

訳者あとがき

「記憶と習慣は、時間という癌に属している」（サミュエル・ベケット『プルースト』）

「私たちは誰ひとり自分に定められている実在のドラマを生きるのに充分な時間をもっていない、という真理を彼は身に染みて知っていた」

（ヴァルター・ベンヤミン「プルーストのイメージについて」）

I

正体不明の蜘蛛のような小説家の言葉が、一つの哲学的身体に巨大な巣をはりめぐらせ、波動を伝えて刺激し、実験的読解をうながした。プルーストのリゾーム、欲望機械、横断性、器官なき身体、プルーストの差異と反復、そして（おそらく）時間イメージ……と奇妙な概念の連合が出現することになった。

ジル・ドゥルーズの著作の中には、作家や哲学者をめぐる数々のモノグラフィーの系列があって、それぞれに異彩を放っている。もちろん『差異と反復』、さらにガタリとの二つの大著と『哲学とは何か』そして『シネマ』では、固有名に結びついていた概念が星座のように集合して、照らし合い、衝突し、交響し、そのたびに総合の試みとなり、また新たに離散していった。初期のヒューム、ベルクソン、スピノザ、ニーチェ、カント、そしてマゾッホとプルースト、『アンチ・オイディプス』以降には、カフカ、フランシス・ベーコン、フーコー、ライプニッツ、ベケット。それぞれの論考が、対象から固有のモチーフを受けとりながら、まぎれもなくドゥルーズの表情を刻み込んでいるが、彼自身の思想は、彼がかぶったこれほど多彩な仮面を合成した〈顔〉をもっている（これにフェリックス・ガタリの顔も付け加えなければならない）。

いや顔（顔貌性）の作用を批判的に考察した哲学者にとって、それは顔ではなく、性格でもなく、やはりスタイルと呼ぶべきかもしれない。それなら「スタイル」とは何か。「スタイルとは物質を精神化し、また本質にふさわしいものとするために不安定な対立や、起源的複合や、本質そのものを構成する基本的な要素の間の戦いと交換を再生産するのだ」（六四ページ）。「スタイルとは人間ではなく、本質そのものである」（六五ページ）。これらの一文にも、目くるめくような内容がこめられている。「スタイル」は、このプルースト論の大きなテーマのひとつである。スタイルとは、「シーニュ」からなるものでもある。いたるところにシーニュがあり、シーニュを放つものがあり、それを受けとるもの、受けとらないものがいる。受けとったのか、受けとらなかったのかわからないシーニュもある。受けたと同時に解釈される。あるいは解読され翻訳される。即座に刺激を送るシーニュもあれば、長い時間をかけて解読されるシーニュもある。それほど豊饒な内容が、シーニュを放つ対象には含まれていたのか。それともシーニュを受けとったものが、主観的に誇張して内容と脈絡を拡張したのか。いやそもそも「本質」は、主体にも客体にも属さない、と言われている。

それにしてもドゥルーズにとって、プルースト論は書かずにすまされない必要な試練であったにちがいない。誰よりもニーチェが、哲学の破壊的改革者として、別の仕方で哲学することをうながしたとしても、ニーチェのあとでは、もはや誰も彼のように書くことはできない。哲学の伝統的主流とは、当然ながら合理主義的傾向であり、カントの厳密な「批判」もその伝統の極北に位置していたはずだが、初期からニーチェの尖鋭な理性批判や、身体に根源的な意味を見いだしたスピノザのエティカや、アプリオリな認識を一切認めないヒュームの経験論に触発されていたドゥルーズの哲学的動機は、フランス語の哲学に、合理主義的伝統と訣別する別の思考を生み出すことであった。そのような文脈において、当然ながらベルクソンの方法は、早くからドゥルーズの文体に浸透していた。けれども哲学の伝統に抗して哲学するために、プルーストの文学ほど示唆にみちたものはなかったのではないか（「この作品は哲学と競合する」！、一二五ページ）。随想、内省、箴言などとして綿々と続いてきた理知的なフランスの作家たちの伝統を少なからずプルーストは受け継いでいたにちがいない。しかしその伝統からも逸脱するようにして、プルーストの作品は、家族、社交界、恋愛、芸術家たちの（虚構された）回想と描写のあいだに、ほとんど前例のない哲学的分析的考察を展開している。

プルーストの思索は、しばしば意志されず、意図されず、意識されない感覚や記憶、表現や観念を執拗に掘り起こしていく。言葉や身振りや表情は、意図されないままに、さまざまなしるし（シーニュ）を放ち続けるのである。プルーストは、同時代のフランスの数々の人間と出来事を、再現し、仮構し、描写し、分析しながら、ある種の「法則」のようなものを発見しようとした。これは哲学的な真理あるいは「ロゴス」の傾向とは、まったく異質な認識態度であり、強固な先天的理性のようなものはなんら前提されていない。プルーストの宇宙で、そのような「法則」を発見し、様々な偶然的なもの、無意志的なもの、物質的、感覚的なものを通じて、精神的なものにいたることは、とりわけ芸術によって達成されるのである。ドゥルーズはプルーストのこのような立場を、第二版で加筆した新たな章で、「アンチロゴス」と表明することになる。もちろんシーニュとは、しばしば言語であり、ドゥルーズはプルーストに倣って、それを「象形文字」や「表意文字」に譬えているが、言語としてのシーニュそのものもアンチロゴスであり、言語学的対象の枠にはとうていおさまらない。

シーニュのタイプ、それぞれのタイプと真実（真理）、学習、本質、記憶……等々との関係を論じた第一部は、ドゥルーズの主著『差異と反復』において充実した展開を見せた思索と切り離せない。このプルースト論は、プルーストの提示する豊饒な実例や実験を通じて、「差異と反復」の思考を別の位相から照らし出しているのだ（『差異と反復』を読もうとして難渋する読者にとっても、このプルースト論をあわせて読むことは、きっと拠り所になるはずだ）。第一部の結論「思考のイメージ」には、『差異と反復』第三章と同じタイトルがついている。思考のモデル、思考されるべきことは、決してあらかじめあるわけではない。人はただ何かに強いられ、思考を促す暴力によって思考するだけだ。まず無意志的であることが、思考にとって、記憶にとって、精神にとって、前提なのである。知性はあらかじめ存在して、思考や創造を導くわけではなく、後にくるものであり、後にくるものとしてだけ本質的である。こうして理性を先天的なものとしてきた哲学の長い伝統に対して、まっこうから背反する思考の立場が貫かれる。

それにしても「本質」そして「真実」（真理）という言葉をドゥルーズは繰り返している。「統一性」(unité) という言葉さえも頻繁にあらわれる（本書では、ときに「一貫性」とも訳した。それは統合ではなく、むしろ横断であるからだ）。哲学の理性的伝統の元祖であるにちがいないプラトンに対するドゥルーズの立場は両義的である。なにしろ「プルーストはプラトン主義者である」。プラトンは、単なる「再認」ではない思考を、つまり事物あるいは暴力に強いられる思考の様態を認めている。「友情」よりも、「愛」によって思考するソクラテスは、なおさら「出会い」に強いられるように思考する。しかしソクラテスとプラトンにおいて、やはり知性は出会いに先行し、思考の超越的行使は前提され予定されている。

プルーストの小説で、社交界のシーニュ、恋愛のシーニュ、そして感覚的シーニュへと、シーニュはいよいよ洗練され、芸術において決定的に非物質化されて、「本質」のほうに上昇する。『失われた時』の話者が幼少期にすごしたコンブレーという村のあらゆるシーニュの体験は、やがて体験されなかった「本質」として、別の次元において把握される。感覚的、物質的なシーニュは、精神化、非物質化されなければならない。これは体験の形而上学化、理想化のように見えなくもない。にもかかわらずドゥルーズは一貫して、先天的、超越的な知や理性を批判する反哲学的なプルーストの姿勢を強調して、すでにアンチロゴスの戦略を組み立てているのだ。

一九七〇年以降のドゥルーズの思想的展開に照らし合わせるなら、このプルースト論の六〇年代に書かれた第一部は、ある古典的な表情をもっていることは否めない。学習、芸術によって洗練される高次のシーニュ、非物質化、本質の表現、真実の発見、統一性の達成といったライトモチーフが、確かにドゥルーズの読解を主導しているのである。それは少なからずプルーストの「プラトン主義」を尊重した結果でもあった。しかし、もうひとつの主題が不穏な線を描いており、それは確かに『差異と反復』の思索を変奏しているのだ。そもそも反復とは差異の反復であり、差異とは反復における差異なのである。差異と反復は、「本質」の二つの「力能」であり「様相」である、とドゥルーズは書いている。本質とは、同一性ではなく、まず差異であって、理念ともイデアとも等しいものではない。

ドゥルーズの読解を導く思想は、プラトンのイデア（そして想起）よりも、むしろライプニッツのモナドロジーである。無数のシーニュは、様々な観点から解釈されるが、「もろもろの本質は真のモナドであり、観点によって定義されるそれぞれのモナドはその観点から世界を表現し、それぞれの観点はそれ自体がモナドの根底にある最終的質にかかわっている」（五六ページ）。モナドに窓がないように、愛にコミュニケーションはない。それでもライプニッツは、「詐術めいた仕方で」、孤立したモナドに共通の世界を内包させ、神の予定調和をもちだした。ライプニッツについて後年のドゥルーズは、『襞』という一冊の書物を捧げることになる（「魂は自分のあらゆる襞を一どきに開いてみることができない、その襞は無限に続くからだ」、『モナドロジー』六一節）。その『襞』は『プルーストとシーニュ』の新たな反復のような性質をもっている。結局プルーストが、「モナド」の「孤立」の解決としてもちだすのは「芸術」であり、「芸術」だけが私たちを自己の外に出し、世界が多様化しているのを見させ、モナドの間の交通を可能にしてくれる。芸術のシーニュはどこまでも多元的でありながら、意志によるのではない通路を「多」の間に生じさせる。芸術によって体現される「本質の能力としての純粋思考」（七四ページ）は、記憶における想起にも想像力にも感覚的シーニュにもまさる高次の次元にある。いわばこの「芸術至上主義」をドゥルーズはプルーストとともに、留保なく共有する。そして哲学の超越主義、合理主義、主意主義を徹底的に批判している。

紅茶に浸したマドレーヌの味は、確かに無意志的記憶が内包する数々の感覚の連合作用に開かれる。しかし、記憶にこのように潜在しているものが、必ずしもそのまま芸術への道に開かれるわけではない。マドレーヌの味を通じて蘇生するコンブレーは、現実の中には等価なものをもたない「栄光」の中のコンブレーである。

記憶にとって、過去、そして現在は一体どのように存在しているのか。記憶の理解には、ある習慣的な錯誤が含まれているのではないか。過去の記憶とは、過去となったかつての現在と、いま現に過去を回想している現在とに、二重に囲まれているばかりで、複数の現在とともに構成されるものにすぎず、決してそれは純粋な過去とは言えない（七六ページ）。時間というものを、継起しながら刻々交代する現在のつらなりと考えるのは、意志に導かれる習慣的思考の錯覚にすぎないが、この錯覚は常識として定着して、時間一般の表象になっている。ベルクソンはこの錯覚を斥けて、「持続」として、また現在と過去の「同時性」として時間を定義したが、そのような定義によっても、マドレーヌの味覚を通じて啓示された潜在性の意味が、十分に把握されるわけではない。

『差異と反復』で、ドゥルーズは反復の三つの様相について考察し、第一の反復を「習慣」として、第二の反復を「記憶」として提案している。そして第三の反復には、明解な総称がない。それは「時間の空虚な形式」あるいは「永遠回帰」に結びつけられる。この第三の反復は、とりわけ『見出された時』においてプルーストがいよいよ直面する問題に重なるのだ。ドゥルーズが『差異と反復』の三つの反復論と、プルーストにおける変質、老化、死についての考察のどちらを先に書いていたのか不明だが、確かに二つの考察は密接に重複している。

二

やがて第二版と第三版で加筆されることになった二つのテクストからなる第二部「文学機械」には、フェリックス・ガタリとの共著『アンチ・オイディプス』にもりこまれる思索が、まぎれもなく反響している。「世界は粉々になり、カオスとなった」と書かれているように（一四七ページ）。まさにここではプルーストの世界の、おびただしい断片性、非統合性が強調されるようになる。第一部の考察では、無意志的なもののシーニュが散乱する差異そして反復の世界は、最終的に芸術によって本質化され精神化されて、救済され統合されるかのように見えた。プルーストの大作は、まさに哲学と競合する、まったく異質な哲学の試みのようにも見えたのである。もちろん差異と反復の哲学は、古典的な哲学の統合的理念も弁証的総合も、すでに厳しく批判していたのであり、ドゥルーズのこの立場はそれ以降も、根本的には少しも変わることがないが、第二部においては、「機械」、「横断性」、「器官なき身体」のような概念を通じて、断片の論理が、いっそう多様化され強化されている。

まず「箱と器」という第二章で、内容と容器の、そして部分と全体の関係が、プルーストの作品を通じて、たとえば恋人の秘密や嘘を例に考察されている。交通することがないまま隣接しあう無数の断片は、決して超越的な一者や中心に統合されることがないまま、ただ横断的に結合し共振する。このような横断性の観察は、とりわけ『囚われの女』から『見出された時』にいたる最後の部分で、プルースト自身によって圧倒的に深化されていく。ドゥルーズはそれを読解しながら、この断片のカオスにふさわしい横断と連結の論理を、様々なモデルとともに構築していくのである。

ドゥルーズは繰り返し引用しているが、プルーストによる、あの列車の旅の描写は、みごとにこの「横断性」のモデルになっている。「汽車は方向を変えた。〔窓枠のなかの朝の景色は、月光で青みがかった屋根の続く夜の景色に代わった……〕。そして私は薔薇色の空の一帯を見失ったことを残念がったが、また新たに正面の窓に、今度は赤くなった空を見つけた。その空は鉄道の二番目のカーブで窓から離れてしまったのである。したがって私は窓から窓へと走りながら時を過ごし、私の移り気な美しい緋色の朝の断続的で対立しあう数々の断片を近づけ、修復し、それらの全体的な眺めと連続的な絵を手に入れようとしたのである」(一六九ページに引用)。方向を変えながら走る列車の窓からの眺めは、さきほど見えたばかりの朝焼けの空から、まだ青みがかった薄暗い村の風景にかわっている。まるで時間が逆転し、あるいは直進することをやめたかのようなのだ。別の窓に移動すると、再び明るみ始めた空が見える。こうして空間も時間も横断するようにして、一つの地方のモザイク状の映像が得られる。しかし決して一点透視図法のように、すみずみまで明解な連続的映像が得られるわけではない。空間は、寸断された時間のモザイク、あるいはパッチワークのようなものと化している。

嫉妬する男は、恋人の不可視の世界を覗こうとするが、彼自身は恋人の観点の前に開ける世界のなかの一部に含まれているにすぎず、そこに誘われていながらも、観るものとしてはその観点から排除されている。あらゆる手段を用いて、恋人の世界を透視しようとしても、その世界とは、恋人の観点そのものであり、あるいは様々な観点の重合であり、誰も同じ観点に立つことはできない。そして異なる観点どうしの交通を実現するのは、意志でも理性でもない。もちろん予定調和の神でもない。嫉妬する男は、プルーストの旅人のように、列車の動きに翻弄され、窓から窓へと右往左往するしかない。「嫉妬は愛の多様体の横断線であり、旅とはもろもろの場所の多様体の横断線、睡眠とはもろもろの瞬間の多様体の横断線である」（一六八ページ）。『失われた時を求めて』は、睡眠中（そしてその前後）に話者がたどる様々な「横断線」の描写から始まっていたのだ。

「横断性」に関するこの多彩な考察は、性愛にも適用されている。男性の中にも、女性の中にも、それぞれ傾向的に男性的部分と女性的部分があるとすれば（つまりすべての性が多かれ少なかれ両性具有だとすれば）、異性愛にせよ、同性愛にせよ、女性中の女性、女性中の男性、男性中の男性、男性中の女性というように四つの要素の組み合わせからなっていて、両性の結合と、同性の結合が、あくまで近似値として成り立つだけである。横断性愛においては四つの要素（局所的なもの）の可変的な組み合わせが、「非特殊的」に実現されるだけである。ドゥルーズは、やはりプルーストにしたがって、この横断性愛を、蜂と蘭の「異種交配」（といってもマルハナバチは蘭を雌とみなして花粉を受けとり、他の蘭を受粉させるだけだが）とも結びつけて、種のあいだでも、性のあいだでも、仕切りを横断して結合を増やし多様化していく生命の活動として、横断性の宇宙を拡大していくのである。

やがて三つの「機械」がプルーストの作品に発見される。プルーストの時代にはすでに様々な「機械」が登場していて、自動車、飛行機に至る交通機関が存在し、音楽さえも、蓄音機の他に、電話でオペラを聞くテアトロフォンやピアノラ（自動ピアノ）で鑑賞されているが、機械とはそのような技術的機械のことではない。それはむしろ心的機構、あるいは欲望機械、あるいは文学作品という機械のことであり、まずもろもろの部分対象を操作するのである。機械とはそれ自体様々な部分の連結からなるものであり、部分を切断しては連結する装置である。マドレーヌ、舗石、三本の木、鐘楼、顔は、結局すべてのシーニュは、部分対象の集合であり、機械は統合するのではなく、それらを連結し、ただ連結するだけではなく、たえまなく共振や横断の作用を引き起こす。その作用は、決して想像や表象や連合作用の働きにとどまらず、たえず何かを生産するのである。

そして機械は、単に何かを意味するのではなく、使用されて効果を生み出すべきものである。ドゥルーズがガタリとともに提案したこの「機械主義」は、とりわけ『アンチ・オイディプス』における欲望機械の概念とともに提案されて、様々な論争も反発も巻き起こした。いまそれを振り返ることはしない。しかし現在も問題なのは、この「機械」にまだ使い道があるかどうか、この概念がまだ機能しうるかどうかということである。『アンチ・オイディプス』の激越な精神分析の批判は命脈を終えたのだろうか。精神分析は、まだ無意識の古めかしい体制が生きのびているところでは、いっしょに生きのびて批判の装置でありえている。しかし無意識は、たえず形を変えて再生産されている。ドゥルーズとガタリの精神分析批判は、確かに別の無意識機械の様々な連結のほうに、思考の焦点を移動させようとしたのである。ガタリは『機械状無意識』（高岡幸一訳、法政大学出版局、一九九〇年）におさめられた「『失われた時を求めて』のリトルネロ」の中で、とりわけ顔（顔貌性）と音楽的反復（リトルネロ）とが、プルーストの作品でどのように連結して閉塞や開放のアレンジメントを形成するかについて語っている。それはこのことに的をしぼって『失われた時』の核心の運動を照らし出す稀有なプルースト論になっている。そしておそらくプルースト自身が、いまも機能しうる、そして精神分析さえも分析しうる別の分析機械を提案していたのである。

三つの機械は、やはり『差異と反復』に現われた三つの反復に対応している。部分対象の機械（部分を統合する習慣）、共振機械（エロスの機械でもある）のあとに提案される第三の機械は、死（タナトス）の機械である。それはとりわけ『見出された時』においてあからさまになる変質、老化、忘却、崩壊、死の機械でもある。これは生命からも有機性からも離れて、死を反復しながら、生を別の次元に移動させるような機械である。それは悲惨で残酷な解体を引き起こす機械でもあるが、芸術作品とはこのような機械を克明に描き出しながら、これによって完成されるものでもある。「苦しみに満ちて今は不可解なこの印象、……、死それ自体が、死の唐突な啓示が、落雷のように、超自然的かつ非人間的図式によって私の中に二重の神秘的な痕跡を刻みこんでいたのである」（二一〇—二一一ページに引用）とプルーストが描いたような死の機械は、もちろん単に生の否定ではなく、生の真実を啓示し、芸術的創造をうながす機械でもある。

第二部の結論となったテクスト「狂気の現前と機能、蜘蛛」で、ドゥルーズは少し唐突に、プルーストの作品における「狂気の現前」について問うている。シャリュリュスの「解釈妄想」とアルベルチーヌの「色情狂」（恋愛妄想）は、それぞれ十九世紀末から二〇世紀初頭の精神医学にとって代表的な狂気の兆候と一致するものとみなされている（『千のプラトー』第五章「いくつかの記号の体制について」には、この二つの狂気のタイプに対応するシーニュの体制に関する考察が展開されている）。それは「愛と性欲の大法則」とも一致する、とドゥルーズは書いている。しかし「法則」とは、もはやロゴスのように統合的秩序をもたらすものではない。それは統合されない数々の断片を横断する言葉にすぎないのだ。「法」、そして「法則」は、「ロゴス」のみならず、統計的に規定される「異性愛」の原理と強固に結びついてきたが、プルーストは「横断性愛」とともにある別の「法」の次元を発見していた。これは『アンチ・オイディプス』の構想の中心に対応する指摘でもある。

もちろん話者のなかに（そして作家の中に）シャルリュスやアルベルチーヌのような「狂人」が住んでいなければ、このような狂人たちは出現しなかった。しかしこの二つの狂気を創作し解釈しながら、巨大なシーニュの星雲を駆けめぐる話者とは、一体どんな怪物なのか。それはひとつの「器官なき身体」である、というのがドゥルーズの最後の答である。小説に出現したそのような「器官なき身体」を、こんどは哲学のなかに招き入れるのは、一人の哲学者の「器官なき身体」でなければならなかった。

巣を編み上げて、その網と一体になった蜘蛛、ただその振動だけを感知して、餌にとびかかる蜘蛛、「何も見ず、何も知覚せず、何も記憶することがない」かのように、「ただシーニュに応答する」蜘蛛。これほど鮮明に凝縮して「器官なき身体」とは何かを語った文章は、ドゥルーズとガタリの書物のなかでもまれである（もちろん『千のプラトー』第六章「いかにして器官なき身体を獲得するか」を忘れてはならない）。

しかし、このモデルにおいては、巣と一体の蜘蛛というよりも、とりわけ様々な部分対象を横断する振動のほうに注意をむけなければならない。器官は統合し統合されるのではなく、むしろ波動を伝播させ貫通させ越境させながら、たえず何ごとかを実現するのである。

ある意味で、蜘蛛の巣（ネットワーク－リゾーム）として、「器官なき身体」は、いつのまにかこの世界を覆う情報通信網のモデルにすっかり吸収されてしまったように見える。情報資本主義は、このように哲学まで次々横領して組みこんできた。こんどは哲学（そして芸術）のほうが、それを奪還しなければならない。だからこそ「器官なき身体」の生成状態のモデルに遡行しながら、別の「システム」を構想し続ける必要があるのだ。シンギュラリティ（特異性）という言葉の含む「差異」さえも、デジタル技術のかきたてる野望は骨抜きにしてしまいつつあるが、プルーストの、そしてアルトーの「器官なき身体」のほうに繰り返し遡行することの意味は、まだ失われていない。もちろん「器官なき身体」はノスタルジアではないのだ。『失われた時を求めて』をノスタルジアではなく、未来に侵入する思考として迎えること、ドゥルーズは冒頭でいきなり挑発をこめて書いている。この作品は「未来に向けられるのであって、過去に向けられるのではない」と。

*

この訳書は、ジル・ドゥルーズ著『プルーストとシーニュ』（Gilles Deleuze, *Proust et les signes*, Presses Universitaires de France, 2020）の翻訳である。原書は、はじめに一九六四年に同じ出版社（通称ＰＵＦ）から *Marcel*

Proust et les signes と題して刊行された後、一九七〇年には第八章「アンチロゴスあるいは文学機械」を増補した第二版が *Proust et les signes* として発行され、さらに一九七六年には、新たな結論「狂気の現前と機能、蜘蛛」を付け加えて再編成された第三版が刊行された。本書はこの決定版といえる第三版を踏襲した第五版第四刷（二〇二〇年三月発行）に基づいている。

第三版における再編成とは、まず第二版で付け加えられていた、かなり長い第八章を、第二部として独立させ、これを五つの章に分割して、それぞれにタイトルをつけたことである。第一版、二版の結論になっていたテクスト「思考のイメージ」は、ここで第一部の結論となり、第二部には、新たな結論「狂気の現前と機能、蜘蛛」が増補された。

要するに、第一版の内容はそのまま第三版第一部となり、そのあと加筆された二つのテクストが第三版第二部にまとめられたということである。

すでに法政大学出版局から宇波彰氏の訳によって出版された同書は、まず第二版にもとづいて一九七四年に刊行され、第三版の変更をとりいれた「増補版」（一九七七年）は、第二版の構成をそのまま保存して、新たな結論を付加した形になっていた。そこに原書第三版（決定版）の内容はすべてそろっているが、二つの結論が最後に並んでおり、決定版では第二部として独立し五章に分割されたテクストは、第二版のまま一続きになっていた。この新訳の構成は原書の最終形に対応している。

このたび本書の新訳を刊行する運びになったことは、これまで広く読まれてきた本書の最初の訳者宇波彰氏のご厚意によっている。氏は、ドゥルーズのこのプルースト論とともに、『ベルクソンの哲学』（*Le bergsonisme*）、『意味の論理学』、ドゥルーズとガタリの共著『カフカ』の翻訳を手がけられ、日本におけるドゥルーズの紹介・研究のために先駆的役割を果たしてこられた。この新訳をすすめるにあたって『プルーストとシーニュ』（増補版）の訳文を参照させていただいた。

法政大学出版局の前田晃一さんには、ドゥルーズとガタリの『カフカ』の新訳に続けて本書の編集を担当していただいた。『失われた時を求めて』からの引用についてプレイヤッド叢書新版や最近の日本語訳の調査にもお骨折りいただいたので、プルーストの原文や訳書を参照したい読者にも役立つことと思う（訳書については、吉川一義氏訳の巻数・頁数だけをかかげたが、井上究一郎、鈴木道彦、高遠弘美各氏の個人訳も参照してきた。それぞれに磨きのかかった壮大な訳業には驚嘆させられている）。『カフカ』とともに本書は、ドゥルーズの「文学機械論」を展開した重要な二冊であり、訳者にとって生涯に出会った忘れがたい特別な書物のうちに入る。宇波彰氏と前田晃一氏に感謝します。

二〇二〇年十一月二〇日

宇野邦一

《叢書・ウニベルシタス　1127》
プルーストとシーニュ〈新訳〉

2021年1月20日　初版第1刷発行

ジル・ドゥルーズ
宇野邦一 訳
発行所　一般財団法人　法政大学出版局
〒102-0071 東京都千代田区富士見 2-17-1
電話03(5214)5540 振替00160-6-95814
組版：HUP　印刷：ディグテクノプリント　製本：積信堂

Printed in Japan

ISBN978-4-588-01127-6

著　者

ジル・ドゥルーズ（Gilles Deleuze）
1925年生まれ。哲学者。主な著書に、『経験論と主体性：ヒュームにおける人間的自然についての試論』『ベルクソニズム』『ニーチェと哲学』『カントの批判哲学』『スピノザと表現の問題』『意味の論理学』『差異と反復』『ザッヘル＝マゾッホ紹介：冷淡なものと残酷なもの』『フーコー』『襞：ライプニッツとバロック』『フランシス・ベーコン：感覚の論理学』『シネマ1・2』『批評と臨床』など。フェリックス・ガタリとの共著に、『アンチ・オイディプス』『カフカ：マイナー文学のために』『千のプラトー』『哲学とは何か』など。1995年死去。

訳　者

宇野邦一（うの・くにいち）
1948年生まれ。立教大学名誉教授。主な著書に、『意味の果てへの旅』『予定不調和』『D：死とイマージュ』『アルトー：思考と身体』『詩と権力のあいだ』『ドゥルーズ：流動の哲学』『ジャン・ジュネ：身振りと内在平面』『破局と渦の考察』『映像身体論』『ドゥルーズ：群れと結晶』『吉本隆明：煉獄の作法』『土方巽：衰弱体の思想』『政治的省察：政治の根底にあるもの』などがあり、訳書に、ドゥルーズ＝ガタリ『カフカ：マイナー文学のために』『アンチ・オイディプス』『千のプラトー』（共訳）、ドゥルーズ『フランシス・ベーコン：感覚の論理学』『シネマ2』（共訳）『フーコー』『襞：ライプニッツとバロック』『ドゥルーズ：書簡とその他のテクスト』（共訳）、ベケット『モロイ』『マウロン死す』『名づけられないもの』、ジュネ『判決』『薔薇の奇跡』、アルトー『タラウマラ』などがある。